蟋蟀在野

林肖 著

海峡出版发行集团 | 海峡文艺出版社

图书在版编目(CIP)数据

蟋蟀在野/林肖著. －福州:海峡文艺出版社,
2019.12(2024.3 重印)
ISBN 978-7-5550-1958-9

Ⅰ.①蟋…　Ⅱ.①林…　Ⅲ.①散文集－中国
－当代　Ⅳ.①I267

中国版本图书馆 CIP 数据核字(2019)第 279752 号

蟋蟀在野

林 肖 著

出 版 人	林　滨	
责 任 编 辑	何　莉	
出 版 发 行	海峡文艺出版社	
经　　销	福建新华发行(集团)有限责任公司	
社　　址	福州市东水路 76 号 14 层	
发 行 部	0591－87536797	
印　　刷	三河市兴博印务有限公司	
厂　　址	河北省廊坊市三河市杨庄镇大窝头村西	
开　　本	720 毫米×1000 毫米　1/16	
字　　数	300 千字	
印　　张	18.5	
版　　次	2019 年 12 月第 1 版	
印　　次	2024 年 3 月第 2 次印刷	
书　　号	ISBN 978-7-5550-1958-9	
定　　价	78.00 元	

如发现印装质量问题,请寄承印厂调换

"心画"朦胧也是真

——序林肖散文集《蟋蟀在野》

王兆胜

　　林肖的散文集《蟋蟀在野》很快就要付梓，作者让我写个序。

　　因手上事情实在太多，可用"间不容发"形容。所以，书稿在手已多时，直到今天才动笔写出我的阅读感受。

　　曾在 2006 年写过一篇文章，题目是《"形不散—神不散—心散"——我的散文观及对当下散文的批评》，主要是针对长期以来形成的"形散神不散"散文观，提出自己的意见。其核心观点是，强调散文的形与神都不能散，但要"心散"。看到本书有《难得散淡》一文，其中有这样的话："形神能聚方是好文章，而境界的高下全在于是否有一颗'散淡'的心，故而，散文的'散'在于'心散'。"对此，我引为同调，也产生强烈的共鸣和知音之感。由此理解林肖散文，恐怕是条捷径。

　　"心散"使林肖的散文与社会现实拉开距离，虽然作家一直没离开生活，一直将生活以及社会现实作为镜像。不过，与不少散文沉溺于现实生活，并被生活之镜遮蔽了眼睛和心灵不同，林肖一直保持着自己的清醒，即使身在现实也能保持距离，以一个旁观者的身份观察与体会。这在《疏离》《著述之间》《作家与

"坐家"》等散文中都有这样的特点。像风中之树，尽管不得不随风而舞，甚至让人感到摇曳生姿，但坚定与固守的根性却是不变的。时下的很多散文过于热闹，有时则有些聒噪，但思理与心性已不知跑到哪里，更不要说以边缘化心态做冷静观察和思考，画出自己的心灵感悟小像。在这方面，林肖散文对于现实生活能"入"又能"出"；既在场又拉开距离，多进行自我的心灵透视。

林肖散文中有"闲"，这样才能做到心有余裕。如一个大自然的漫步者，无明确之目的性，也没有具体任务，更不急于达成什么；而是在俯仰之间，行止之时，观云气、看流水、听鸟儿鸣唱，甚至于一任天然，并陶醉于山水。这就使得作家以"心"体察万物众生，更能听到无声之声，以及灯火之闪烁与烟霞之明灭。《楮柿楼的"杂拌儿"》一文是写学者扬之水的，作者直言，"得之《诗经》的'扬之水'，听来虽觉轻盈艳冶，其人却与之相去甚远，大致可归入'丑女'之列。个头小，绝不窈窕，穿衣永远胡乱，而且不合身；鞋，总比脚大，与脂粉、唇膏更是无缘——被誉为'京城三大才女'之一的扬之水，看上去实在比流浪汉强不了多少。"貌似语出不敬，然而，林肖仿佛又是用"心"去赞美她，并表达了自己的神往之情。文末写道："近来愈觉懈怠，疏于读书，浅陋之情日生，扬之水的这册小书却教人间或窥见了学人的精神窗口，掩卷而思，会心处良多。时下已入秋，天凉，酒暖，书香，人不寐，但觉缥缃之醉矣。"没有"闲心"，是不可能体会入微，也不可能将一个学人的一部小书玩味得近乎"入神"。

作者常以一副热心肠和一双冷眼观察世界人生，也描绘出自己的内心图景，那充满清醒与迷离、批评与赞颂、幽默与讽喻、积极与消极、快乐与悲感，以及有意与随心、缜密与疏落、希望与失落等一串串像脚印般的诗行。作者似乎不是在写散文，而是用"心"弹奏着世界人生，随着心绪的变化，生命的感知、情感的意绪、智慧的闪现，还有一些有言与无言、明与暗的光影、笑与泪的渗透，都化作夜空的云烟。如《"嫁衣"的黑白纪念》是写书籍装帧艺术家张守义的，作品这样结尾："便又想到，沉浸艺术世界的'一往情深'才是无上的境界。不说'任江湖风雨，灯下白头'，宁静中自有乐声绚烂一片，该是如何难以企寻，单是认真地做一件事，如今都属十分难得了——这段文字就当是纪念那渐成逝水的人的某种精神。"这样的诗情画意，既以张守义为模型，又在写自己的心境。

作者还写了些关于生命和艺术水乳交融的短章，像《断点评弹》《规避与寻找》《草色遥看近却无》《存在的执拗》等等都是。这些作品纯粹而凝练，诗意更浓郁，哲理性能抵达作者和读者的意想之外，这是林肖散文智慧的结晶。读这些篇章，作者的心灵更为冷静、睿智、神圣，也发出生命长长的叩问与吟哦，留下更多空白和余甘。如《盲鸽》中有这样的句子："夜盲的鸽子只有呆立，嗅着自己的脚爪，那里纯粹是蓝天白云的气味。蓝天白云远在天堂，天堂里缥缈的是黑暗不解的奥秘，唯有不解才是有深意的。"在《寂寞的春天》中，作者这样写道："春天，毫无怯赧之心，在人们面前更衣换装，阳光、雨露、花草、鸟兽，各自济济楚楚，无一遗漏。春天又自得其乐，色彩、光亮、声响，再怎么恣意挥霍，也不因人而起。对于人们的兴高采烈手舞足蹈，它始终莫名其妙。如此则春天是明哲的高士，不屑旁骛。如此则春天是经验老到的观众，看着人们表演各种流俗的套路，止不住地感到阵阵寂寞。"我们多少诗人歌颂过繁盛的春夏，感叹秋冬的萧瑟与凋零？但林肖则能从"春天"中看到"寂寞"，没有静如止水的智慧和拨动心弦之妙，是不可能做到的，而其中的句子仿佛插上了诗意的翅膀，飞入人们的梦乡。

如果给林肖的散文提点建议，我感觉部分选题和立意还有些碎片化，需要在"形"和"神"上进一步固定、铸造，同时要更多注入大情怀大意识，以进入一种深邃、长存的境界。

愿林肖的散文更上层楼，向经典迈进！

是为序，也是美好的祝愿！

2019 年 8 月 28 日于北京沐石斋

（王兆胜，山东蓬莱人，文学博士、中国作协会员。学者、批评家、散文家。现任《中国社会科学》杂志社副总编辑、《中国文学批评》副主编。博士生导师，享有国务院特殊津贴。兼任鲁迅文学奖评委、中国文学批评研究会常务理事、文艺评论家协会理事。出版《林语堂的文化情怀》《20 世纪中国散文精神》《林语堂大传》《林语堂与中国文化》《温暖的锋芒——王兆胜学术自选集》《新时期散文发展向度》等学术专著 16 部。在《中国社会科学》《文学评论》等刊物发表论文近 300 篇，被《新华文摘》等转摘 60 多篇。编著《百年中国性灵散文》《精美散文诗读本》及散文年选 20 多部。散文随笔集有《天地人心》《逍遥的境界》《负道抱器》等，作品多入选中学教材、中高考试题和散文选本。获首届冰心散文理论奖、《当代作家评论》奖、第四届全国报人散文奖等。）

目 录

辑一　晚来欲雪

辑二 不寐有怀

辑三 素履之往

辑一

晚来欲雪

与鸽同在

放暑假时，女儿从养鸽老爷爷那儿讨来一对赛鸽，为雌雄组合，毛羽细密，长相伶俐，很是惹人喜欢，于是在楼顶搭了个小窝，每天用玉米、清水精心饲养。鸽子极通人性，你盯着它看时，它会轻轻转动脖子，用圆溜溜的小眼睛打量你；没水喝时，它会俯下脑袋，用尖喙"突突"地啄着水盆，提示你该加水了。因为还未熟悉环境，不敢放飞，只能天天关在笼子里，吃喝拉撒连同睡觉散步，享受"一站式服务"；或是对着蓝天发呆，但又让人担心它们就此演化成了家鸡。

事实上，人类所豢养的鸽子，大约可归于家禽类，非但鸽子，其他在人类驯养下俯首帖耳的鸟儿，也可与家禽惺惺相惜，譬如鸽子对鸡绝不陌生，鹅也会以为自己就是大雁。鸟类的演化早已使人忘记其原始形态，新物种见多不怪。驯服的原因很简单：吃食方便，且无天敌之忧。这么一来，乖巧的便不想再栖息在荒野，与风刀霜剑共舞。野性慢慢去除，直至符合人类在感官上的赏识，"天道"也就沦为"人道"。在改造野物方面，人类有足够的资本夸耀其独特禀赋和不倦爱好，掌控的手越伸越长，自然之物的矫饰成分也就慢慢定格，最后变为生存所需的习性，这倒也符合"天人合一"的解释。

原本，鸽子可以在野外无拘无束地飞翔，不带名号，不怀使命，自由畅快地做着"纯鸽们"，然而人类总是多事，似乎不给鸽子并不强健的翅膀拴上各种铭牌，就不足以呈示鸽子是人类的朋友。当然，鸽子迷恋的还是人手中的玉米、小米和纯净水，也许还有其他时髦食品，木板房和铁皮屋也很重要，毕竟野性再怎么勃发，鸽子也等同不了桀骜不驯的山鹰。于是，没看过《新约》的人也会对创世纪的史实坚信不疑，给鸽子贴上"和平大使"的标签。若是白鸽则更好，嘴衔一枝橄榄叶，沐浴在阳光里，就更是圣洁得不可侵犯的和平象征了——这剧情全世界的人都知道，只有鸽子还蒙在鼓里。遗憾的是，不管鸽子怎样努力，终究改变不了人类喜欢在这个星球上互相攻伐的禀性。美好的愿望一次次落空，鸽子也就被迫一次次重新登台亮相，橄榄叶衔起又放下，放下又衔起，无异于祝福的话听多了便觉虚伪聒耳。世界如此尴尬，鸽子也只能淡淡地尴尬着。

基督徒比玛雅人要文明得多，玛雅人喜欢把血淋淋的肢体摆上祭台，而摩西律法则规定：奉献给神的是乳鸽一双。在《新约》中，鸽子第一次被提及是在耶稣受洗之时，上帝以鸽子的形象来显示圣灵，由此念及鸽子为人类充当献祭品实在功不可没。人信仰上帝，上帝也爱人，彼此默契地成全了一出温情脉脉的幻想剧，只是那些崇拜上帝的人，竟从未想过要崇拜一下鸽子——上帝和人实在都是对不起鸽子的。

鸽子圣洁，却难逃人的饕餮欲望，人们将鸽子烹成佳肴，连鸽蛋也不放过，以为冬令补品。当然，人更看重的还是鸽子的实用价值，因为人之所以优胜于其他生物，就是懂得驭使它们为人所用。鸽子不以毛羽美，不以啼声胜，其惊人的视力、记忆力、飞行力，为其他鸟类所不及。"飞鸽传书"古已有之，至今沿用。千年以来，鸽子为人捎带密函、情报、家信，当然还有情书，奔波云天，辛苦卓绝，千里之遥不在话下，更不会私拆信件、泄露秘密，可见鸽子为人类效命之忠心耿耿。更传奇的是，在世界大战中，信鸽飞越战火纷飞的阵地，被枪弹所伤，几乎殒命，但仍将情报送到，从而拯救了无数士兵的生命。此类壮举非战功勋章不能褒扬，确实可赞可佩，然而所昭示的原理却再质朴不过——回家，这是鸽子的唯一目的。确是唯有巢窠的温暖，才让这种鸟儿不惜千里趋之，不顾生死赴之。鸽子毕竟不是人类，不懂得趋利避害，更不谙世事人情、命数运转，它们的忠诚常使人汗颜。鸽子是恋家者，恋家者又不能不诚实。

如此一来，鸽子便与人紧紧为邻，说是上帝派来的使者也好，说是玩物也不差，总归是城市中熟视无睹的景观。公园里，广场上，随处是悠闲的鸽群，它们淡定从容地踱步，一边不停地啄食，一边觊觎游人手中的鸽粮，遇有人闯入它们的领地，也毫不慌张，而是步调划一地盘旋而起，飞至不远处又潇洒落下。这都是鸽子胜于人类之处，人类飞不到天上去，只好待在地上追名逐利膏火相煎，落得个个居心叵测互相提防；鸽子就好多了，不搞霸权主义，也不用担心遭抢劫，它们都是很绅士的。

人们看腻了鸽群在天空回环往复地飞翔，未免有些乏味，便想到给鸽子绑上哨子，随它们翱翔于蓝天，鼓荡起谐美的哨音。这可说是人对于鸽子别具匠心的经营布置。此景观由来已久，清人诗中所咏"金伶闲听清空响，春暖家家放'铁牛'"，便已是北京风俗。最宜是春秋时节上北京去，看古都上空鸽群回旋，听鸽哨阵阵，那是相当有北京味儿的。鸽群盘旋回转，哨音乃有轻重巨细的变化，忽儿各哨齐鸣，忽儿各哨齐暗，转瞬哨音又复，谐趣横生，人在地上欣赏其身姿声响，而鸽子浑然不知，对它们来说，蓝天就是舞台，它们只有不停地飞呵飞呵……

从鸽子的命运看人与世界，荒谬性毕呈无遗。不管是人与鸽同在，还是鸽与人相伴，都不啻是对人类文明生活的一大戏谑，可惜鸽子不自知，人也不自省。忽儿是圣灵，忽儿是祭品，忽儿是英雄，忽儿是玩物，鸽子忙不迭地扮演各种角色，都不及干脆待在笼子里睡觉。人类用鸽子装点和平、增添风光的努力，既聪明又风雅，动机也颇为原始朴素。不过鸽子们既然不能清醒地看见、听见，又无力高声抗议，也就不必过分惊诧了，这世界原本就是猎与被猎的关系……

跟炉火交谈

南方的冬天真是越来越像冬天了，尤当深夜灯下枯坐，听窗外寒风呼啸，那声势竟也好似北国冬夜的凄冷。所不同的是，北方室内皆有水暖设备，即使外面滴水成冰，屋里也温暖如春；南方的房屋没有统一供暖，冬天冷如冰窖，若逢着冻雨天，那湿湿的寒气南方人难熬，北方人也抗不住。

这样的寒夜，是极易使人想起炉火的。炉火之于寒夜，犹如摇扇之于暑天，冷与热，正与反，乃互为先后、映衬，是种自然的匹配。寒夜带出了炉火，炉火是寒夜的语言，却又甚于语言，已然是某种意象的表征，它唤起的一丝淡影永远近在咫尺。很多时候，在与寒夜的默默相对中，我就想象着墙角有一只烧得很旺的火炉，火焰在里面袅袅起舞，天花板的一角被映得发红，屋里渐渐温暖起来。这时，可以对着火烤烤手，或盯着火苗出神；也可以架上一只白铁壶烧水，听沸水呼呼作响，那的确是冬夜里不可多得的一种悠闲。如果关了灯，只剩炉火忽忽闪动，像炯炯的明眸，四周则沉入无边的黑暗，这一炉便是一个世界了。

炉边，是个古老的所在。自古以来，人们围着炉子有忙不完的事，却不外乎"营生"和"遐思"两种；无闲的忙于口腹之需，有闲的对着炉火神游，总归是将物质和精神都笼括了去，可见炉火对于人类的重要。依古希腊神话之说，人类使用火种来自神的赐予。普罗米修斯盗天火而被囚于高加索山上，虽酷刑加身，但看到人间炊烟缭绕，也就备感欣慰。但是人渐渐发明了炉子，将火储藏在内，用于做饭、取暖，从此野火篝火变成家火，人类文明又进一步——人类如此聪明，这恐怕是神没有想到的。

如今渐渐不需要火炉了，火炉由是从"形而下"转为"形而上"，还常在冬夜勾起人们关于审美主义的臆想，将已逝的流光唤回到眼前。但是火炉在它的旧时，却始终是和柴米油盐酱醋等厮混在一起，浑身炊爨之气也就不可免；或者不妨说，火炉是沉默的"载道者"，承载每个人的日常生活之道。它没有起伏的心绪，更不会有万千幻梦搅乱了火舌的吞吐；它无关国家民族命运，与所谓"月夕花朝，风细帘轻"也无干，只是一家一人的悲欢，抑或死水一潭，却都细细碎碎地将人情世事捉摸了个遍。

相比南方人，北方人更离不开炉火。在没有采暖装置的年代，风紧天寒的冬夜是必得有炉火来取暖的。北京靠近产煤区，煤价低廉，块煤也不贵，生活好点的就生"洋炉子"。至于煤球儿，那是至贱的，就是穷到捡破烂的，也会搞只煤球炉子来烧烧。在北方，冬夜拥衾围炉吃涮羊肉，总是透着一股浓浓的暖意。炉子一生，棉门帘一拉，屋里就暖似三月天了。一家人围着火炉，炖上一壶热水，闲聊家常。孩子们忍不住嘴馋，把花生、馒头架在火上烤来吃。男人管喝酒，女人则在一旁打点羊肉锅。酒香、大蒜味、羊肉香溢满一室，窗子上挂满了白蒙蒙的水汽。屋外风狂雪骤，屋内守着火炉，炉火便是照耀北方寒冬的不灭灯盏，只有傍着它通热的身体，一家人的心情才安实下来。看来只有炉火静静地燃着，希望才不会落入虚空。由此想及，人和炉火原是一条生长链上的果实，隔不断彼此，但即便简单如此，如今再想以一点"闲"情，追寻那贫瘠中的质朴，却已是奢求了。

欧洲的壁炉与吃食无关，除取暖外，更多用以装饰客厅，于是在欧洲众多生活场景中，壁炉总是忠实的道具、优雅的旁观者，朝朝暮暮地在无数细节上与人相绾连——客厅里，木地板闪亮，火焰在壁炉里欢腾，烛光闪烁，照得小提琴锃亮，乐曲如脉脉的流水漫溢开来。穿长礼服的男人和穿连衣裙的女人端着酒杯，轻轻走动、谈笑，女主人则在钢琴上弹她心爱的曲子。无数个如此美妙的夜晚，傍着炉火的一闪一烁，已被文学化印象化，甚至纯然是从小说中得出的印证，就这样悄然中来，氤氲不散。更不消说壁炉与童话本就连襟相带。孩子们始终记得炉火边坐着一位边织袜子边讲故事的老奶奶，而王子和公主住的城堡里也始终有一座高大优雅的壁炉！源远流长的奥秘半解不解，或根本无解，既与童话莫逆顾盼，就已超越了快乐和悲观之间的概念来往——不论外头经历多少盛世凶年，壁炉边都将成全最原始的梦。许多童话一经推衍，就连壁炉之火也变得身不由己，随之幻化出许多习俗和预言供人感知：火苗若是苍白，则预示下雨；若嗡嗡作响，则预示暴风雨即将来临；若是烧得更为猛烈，那就会有霜冻了；而在壁炉中挂一块烤面包，据说来年将五谷丰登。是人的意志取代了炉火的意志，还是炉火对人施行了催眠术？孰主孰宾？或许无从分辨，但炉火是欧洲人绕也绕不开的话题，这点必是不差的。

成语有"炉火纯青"，源出道士炼丹，据说当炉火燃至纯青色，则炼丹成矣。不过，纯青的炉火大约无人见识过罢，倒是文学中的炉火形色幻变，闪烁之中传递的都是人对事物的即兴反应，如声色之醉人，纯属主观感受，若不经文学笔法和意境点染，几乎不能理喻。《简·爱》一书，炉火处处安插有度，与小说场景、意旨相呼应共默契，或为叛逆之火复仇之火，或为温暖之火幸福之火，总在最恰当时，成为不期然而然的意象。所谓"会说话的火"，意即如此。也许是英国太阴冷，炉火拖慢了英国人的生活节奏，连文学都是在炉边一个字一个字地烘焙出来。《呼啸山庄》也是一部"炉边小说"。阴惨凄冷的炉火从未熄灭过，无非暗合山庄外的风啸雪吼以及山庄内令人绝望的恨，虽未加注一语，会意者尽可从凌乱的火苗中辨而知之。中国文学关乎炉火的，多是十足读书人口吻，着意于出世情缘，以此应付人生的得意之乐失意之苦。李白是够潇洒的了，"炉火照天地，红星乱紫烟"，想来浪漫主义的最高境界约略如此，胸无丘壑，收放自如，非一物一念所能囿。白居易诗云："绿蚁醅新酒，红泥小火炉。晚来天欲雪，能饮一杯无?"很平易的诗，到底是"向晚欲雪，炉火正红"的情景不错，而世人所难得的正是此趣，入理若深了，去趣反而远。更有如《三国演义》中的石广平、孟公威，在风雪天的乡村野店里围炉饮酒放歌，寄意玄虚以为清，脱迹尘纷以为远，叫乡村炉火于野趣中见出洒脱，真是羡煞人!

　　就思想而言，炉火有理由嘲笑阳光，虽然二者都带来光明和温暖。我一向认为，阳光下藏不住思想，一切坦裎无遗，毫无隐秘可言;而炉火，在黑暗的掩映下，闪闪烁烁，沉沉浮浮，慢慢熨暖的绝不只是空气，更有大脑和心灵。故而炉火载负了伟大的思想、高尚的情操，当然也有庸琐的谬见，参参差差重重叠叠，倒映于火光之中……生命逝去，庸琐的谬见随之而去，伟大的思想却凝定如故，于后世纷纭中观之，已然是钟楼塔尖。是故"我思故我在"只能诞生于炉边，离开了炉火，爱睡懒觉的笛卡尔先生也只是平庸的哲学家。十九世纪的俄罗斯精神，或可称为"炉火精神"，几乎没有一个文学家、艺术家、哲学家或社会活动家能摆脱炉火的映射。有炉火，就有真理，继之求真理，即以炉火为神。那些俄罗斯的翘楚们，都虔信炉火之神，在炉边通宵达旦纵论天下，乃以探索俄罗斯命运为己任，而又凭借思想伟大了自身。便又想到炉火旁、油灯下的中国知识青年，除了一腔热情几乎一无所有。不说"岁月贫寒""昨日卑微"，炉火旁、油灯下，毕竟有一株茂盛的精神之树。他们阅读，谈论，满是老茧的手摩擎着残破的书本，有人泪光闪闪……

　　许多陈迹仍为我们所怀念，是因为在尘世喧嚣、万物俱荣中，唯独失却了那样的炉火。世界大，人微末，理想不是专业，凭了肉体去思想，倒是把生命认真地当一回事了。老生常谈的话拿来做结尾，颇让人嫌惫懒，却又无奈而知：当炉火渐渐熄灭，精神的寒冬也随之来临。果真不再有炉火了吗？我不知道，只知在炉边，我们还有许多未做完的梦。

却说「拈花惹草」

友人敬兄回乡教书后，乐于栽花养草，清闲度日，颇有"散人""居士"之风。我和众友人到他家中小聚，见楼顶已被辟为"空中花园"，花花草草多得数不过来，株株青翠挺拔，花色纷纭；尤以盆景为多，造型奇特，极具匠心之妙。远处恰有一抹青山含黛，置身于花草间，人也似乎领略了几分陶令采菊东篱、悠然见山的清趣。大家都笑他是"拈花惹草"的高手，且是安居家中，就"拈""惹"出了这许多名堂。

花草是生命之物，和人一样，同为自然界的组成，长于天地之间，沐浴阳光雨露，依天时地利而生，自有其兴衰之道，原是不需要人为"拈""惹"的。至于从何时起人类开始种植花卉，或许无考，只是花草一旦囿于人手，便只能遵循人的意志和审美法则生长；或者说，人类乐于改造自然的触须无孔不入，还要显出心灵手巧的本分。故而，天上地下水里的各种物类，大多难逃人手匠心。品种被不断优化，形态也被反复修剪，原先一派乱头粗服的突兀，甚至苦相、丑态，被一一收拾、雕琢，转化为精致温驯，直至合乎人的审美眼光。甚或不按自然节律开花结果，听命人工而俯仰，在实验室里完成属性的变异，源源不断地满足人们短暂的点缀需求，而其原本的生长规律反被淡忘。

幸亏花草无知，任由摆布，于是人们"拈花惹草"偏也折腾出了一门艺术——园艺。有园无艺，不成园；有式无法，不成艺。园和艺，原是不太容易言传的，却也并非玄虚不可方物，其中包含着情趣、品位。但同是趣味，中西差别甚大。西人崇尚强者意志，就是栽花种草，也喜欢叫自然接受匀称的法则，在严格裁剪之下，花树变成了各种几何图形，由此体现着人力带出的盛装美。只有英国的园艺师还算"人性化"一些，懂得刀下留出自然美，故而英国的草地、花树多随丘陵地貌起伏；也喜欢在苹果树下种满各色玫瑰花，绿荫衬花，果实摇红，把那些穿燕尾服、鲸骨裙的绅士淑女迷得心旌摇曳，催产了不少爱情故事，也刺激了众多风景画和田园诗的诞生！

中式园艺之趣，在于营造"天然图画"，追求"虽由人作，宛自天开"的高妙境界，而"天然"本无法则，要靠人的感情去寄寓才动人。中国人最爱讲"情境交融"，无论为文为画、观月赏花，始终不离一个"情"字。中式庭园虽多幽闭，然而园中一花、一木、一泉、一径都以追摹其原有形态为胜，以致文人游园时都要大发山水之慨，与花草尽情缠绵。实因审美感受与文化素养互为烘托，游园即钟情山水，"拈花惹草"即情有所寄，不然以冷眼观之，一花还是一花，一木还是一木，如何能消磨得出那许多妙趣？是故"泪眼问花花不语"，说是痴到不辨深浅也行，说是借景抒情也允当，总是人与花之间暗藏着的情愫一脉无解。至于情到痴处而做了"花痴"的，也不下少数。"一花将萼，则称枕携，睡卧其下，以观花之由微至盛至落至萎地而后去。或千株万本以穷其变，或单枝数房以树其趣，或嗅叶而知花之大小，或见根而辨叶之红白，是之谓真爱花，是之谓真好事也。"如此"花痴"，真是痴绝，与苏轼"只恐夜深花睡去，故烧高烛照红妆"相仿佛，都是爱花爱到凭空生事、无中有情。体贴而知花的喜怒疚瘵、快意折辱，直至将花等同于美人，作亲狎臆想，发"生香""解语"之论，都属国人独有生活艺术的固定遗传，与赋诗、饮酒、品茶一道，历经无尽祸福而长存不灭。

花草既然赋予人流露不尽的情愫，最喜欢"拈花惹草"的就非文人莫属。中国文人一提笔，一张口，似乎都不离花草虫鱼，否则就成不了文，作不了诗。这样的诗文影响国人心态日久自然不必说。《诗经》三百篇，多以植物起篇，"葛""萧""艾""茨""蒹葭"等等，生僻又繁多。如此开诚咏言，说是"比""兴"也好，不外乎是文学史家的牵强附会，当花草与人在那遥远的年代里"相濡以沫"，是只能不相关地相关着。楚辞统篇苍翠馥郁，人似乎是"自然人"，食"玉英"，衣"芰荷"，成天在原野里漫无目的地游走。到了魏晋，花草供作托物咏怀之用，菊花、翠竹，皆咏之有深意，抑或其意不在此，唯有"达人解其会"。到了唐代，人和花草相看两不厌，"感时花溅泪"，"枫叶荻花秋瑟瑟"，花草的意韵现出雄浑苍凉，已非"移情""咏物"所能囫囵解释。最有惜花心情的是宋人，宋词中的花草，每一株都精致地颓废着，尽管玲珑剔透，气息终于微弱了。接下来，文人们大约懊恼于花草已被前人赞绝颂尽，词穷之余，便狠狠心将花草幻化成仙，变异为妖，在夜阑人静之时登堂入室，与人共枕席同幽欢，恩恩怨怨了一番，叫人难辨现世和虚境。写到这里，总感觉中国文学倏忽离不开花花草草似的，诚然，中国人骨子里有一种轻逸、感性至上的哲学，以此迥异于西人。都说中国社会重情感，西方社会重法理，但如果没有花草的滋养，一个民族也不可能承受效率和法理的高压，绵延五千年走到现在。西方狂人太多，所以疯人院是产生哲学的地方；中国罕有狂人，却多痴人，所以要有"拈花惹草"的文学去殷勤地供养他们，使之一代代地痴下去，这也算是花草与中国人合成的一套无处不在的精神密码了。

中国的花草，无不有品性，见韵味，具格调，不知是文学之功效还是中国人的想象力太丰富，总之已入灵智范畴。松忍，竹坚，梅高，兰幽，菊野，莲洁，桐清，柳感，牡丹贵，海棠媚，都仿佛与人约定好了，各自领去一块标签。花草虽有万般风流，然而原本清白，中国人习惯于将自己寻觅的情境附着于花草，于是花草与人的品性也就不分彼此，同仰鼻息，相与为怀。花草若被纳入"上乘"，自然有享不尽的风雅；若不幸落入"下乘"，则含羞蒙冤垂头丧气。所以梅兰竹菊永远被赞颂，狗尾巴草再怎么努力挣扎，也还是一副低三下四相。由此可知形而上的谛旨，一旦伴随诗词歌赋书画达到证果，阳春白雪和下里巴人就成天经地义之别，"绑架"人的审美观以致千古不易。不禁要问俄罗斯人对白桦树，日本人对樱花，墨西哥人对仙人掌是否也如此痴狂？或许不然。中国人性情中多的是这种氤氲不散的概念，左右着自己，也左右着自然界，如果再加上点即兴漫喻，就更教人"乐而不淫"了。譬如，"砌下落梅如雪乱，拂了一身还满"，可以是幽怨，可以是惆怅，也可以是一往情深的恋慕。又以花树为例，闻斧斤之声则战栗，天清气朗则枝叶舒展，天气骤变，也会感冒咳嗽。爱它的人轻抚树干，它就微笑；若移植别处，则魂魄尽失。这样活脱脱地与人同褒贬共幸蹇，也不知是人宠幸花草，还是花草阿谀人。至于在历史的某个节点充当了预言者，莫名其妙地和吉凶兴衰诸象扯上关系，不论深讳不露还是大加昭彰，其说总能自圆，而且尽可以按私心的好恶亲仇去摹画。

繁盛的花事也只是应景之作，像是衬托太平时世似的，其实靠不住。唐贞观开元年间，国事兴盛，洛阳等地林木荟蔚，繁花处处，不知消磨掉多少公卿大夫的壮志，而到了国事蜩螗、兵荒马乱之时，便只有废池枯树见证唐代的末路了。周瘦鹃满腹山水园林，不问世事，专心经营"周氏花园"，"文革"时竟被逼得投井自尽，留下满园花草独对残阳。曾经集万千宠爱于一身，劫后却无人垂怜，是故所谓"花事"，就是有花多事，无花说事，纯然是一介之情在作育，只是那悲凉景象，愈加见出万物之无常了。

聊以卒夏

　　喝茶之事既雅又俗，雅的是名茶如佳酿，"山人""名士"者流品之如参禅悟道，高深莫测；俗的是茶实为中国人的日常饮料，"开门七件事"少不了它，待客奉茶，更是不可免的礼数；至于贩夫走卒口干舌燥之时牛饮茶汤，则正好说明茶的普罗大众效应十分重要。

　　我不善品茶，更不懂茶道，虽然平日里也常与友人持壶把盏，绿茶红茶一通乱喝，却始终喝不出道理来。看来不仅"茶人""茶仙"高不可攀，就是"茶客"也难当。但中国尤不缺的又是茶客。看看大江南北，茶庄茶馆云集，多的是在里头消磨时日的"闲人"，一壶清茶，半日时光，听听曲，吃吃茶食，唠嗑闲话，慢慢悠悠，似乎没有什么能让他们着急得起来。清末，洋人看中国人喝茶，曾发"这个国度无救"的预言，然而时至今日，白云苍狗，世事移转，中国人还在不紧不慢地喝茶，可见喝茶于国人而言，绝非生活方式所能囫囵解释，其与兴衰荣辱作无尽周旋后仍能一脉秉承，自是已入精神苑地。

西人则不同，他们嗜咖啡，好思辨。十八世纪法国鸿儒辈出，据说咖啡馆功不可没；德国近代哲学高峰迭起，说是由咖啡一杯一杯垒起来也绝非毫无来由。相较咖啡而言，茶没那么布尔乔亚，它的平和冲淡，正好符合中国人优游闲适的性情，喝了不兴奋也不好辩。因而若说咖啡无道，茶成就"忍让的气度"，中国人一定赞同，毕竟"煎茶烧香，总是清事"，茶里的光阴再无聊，也总是耐性惊人，显出消尘滤事的特殊功用，更不消说里面氤氲着怎样一股浓浓的人情味。

英国人喝茶专靠进口供应，也出了无数"茶痴"，这与中国或可一比。每天上下午两顿茶点那是英国的人权甜点，虽然茶叶初到英国之时，英人也曾闹过泼了茶汤专吃茶叶的笑话。英国文学场景离不开妇女和茶，菲尔丁所言"爱情与流言是调茶的最好方糖"在英国茶会绵绵不绝。碎花桌布、白瓷茶具、黄油面包、红茶方糖，组合出茶中风情。在寂静光阴里，闺秀名媛的笑声泪影透出田园牧歌的片片回忆，给文学平添了许多古雅的眷恋。吉辛在《草堂随笔》里写及冷雨霏霏的午后，散步回家换上拖鞋，披上旧外套，缩进书房软椅里，等女仆送上下午茶，读来也教人体味了茶边温馨。故而所谓"一壶之茶，个中乾坤"，有品茗正道，亦有人情分合，真是既实用又堪玩味。

但若以中国茶文化论之，英国的下午茶便无异于开饭铺。中国的文人雅士喝茶，其旨归于色香味，其道归于情境心境。邀二三好友，坐于瓦屋纸窗下，一杯淡茶为上品，寒斋清赏，乐趣盎然，乃至"两腋之下习习风生"。知堂老人文中所言已是品茶佳境，更高妙的还有："山堂夜坐，汲泉煮茗，至水火相战，如听松涛，倾泻入杯，云光潋滟。"如此妙处，茶外人士自然无福领略，毕竟已属于世外高人境界。喝茶喝到这般仙风道骨，说是个人修炼也无差，但总归是中国文化的一大造诣。单说这"意"与"趣"，无体无物，言之晦涩，常如声色之醉人，会心者无须一语，却已知之。中国文人向来多在出世入世间左右逡巡，一腔牢愁，无处寄放，既安于与归田、读书、饮酒、烹茶相厮守，又对世事抱有怀旧般的关切，道是无情，实是有情，多半寻求人与自然的相通，或说营构"天人合一"的雅集。以喝茶来论，将茶喝到了极雅境界，叫文字枯窘无从表达，却也成就了一门无与伦比的生活艺术，其中合的正是人和自然之间那扯不断斩不下的"意"与"趣"。

然而"茶中仙"脱迹尘纷以为远，实际与俗世相隔不过一层纸。所谓翻手为云，覆手为雨，效法自然，仍摆脱不了身如桎、心如棘的肉身烦忧。一心追求高级文化的旨趣，还是免不了要在现实中犯一犯精神势利的毛病，遭遇计穷虑迫的尴尬。名士喝茶，对水大有讲究。据明代典籍载，丘长孺为了喝纯正的好茶，不辞辛苦地雇了船去惠山运泉水，却闹了把江水当名泉的笑话，使一道品茗的名士们好生狼狈。想喝雅茶，也是要有先决条件的，若生计无处着落，喝茶只能是沙上建塔，顷刻坍塌。著《梅花草堂集》的张大复是最爱喝茶的了。某日，他正专心致志地研究茶道，妻子却来告之厨下已无米，如之奈何？一触温饱问题，形而上的东西霎时变为形而下，他只能乖乖放下喝茶的"大事"，出去找买米的钱，还得附带上一通"俗不能耐"的感叹。

茶中雅俗可作如是观，也就无怪乎人情世故了，唯增笑耳，聊以卒夏。

独自一笑

接连几日恣意的晴热终于遁去，冷雨再度侵围下来，此时的人反倒安然。想想除岁之时就当风紧天寒，拥衾围炉饮烧酒才合情宜，过早逼近的春气，纵然溶溶漾漾可惬可怡，反倒让人不知如何消受，就如同遭遇了不速之客，除却呆愕便是失措。而当华丽的伪装暂且褪去，人也就明白：原来这时节还是一身冬装更顺乎眼神，四肢还是蜷缩起来，心气才傍着了敦实和安稳，故而人事与天时同在，这话大体是不错的。

鞭炮声的销匿，成就了几日难得宁静的清晨，倒是鸟儿趁天光一亮便叫得欢快，唧唧复唧唧，啾啾复啾啾，殷勤地报响春天。鸟类虽无足够的语言可供表述，吐出的却都是一组组纯粹的音符，清澈透亮。人类的语言虽然丰富，却因之树起道道莫测的屏障，达意的同时也饰意、毁意，有伪饰之音、蒙骗之词、矫情之调，声声入耳搅成一片又模棱两可躲躲闪闪，不论伴以蹙眉點笑还是一脸阳光，往往让人不知底细。从这个意义上说，雄辩家的滔滔不绝和怨妇的喋喋不休在本质上没有什么两样，恋爱的情话和推销业务的巧语也可以互换；就连哭声、笑声、吵闹声、呵欠声也大有文章可做，心机不灵的只能遭逢淡淡的窘迫和幽幽的尴尬，遂自认愚钝。

　　语言是如此不靠谱，人又日渐懒于串门走动，于是人情不是太浓就是太淡：该浓时淡了，该淡时反而浓得虚假。且由拜年说起。本谓"新岁为人情所重"，而今早已不知拜年为何物。逢时而来，脸上堆笑，拱拱手，口中念着"拜年拜年，恭喜发财"，然后登堂入室，闲扯几句，见势而退，又往别家如此来过一番，像是出演一桩桩剧目。图省事的就打打电话发发短信，免去腿脚之累和见面时的繁文缛节，也不必管多年不见的朋友脸上是否平添几道皱纹，或有无悲喜之事，只要例行照办，便就释然。也有不肯随波逐流者，任你户外喧闹门前杂沓仍拥被安睡，仿佛高卧隆中草堂上的诸葛孔明，虽难免不应景，倒也拗得干脆、犟得痛快。说来人情虽有雅俗之别，却多是流俗，若不想自己太俗，强颜伺候也无必要，就连《水浒传》中最会送人情的宋江情急之下也会道出"人情，人情，在人情愿"，看来被套上枷锁或关进玻璃缸的人情比"不爱交情只爱钱"的强盗哲学更没市场。不情不愿，别人满肚子怨恨也无用，至于是赚是赔，是否娱人娱己，不念也罢，只当讨个一身自在。

　　如不想使腿脚劳累，写信是件美妙的事，只是现在的人实在懒得没治。我倒是很怀念过去的鸿雁传书鱼传尺素，每见绿衣人来，心头便有一喜：不知捎来的又是哪位远方朋友的问候。那样含蓄、温柔、有分寸，不会硬生生地撕扯你的个人时间，夺占你的空间自由，叫你心头暖暖的。熟悉的笔迹、隐隐的墨香，浅浅映出写信人的音容笑貌，虽不能对话，心下却快乐自省。观之当今网络传送，虽然瞬息可达，但在文化上反而浅薄多了。

　　幸亏是早春二月，寒意助长了惰性，否则世界更加逼仄紊乱。当此寒夜，听雨，灯下乱翻书，时间仿佛凝定不动，而人也就孤寂。总记得有好多事没做，却又不需做什么，什么都可以想，也可以什么都不想。独处神游的人就是世界的王，独享寒夜的孤寂更是福中之福，这种福分靠自己设定，轻轻赚来，慢慢消受，与别人无涉。我常想，太阳一定嫉妒思想，祖呈于阳光下的思想廉价得可怜，思想需要低温，要裹上厚棉被慢慢熨暖，或在火炉旁随火光沉沉浮浮，才能从容不迫地深刻起来，继而给阳光一个嘲笑。

　　来了一杯茶，只为暖暖身子，可惜咖啡是没有了，不然午夜的咖啡极浓极妙，勾起的是萨特小说的连篇滋味：那街角咖啡馆的面目从来模糊不清，霓虹灯招牌寂寞闪烁，冷风萧萧中，唱机上的唱片一转再转……如此可知许多细节一经流连，皆异乎寻常，好比蜗牛壳里一样有上下九重天；更可知面前似无所有，暗里则参参差差遇遇合合，凡是神秘的象征的都从暗中倒影于前，蒙蒙漠漠，荒寒中藏匿一点温暖，二者相视而笑……原来凄风苦雨也是好时候，一样泛着童话的温柔。远处山里的樱花桃花杜鹃花想必正开得烂漫，大风忽起，粉红的花瓣飞舞散落，盈积一地。忽又想起二十年前旅居北京时的孑然，也是早春二月，干旱，多风沙，风从树枝间吹来，满地的彷徨，如今却像是有两百年时差的缥缈感觉，挂满了冷雾氤氲的窗子。

　　这种混合着寒夜呼吸的孤寂，我很欣赏，像是察看瓷杯上的一条细纹，或是叶片的脉络，笼住了心气的波幅，去求证一种古老而微茫的变化，顺遂把欲望、动作、语言击退，不容旁骛，不可方物，只余体温兼思想。其实人有体温和思想就够了，行为动作大多无意义，好比蚂蚁的忙忙碌碌和鱼儿的不停游动，只是无谓消耗荷尔蒙。简单的存在状态更接近于宇宙本质，荒芜的、混沌的、孤独的，这些因素古老而本真，悠悠忽忽走到今天，却只现于将醒未醒之一刻。那是梦的残像犹存、现实尚未入侵的一瞬，善者恶棍君子小人都一样纯真可爱，稍过之后生机渐萌，饮食知味，就各怀谋算了。梦是奇迹？人是奇迹？概念就此模糊，只知时间才是无上的神，它无须发力，众生就已迷乱不堪，而那"一瞬"就像一封失约的信，被草草丢在角落里，再也寻找不见心中的罗盘星象。

　　人潮在地上涌动，飞机在天上穿梭，膏火相煎中，人人急于标榜"合群""融入"，千方百计堆出满脸假笑示人，编造无聊的幽默，心浮气躁，巧舌如簧，人云亦云，步步袭毁心灵的风向标却浑然不知；等到了一切浅薄皆不觉其浅薄时，人也就可怜到只配做世界的奴隶。曾经，数不胜数的曾经，人们像低头啮草的牛羊，慢悠悠地踱步，头上白云飘飘，风车带动石磨慢慢转动，白昼一窗天光，云雀叫了一整天，入夜一支烛火，蟋蟀复鸣小夜曲，苍寒又温柔，不会让市声无端地吵乱了心绪，也不用担心幽幽的情景拖慢了岁月的脚步。漏断人静，读书人寒夜无寐，辄起披衣庭下赋诗，细览缺月疏桐，遂萌生世外之志……时间，一天天浑浊了记忆的河水，世事世风的运转凌厉至极，也超拔于怨怨抑抑之上。好在文学的功用还在，可以借以说明一些事。十九世纪那些剀切精美的文字至今还暮霭似的笼罩着我们，与其说是温情的怀旧，不如说是冷血的预言，如今已不知不觉又全知全觉地归了泪光一闪。

　　困于自己木然发怔的感觉当然徒劳无益，我只是迷恋黑暗中的低温，如同冬眠的动物厮守在个体生命里。然而生命是什么呢？这样玄虚的问题即使问到人类社会暮色苍茫也无答案，我只知道生命是时时明悉存在又时时不知如何是好，再问下去，生命就将时时孤独，且无可救药。人生如梦人生似戏只是浅浅的一盏酒，让怨抑于自身时代的人不断啜饮，其实有梦有戏的生命还是不错的，至少可以恭恭敬敬地希望，堂堂正正地绝望。十几年前的早春二月，几个青年朋友走在夜晚的街上，天暖烘烘的，大家敞开了衣襟，满怀凌云壮志，热烈讨论着未来，谁也料想不到后来的命运不过如开败的水仙花，只剩微弱的气息，现在相逢却只会叹言"还是那时候有味"了。就这样，明白了就好，至少不会在梦里死去。

　　又落入昆德拉的圈套了。惯于谋划精神漂泊轨迹的昆德拉，以"无限悲观的幽默"来呈示荒谬的事实，呈示尚未昭露过的生命孤独是悲观的，而明知不可呈示仍一以到底则需要幽默。这不妙而妙的论断听来使人一惊而笑，毕竟文学的私人选择与历史信谶互有因缘可寻。几个热肠或冷血的先知为此喷过无数口水，但有冥契者，都在自己的精神世界里流浪而不知疲倦，到了卡夫卡那里，人就很自觉地变成了甲虫，住进了地洞。当然昆德拉比卡夫卡懂点幽默，揭示笔底的孤寂，还是伴以独自幽幽一笑为好，人不能太孱乏了。

疏离

一

春风如约而至。

山野里，油菜花怒放，连绵起伏，充塞视野，刺鼻的花香混合着人们的欢笑声、赞叹声，随风飘荡。

这种蔬菜的花朵小而柔软，枝条又细又弱，轻轻一触便折了，故而单就一枝来看，实在既不明媚也不成气候。但是很显然，油菜花的审美效应在于集体亮相——整齐地簇拥在一起，开花时笑容一致，便成就了岑寂田野用以招徕眼神的风仪，就像一盏盏并不明亮的灯要聚拢起来，才赫然炫然。

不知从何起，油菜花成了春天的符号，人们踏春是为了观赏油菜花，观赏油菜花则说明拥抱了春天。如此美妙的逻辑关系由这种田园里常见的花朵来承载，其本身也变得喜不自禁，便唯有以更加撩人的盛装来陪衬春色，才不致辜负了人们的勃勃兴致。灿笑、甜香、炫目、喧闹，世俗生活中经久不衰的几大元素，在湛蓝的天幕下齐集、发酵、升腾，人人满意而归。

几场春雨过后，油菜花露出了败象，人迹不至，田野重归空寂。许多美艳走到这里，也就完成了短暂点缀的使命，自然与遗忘殊途同归，倒是那些缘于疏离而独立存在的物事，默默支撑起言说生命的情节。

残破的水泥路，泥土从中露出了本色，雨落下时，唤醒了沉睡于此的小草的生命。几片绿叶探出了脑袋，羞涩地和春天打着招呼，只是行人匆匆赶路，谁也不曾在这儿留个眼神。春雨绵绵不休，几周过后，小草已长成一丛，还蔓延到路上，青翠得逼眼。它们在阳光下欢笑，尽情舒展身姿，此时的小草已然是春天忠实的守护者。

野性的生命常常令人惊异，小草的生长使我尤难为怀，在这样一个万物风流的春日，似乎没有什么能比小草更让人漠视，偏于一隅，拥抱的一小片泥土毫无肥沃可言，反倒省去了无聊的喧嚣和故作惊异的目光，默然倒也安然，安然则是幸运，由此逃离了人心匠手，自由地走着天道之路。当然对于小草来说，即使野性怒放，也依旧沉默，仿佛一盏秦时的灯，要擎到汉时才会被真正点亮，其间多少有如神助的情节，并不为人所知。相比油菜花的黯然神伤，小草有更多理由回味春日的馈赠，看来只有不凌空蹈虚，生命才得以从容。春天的脚步渐渐远去，再过些时日，芳菲摇尽，风流走到时光背后，也就与暗影重叠了，而小草依旧苍翠着人们的视野；它的气息，与土地一样质朴、可感。

二

夜幕垂落时，黑暗网住了一切，我感到一种疏离红尘的清旷——只当黑色的羽翼掩住黑暗中的心思，许多细节才袅袅而起，笼住了自己，也笼住了一个世界。

白天却不是这样。它为生计而设，人们在光亮的配合下得以麻利地完成各类营生。白天的过于实在往往驱走委婉和藏匿，使目的变得鲜明，心机更加敏锐。自觉或不自觉的伪饰、实用至上的盘算，支撑着人们的活动。有了这样一副"拐杖"，人似乎就遵循了微妙的社会法则；至于自由的思绪、想象的空间，此时就像鸟儿收敛的翅膀，藏在背后，轻易不会打开。

夜的深度，无不抵于朦胧、隐秘，继而混沌一团。识而不辨，乃是夜的精神。且不说多少凭栏吹笛、临楮喟叹的诗思在美丽的夜晚上演，就是群鸟喧叫归巢、蝙蝠低飞乱撞，也带出率真随性，比起白天里的翩翩而过，更多的是无序的美感。当人远离光亮和视觉的集中区域，暗中的活动自然变得相当私人化。许多白天难以摆脱的牵绊，被一一放下，就像戏台上风情万种的名角走到昏暗的台后，戏装卸下，素颜、慵懒、杂沓，都与观众无涉，反倒显出生活的本真。

与深夜相处久了，我觉得散淡的性情便如覆水再不能收。深夜是"人之初"，是空白、荏弱、软性的脱节。一个人默对黑夜，便如同用局外人的眼光谛视自己那般，只有个人思想徐徐绽放，没有别人来掺和的空间。我素不抽烟，偶尔也想在夜的怀抱里抽根烟，想想事，又屡屡作罢。当然，醉眼蒙眬不辨东西时，若有人递过烟来，我也就抽了，此时看的是酒的份儿，烟次要。夜与梦的绞杀，意识与潜意识的争夺，往往际此一瞬片刻，突兀的主张、奇幻的灵感若不能缥缈高举，也就渐渐隐秘得苍凉了。人常有宽厚、刻薄、慷慨、吝啬之分，那是以白昼解答黑夜，纯属文不对题，事实上，在将醒未醒、身不由己之时，君子恶人多情种寡义汉并没有什么差别。换言之，谁又不是凭借夜的伟大和包容，才得以自鉴自适地一路下去——自来隐秘常常与自由成正比，零乱的隐秘多了，便是自由。

三

如果留心，这几乎是一个规律：在一些社交场合里，总有几个表现抢眼的人物，高谈阔论，独领风骚，故作妙语地说，莫名其妙地笑，由于能说会道，似乎就当引领社交风光。环视之下，附和者有之，呆滞者有之，大都成全了少数者的表演欲望。偶尔会发现真正的沉默者坐在边角，冷诮地看着眼前一切，似乎全无相干；当眼睛缓缓回顾时，又对四周的虚空闪出射人的光来。相比中心地带的夸张表演，这里是更为真实可靠的存在，像极了一座地处闹市的风雨廊桥，寂然卧着，淡看车水马龙市井喧嚣。

在声浪汹涌的时代，人人争以有言为能，唯恐落后，于是呈示之言、辩解之词、灌输之说、伪饰之音便好似车马塞途尘烟蔽道，貌似热闹非凡，其实大抵多余。我常想，人类每天说出的话若如水汽升到空中，化成雨降下来，是否该将大地淹没？握有语言的飞镖利刃是人类高于禽兽之处，但又无非供人聊以自娱。巧舌如簧者常以为达情达意不在话下，其实不过流连在自我的好梦里；而那种迫不及待的表陈，几近聒噪，反倒暴露出言说者极大的不自信。过于倚仗语言于人于己都无益，更不消说其荒谬性常常坦裎。口蜜可以腹剑，口讷却是心善，虚虚实实，真伪难辨，心机不灵者每每受困于语言之叵测，遂只有自认愚钝。

语言与理解常常成为反义，故而祈求人与人相互理解当为至难。语言，只对表达方式而言；理解，则纯粹是内在、抽象的。经常是，有形被无形统摄，有形虽耽于豪言精于美辞，终将败下阵来。事实上，一切事物皆有情，莫不自遂其生、各尽其义，人人为之喋喋不休倒真是多事了。陈染在《私人生活》里写道："在这个世界上我已经说得太多了，令我厌倦。"我不曾说得太多，却早已感到无话可说，正如我仰望天空时常感到虚无一样。想想吧，这个世界带给我们的更多是想象，其隐含潜伏，好比一条幽深曲折的精神巷道，没有哪一束光亮可以洞穿。不言，便是最大的理解，但又无法透彻无遗。也许在语言的滔滔浊浪逝去之后，我们才会叹言："还是最初的存在感有味。"可这不妙不景气的论断又何曾被认真过一回？

若说莫名的凄惶不过如此，也实为无可奈何。疏离，只能苍凉地疏离着。

给从前点盏灯

一

七十六岁的章武先生依然健于笑谈。

他的声音从电话那头传来，透着一股熟识的爽朗："古人讲虚岁，我已经战胜了孔子、陶渊明、白居易……我还要多战胜几个。"常说人在病痛面前总是黯然于受欺，但幽默是福，懂得在病痛中滤出幽默更是福中之福，入世的赤诚也随之变得更浓。

依旧是洒脱的言谈，依旧是对后辈的殷殷勉励，如果不是眼前不时浮现出他坐于轮椅上的情景，真会使人疑心时间倒流回到了十年前。

那时的我有幸在省城的一次书画展上见到了章武先生。他拄着拐棍，行走虽然艰难，神采却奕奕，不时回应着人们的问候。当主持人介绍我时，他从嘉宾一行中探出身来，冲我微笑。那样的微笑是会心更是期许，就此深深镌在我的记忆之中，以致这十年来，每每有所回味，我心里便充满了长辈关爱的温暖，当然，还有一丝抵挡不住的感伤。

时间的感伤行旅，文绉绉的一抹记忆。

与章武先生对坐在他的"骥斋"的窗前时，正是秋阳似酒的季节，他的拐棍已经换成了"四条腿"的助行器。

"古希腊有则神话说，人生有三个阶段：四条腿爬行的幼年阶段、两条腿直立行走的成年阶段、拄拐'三条腿'走路的老年阶段。我却十分荣幸，当前有了'六条腿'走路的第四阶段，今后还要进入坐轮椅的第五阶段、躺床上'卧游天下'的第六阶段……"

窗外没有树，只有湛蓝的天空如水般衬着章武先生的话，使人恍惚了时间上的断点，这时纵然有几幅心事，也都化在那临去一转的秋波里了。我没有多插话，只是静静地聆听他回忆琐碎往事，指点文字江山。毕竟是走过这许多春秋的长者，邂逅的人和事不需颜色铺陈，已然缤纷得既见前尘又怀梦影，即使难掩病痛的折磨和人生的苍凉风姿，仍不忘兑入戏谑的洒脱和悠然的宽慰；也毕竟和文学有着几十年的深缘，一言一语都渗出岁月沉潜下来的识见，非但不长皱纹，反而愈见清新，意兴波澜时，更颇有一番"不谈则已，一谈消永昼"的痛快。他还兴致勃勃地打开电脑，点开存放书稿的文件夹给我看，"这都是我自己打的，用的是五笔，退休后学的。"他说着，脸上绽开孩子般得意的笑容。

章武先生说，病痛面前，斯文苍白。十年前，也听他讲过类似的话，只是当时的我安于不甚了了的状态，而今十年苍茫已过，再品此话，便有"看明白后，也只有哑然"的苦涩。一句话，要懂十年，甚或一辈子，多难！

二

二十多年前，电视剧里的方鸿渐因为无所事事漫步在春天的小径上，留下莫名的怅惘；剧终时，他又满心绝望地在寒风中渐行渐远……

这样的"方鸿渐"已是一种精神现象，不能简单概括为知识分子角色，饰演起来难度极大。据说陈道明原本再三婉拒出演，后又足足用了一个月时间才渐入状态——在剧中，一身西装或长衫，陈道明尚未开腔就已是尴尬之人的表象：先是状如小偷被捉住了现形，继而回过神来，呆愕转为鄙夷中的无奈。"一惊一乍"的模样最终成了方鸿渐的标签，这恐怕连钱钟书先生自己也不曾料到。

"你这人不讨厌，可是全无用处。"赵辛楣嘲笑方鸿渐的话无非是说，无用之人在现实中才是主角，哪怕被动异常。我倒是替方鸿渐想到了飞鱼，一种他曾经绘声绘色描述用来糊弄孙小姐的鱼类：飞不高，离不开水，只能在大海和半空之间来回蹿跃，何况方鸿渐这条"飞鱼"落下来并无大海可依，只有地上的一小汪水，立游不得，嘴一张一翕地挣扎。再怎么使劲，终要落回现实，方鸿渐和飞鱼一样感到了尴尬。飞鱼的尴尬在于是鱼又像鸟，而方鸿渐的尴尬在于闯进了围城又想逃出来。尴尬是人生的

辑一　晚来欲雪

最后一张底牌，一旦被揭破，就意味着无休止的寂寞——《围城》就这样在一团幽默中寂寞着。

剧中，客厅烟雾缭绕处，赵辛楣一边仰面鉴赏口中吐出的烟圈，一边干笑道："学哲学？从我们这些做实际工作的人的眼光来看，跟什么都没学也差不多。"这样的台词经由英达口中说出，嘲笑的就不单是方鸿渐，更是赵辛楣自己了。算起来，英达没演过几个能让人记得住的角色，所幸有一个"赵辛楣"给人留下不少谈资。一个目空一切实则内心孱弱的留美学生，在嘲讽别人无用之时，自己也尴尬地沦为无用之人。现实嘲笑理想，理想也使现实荒诞，怎么说都使人哑然无言。求爱失败，可以发明"同情兄"之说聊以自慰；落魄西行、栖身三闾大学，也可笑谈"大政客都是教授出身"以求心理平衡；与汪太太事发，连夜逃离学校，那远去的落寞背影，正好给荒诞人生做了最好的脚注。

上海租界房子的铁门一开，几位女子渐次亮相，细加打量起来，却都不是金粉岁月中的婉约派——梳着乌黑的发髻，执一柄团扇，耳坠子晃晃悠悠。黄浦江畔再有遗韵，也只剩荷塘残叶丛中的虫鸣，马路上喷薄而过的汽车尾气才是人间烟火。围城内外的女子深谙恋爱在于猎取，婚姻在于统治，尤其擅长半遮半掩、欲擒故纵，不论是真戏假做，还是假戏真做，手法堪称老到，而且主配角之间互为进退，烘托有致，所谓双簧戏就是这么唱活的。因而苏文纨身边必得有个唐晓芙，孙柔嘉身边也必得有个姑母。李媛媛、吕丽萍对苏文纨和孙柔嘉的演绎人见人赞，一个高傲得虚伪，一个虚假得天真，都演到骨子里了，随便一个嗔怒或是破涕为笑，都堪回味。

李梅亭让人印象深刻，得力于葛优的主动请缨，天生一副尊容摆在那里，不消演戏，已浑身是戏。——李梅亭刚进得教室，便被汪处厚热烈地握住手，像摩挲情妇的手似的捉住不放，听他如怨如慕地发表系主任讲话，而自己准备好的"就职训话"愣是闷在肚里讲不出口。本是一场小人的自鸣得意，却不料被汪处厚老谋深算了一把，这时的葛优呆坐，未发一言，未有一动作，已是满脸的又疑又慌。原来小人失意竟也和英雄失策酸涩得不相上下，喜剧效果中的性善性恶，此时已无所谓，只有身不由己的荏弱，毕现无遗。

关于钱钟书先生对《围城》的点题语，我时常觉得，"人生的愿望，大多如此"这句未免残酷了些。人生洞彻无遗之后，剩下的便只有无穷的寂寞，所以《围城》其实是部中年人的小说。人到中年，婚姻早成昨日黄花，职场击桨已过中游，面对炎凉的世态，即使还有那么一点热情，也不能不感到倔强中的无奈。而电视剧《围城》，恰是一代名导名演精心酿酿出的老酒，愈老愈醇，愈醇愈不可复制，如今再要念想那些蹁跹而过的岁月和人，已邈远不可寻了。

老酒，其实寂寞。

三

北京的胡同大多变成了摘星的高楼。

一些旧物的逝去总不免要牵扯出人们长长的情愫，似乎不这样，就不足以留住几座记忆的后花园——胡同也不例外。

毕竟北京城足够老，随便刨下一镢头，都会有前朝遗韵从地下袅袅升起，凝成立体的文化乡愁。如果没有那些灰头土脸的胡同，没有那些绿树荒草，中国文化的生态环境恐怕要改变。城郭如旧，燕子来时，胡同深处依稀辨认出线装文化的一缕缕旧梦，四合院匝地的浓荫常教人忆起周作人、老舍伛偻的身影，绵绵不绝的知了叫声也牵引着中国历史的长吁短叹，就连初春时节，冒着尘沙在胡同里行走，听沙沙的风声，那感觉也是颇为"五四"的。

九十年代初，我客居北京，当时还有不少胡同，只是平日里见得惯了，也就视若无睹，不似如今这般带了"文艺"调儿。记得照例是灰的路、灰的墙、灰的房，偶有几簇绿荫遮蔽了胡同口，或从四合院里探出头来，都是些槐树、枣树、柳树，一如北方的风土，有种敦实的内在，但总归是灰色底盘上点缀的绿意，使胡同不至于完全乏味。盛夏，树上的蝉最耐不住苦热，鸣声不辍，响彻胡同，听着听着，那噪声竟也"京味儿"十足，大抵可与鸽哨并称京城"两大绝响"了。

那时的胡同大多破败，就连德胜门内外这样的地段也是如此，触目多坑堑，墙泥剥落不少，虽说就在天子脚下皇城根里，胡同看上去却和村落没什么分别。若到了冬日，风沙四起，荒草招摇，此时不说心情会不会倍觉萧瑟，单是看那路人双手戳在袖筒里缩了脑袋赶路，就已意兴枯索了。

走上几条胡同，便会诧异于千奇百怪的名字。往大了说，荟萃人文历史地理，往小了看，全是柴米油盐酱醋，用北京话说，就是"杂拌儿"，叫人云里雾里。"米市胡同"不卖米，"煤市街"不卖煤，"鹁鸽市"无鹁鸽。有的为了避粗俗，特意起了雅名儿。"辟才胡同"原是"劈柴胡同"，"吉兆胡同"就是"鸡爪胡同"，"瘦肉胡同"被改成了"寿刘胡同"，都好歹说得过去了。北京文人多，爱给胡同起秀雅的名字，白石老人便把他住的胡同唤作"百花深处"，但据说当时胡同里什么花都没有，路口还立着一座公共厕所！原来白石老人作画无数，花香只在丹青里。

胡同人家颇讲究"处街坊"，有事的时候吆喝一声，都不缺热心人，除此以外，过往并不多，更不爱"嚼舌头"，只是各忙各的营生，一任人来车往、日升日落。闲人也向来不缺。遛鸟的大爷拎着笼子晃晃悠悠，出门逢着，一声"您老早啊"的叫唤，悠长而缓慢，一天的光阴仿佛在蠕动。没事干的年轻人蹲在墙根下晒太阳，冲着走过的姑娘坏坏地笑。有的胡同半天没个人影儿，但绝不会给你南方雨巷"悠长而寂寥"的感觉。有道是胡同群众的眼睛是雪亮的。在电影《老炮儿》开场的那条胡同里，小偷以为四下无人，便把抽走钞票的钱夹子丢进垃圾桶，不料却被冯小刚鬼使神差地逮个正着。在胡同里，这种事绝非凭空捏造。

如今回想起胡同，自然不复闻浓浓的市井气，却像欣赏一摞昏黄的老照片，连残垣颓壁都泛着温柔的光泽。或许凡事皆注定，有始有终，有兴有亡，该成为历史的，终究会成为历史；我们也可以装着豁达地说："胡同的命运从一开始就注定了。"只是，人们为什么还要怀旧呢？

最是年少好读史

女儿忽然对历史来了兴趣，问我要书看。我随手取出一本《全球通史》给她试试，但转念一想，孩子还是有必要先了解一下中国历史，便又交给她一本厚厚的《中华上下五千年》。小家伙于是每天都喜滋滋地抱着这块"砖头"啃，一段时日下来，中华历史的脉络竟也粗略知晓了。

少年对历史有兴趣是件幸事，但我们往往遗憾地看到，很多学生在读完中学后，历史知识依旧匮乏，甚至如《桃花源记》中的渔人那般"不知有汉，无论魏晋"。若是理工科学生，倒也情有可原，文科学生如果也这样不谙历史，那是无论如何说不过去的。但从应试教育的格局来想，却又不足为怪，毕竟作为课业，难以真正激发学生的兴趣，即使勉强记诵，也只为应考起见，过后便还与老师。工作以后，除非与文史有关，不然很少有人会去动读史的念头，这也是不争的事实。

我小时候对历史的兴趣不亚于文学，原因很简单，就是历史故事"好看"。那时的出版市场远不及今天兴盛，想找几本简明适用的通史来读，都不容易，只能搜罗一些历史故事书来"解馋"。像《东汉故事》《东周列国故事》《杨家将》《宋史故事》之类，看到一本便"消灭"一本。零散的故事积累多了，也就记住不少史实和人物，算起来，不外乎雄王霸主、谋臣武将纵横捭阖、攻伐征战之事，历史的烽烟虽然遥远，但在当时看来，却有一种陌生的快感。我那时觉得，"主公"之类的人物好像没多大能耐，大抵都"手无缚鸡之力"，倒是谋士献计能定乾坤、武将鏖战平定江山，十分厉害。在一出出斗智斗勇的"盛宴"之后，成则王，王便正统；败则寇，寇便下流，似乎理所当然。至于兔死狗烹的阴毒、壮志难酬的遗恨，在幼小的心里是留不下什么痕迹的，就好比水下的漩涡再诡谲，也不及狂风作、波涛涌来得扣人心弦。

渐渐地，便由小说而读史了。从《三国演义》《水浒传》《说岳全传》《隋唐演义》等等一路下来，再到《东周列国志》《世说新语》，已然摸熟白话到文言的路子，捡拾到不少正史的碎片。唐传奇也看一些，只是兴致远不如那些演义小说来得大。中国旧小说素来与稗史约略等同，属于野路子，怎么看都像是从正统文学界驱逐出来的浪子，在当时卑不足道，在如今仍难脱"闲书"之虞，但因多描写金戈铁马、江山易主之事，不免要与历史并辔而行。常常是，一部小说读下来，不知不觉间就跨越了一片历史的山川，人的想象力也如马蹄嗒嗒地驰骋起来，萦绕心头的，除却对人物命运的关切，竟还有一番宿命的怅惘。不过，小说可读史却不可全然当史，这个道理在那时并不在意，小说读得越是着迷，就越对里面的故事深信不疑。比如，关羽是"武圣"，那就得"忠义智勇"冠绝群雄；岳飞挂帅北伐，当然要有"马前张宝，马后王横"护卫着才威风凛凛。"演义"总有合情合理的说法，而当渐渐有所省悟时，已是后话了，那大体要归因于我的初中历史老师的一番"拨乱反正"。

那位老师当时五十上下，长条脸，戴黑框眼镜，印象中只穿中山装，从来不笑。我觉得知识多寡与笑不笑没有关系，知识分子当然也就不屑于笑，不应该笑了。虽然不笑，老师的课却上得引人入胜。他有一大"奇观"别人学不来，那便是从来不带课本、教参等进教室，两手空空，有时还会夹一根烟，也不忧心"荼毒"未成年人。讲课时，两眼直视天花板，侃侃道来，史实、时间、线索非但分毫不差，还穿插了各种轶闻掌故饱满课堂。逸趣盎然之时，又使人懂得原来史外有史，读史不能拘泥于史，要敢于疑史。有许多名实各异的发现就是经他点拨才恍然大悟的。比方说，文学语言常在史书中迷惑人眼，古时的马拉大车便可叫作"香车宝马"；讲"戊戌六君子"时联系到清末京津一带的武林高手，传说能飞檐走壁，其实那时的民房不过两人多高；又如，代代流传的杨家将"七郎八虎"其实大多为虚构，而北宋时保家卫国、浴血沙场的三代"种家军"更为壮烈，后人却知之甚少。我也由此猛然记起，《水浒传》里有几条好汉是一逢厄运就想去投奔"老种经略相公"的，而那便是"种家军"第二代的种谔，这可算是"名实各异"后的一致了。

受之影响，我对野史兴趣不大，虽然有时也翻翻，如黄苗子的《野史杂闻》，看到有趣处一笑置之，仅此而已。须知野史如闲花野草，尤其当不得真。《聊斋志异》《阅微草堂笔记》是小说，亦是野史，如同瓜棚下村夫野老的闲谈，无始无终，聚散由人，却颇能明辨是非，知世道人心。鲁迅也编过一本《故事新编》，拿太古时代的圣人贤达开玩笑，不过其意在今不在古。当然并非说唯有正史官史才可靠，正史之所载，其真伪虽不好妄加判断，但对历朝历代来说，修史是难事则毋庸置疑。不说"身在此山中"不识庐山面目，也不说史料不全、根据不足，单是修史的笔掌握在当权者手中，就很难保证完全真实。像赵匡胤如何发动"陈桥兵变"黄袍加身，朱棣的"靖难之役"孰是孰非，真相谁也说不清；再若是有意抹黑前朝，也都不足为怪。

说到正史，又不免记起自己中学时曾投注心力研读的《史记》。举凡正史，我独推崇《史记》。我一直认为，《史记》之所以彪炳千秋，全在于司马迁发愤著书的"愤"上。因为"愤"，便无官气、利禄心，而尽显史家的浩然本色；又因为"愤"，惨烈中的凄美反倒造就罕有的大悲大悯。如此便明白，原来"词源笔下三千牍，武库胸中十万兵"，原来这支春秋史笔始终饱蘸的是以人性人心观史的涵容与气度，此诚可谓"人性之史""人心之史"。与《史记》类近的还有《左传》《战国策》，我那时均细细研读，并以徜徉于先秦之际为乐事。如今回头想想，才愈觉在中国文明之伊始，智慧欢歌既盛，慷慨悲歌亦长，二者交织而成的乐声注定绚烂无比；也明白了为什么后世总有抹不去的"复古"情怀。当然，不论"复古"是出于用意还是情愫，先秦之"古"已不可复制，其所积聚的丰美思想与瑰丽传奇，诚然是一座拔地而起的高峰，令后人唯有插上诗神的翅膀才能去飞掠、遐想。

先秦之史固然唯美，然而少年读史还应注重宋元明清及近代史，因为这一千多年来，中国不但内忧外患最多，就是文化思想的剧变，也是从两宋开始的，很有了解的必要。我常琢磨中国的民族精神，感觉是受了万有引力作用似的一路向下：先秦在头脑，汉唐在心胸，两宋在肝肠……到了清朝，则在膝盖了；而这些，无不是顺历史之流而来。曾经怡人醉人的甘泉，也可化作污泥浊水，不容一掬；多少烟尘陡乱的劫数命运，细数起来，都在不知不觉间镂心刻骨。历史也不光被拿来玩玩修辞，还可以借之讲一些事理。常说"矫枉总是过正，其实过犹不及"，历史便可佐见：秦尚法，汉则尊儒；唐重武，宋则重文；唐宋尚诗词，明清则讲八股，代代相因，轮回不止。由此看来，以史说理之臻于精确自不待言。所以人们常说以史为鉴，就是希望用历史当镜子照美丑、知进退，虽然偏重于诫鉴，对少年来说稍显堂奥，但了解历史常识总是有百利无一弊；若能进而养成读史的能力和兴味，在仰观与俯察中得二三真知灼见，已是不负"年少读史"的本意了。

作家与「坐家」

　　作家，似乎超凡神圣，但在家中又常常是个笑话。看文豪们的画像，或长髯飘飘、目光深邃；或姿态端庄、气宇轩昂，都仿佛与人间烟火无缘，其所遗残篇断章，也好比痰唾珠玑，轻易否定不得。即便如陀思妥耶夫斯基这样的癫痫病人外加赌鬼，爱伦·坡这样不可救药的酒鬼，也多加以美化，些许病况怪癖也就幡然而成奇闻轶事，更增三分神秘感，人不察也就不觉。

　　但坐在家中的作家就不同了。他可以勤快得像蜜蜂，又会慵懒得像猫；可以聪明绝顶，又会糊涂成虫，总之是个不折不扣的怪物。他深居简出，目光呆滞，整日里恍恍惚惚，不爱搭理人，若说出门撞电线杆也在可预见范畴之内。半夜灵感忽至，他会爬起来伏案疾书，白天则闭门谢客呼呼大睡。"坐家"的作家头发常乱似稻草，或作狮子狗状，一身睡衣邋里邋遢，比丐帮弟子强不了多少，怎么看都和阳春白雪的文学扯不上关系。笔头不顺时，他搜索枯肠，痛不欲生；写到兴奋时，他又哭又笑，手舞足蹈。在家里，他会一支接一支地抽烟，并潇洒地说"戒烟是最容易的，我已经戒过一千次了"；或者在深夜一杯接一杯地喝咖啡，让人以为伟大的文学即将诞生于咖啡杯。作家是人又异于常人，是才更是鬼才，既妙笔生花又不可理喻，他的光环让人膜拜，你轻易之间不敢动窥探的念头，但如果你的隔壁屋里真住了这么一个作家，你又免不了要当一回俗人，给他白眼，看他笑话。他的作品对你来说一文不名，他的迂阔正好说明你的精明，他的木讷恰恰见出你的伶俐。有这样一个对象资助你茶余饭后的谈兴，又反衬出你的高人一筹，岂不妙哉？！

家中的作家是个怪物，可是终日神游闭门造车毕竟不是办法，走出去又常常引起误会。伯朗宁有首诗写一个喜好观察社会人生的诗人，穿一身破旧的黑衣服，手杖点着地，后面跟着一条黑瞎老狗，这样的怪人出去溜达，自然被认为是特务，招来不少麻烦。许多古典时期的夜谭笑料，如今一样还是新鲜事，一样尴尬地证明文学在俗世中常能制造几出荒诞剧。据说荒诞剧最初只有独幕，后来大约重复得多了，荒诞也就不觉其荒诞。更可知，"形而上"的东西一旦被抽去底座跌入凡间，谬见也就成了定见，不合逻辑也只能尴尬地合乎逻辑。

如此一来，作家还是老老实实地坐在家里为好，至少狼狈只有自己看见，可叹的是，明明做文学换不来什么，还得一笔一画地"爬格子"，或对着电脑没日没夜地码字，同时不忘唱一唱"安苦为道"的老调，在自我解嘲中发扬人生的幽默艺术。一篇或一部作品写出来，如是"拈断数茎须"倒还容易，怕的是面壁十年披阅三载，肚里的那颗沙粒还未孕育成珍珠，就已熬成病了。文学是如此无用的东西，不能像字画古玩给官僚富豪的客厅增添摆设，也不能像电视网络给大众带去娱乐，除了自己陶醉，没有别的。熬了无数心血，换来一点稿费，凑酒钱不够，换烟抽得省着，只能算作精神补贴，若说哪天会沦落成"文丐"，与贫穷困厄为伍，那也毫不奇怪。

可是，作家们坐在家里认真写着，难免脑袋昏沉、脚底僵冷，越发觉得有变成上海人所说的"阿木林"的不妙倾向。过去，上海人说某人不灵光便说他是"阿木林"，再往后，说某人脑袋有问题就该说他像个作家了。七八十年前，鲁迅先生就曾吐着烟圈说："认真是做人的致命伤。"到了今天，这话依旧烟味呛人。"认真"实是无用，"不认真"又是圆滑地世故着，究竟该何去何从？舞台布景一换再换，角色反倒显得不太重要，满座皆是闲人，袖手旁观，听戏不知做戏苦，待恰到好处时，抽身而退，方显明智，否则曲终更无聊。但有时，作家们是顾不上"恰到好处"的，他们心里都明白，不管是"壮士一去不复返"，还是十八里相送临风洒泪，抑或新娘子上轿哭作一团，戏份儿要足够，时辰却拗不过，不罢手时也须罢手。于是一有机会弃文从政从商从军，没有不奋勇争先的。那是有志上进，该大力嘉奖才对，何况这样有志的人才，也不该在文学里埋没。

最想的无非是从政。优良的传统千年不易，苦心痴心的事干了一桩又一桩，却不过是孔子"经世致用"的蛊惑不散。章太炎就认为，孔子重"经世致用"如政客，这算是讲到源头了。本来"经世致用"是"实事求是"的意思，没什么不好，不像西哲期冀作家是"人类的立法者""英雄"，理想主义太过炽烈，结果作家往往都成失翅陨灭的伊卡洛斯。中国人务实，但对"用"求之过甚，以致"无所不用其极"。遗憾的是，中国的文人没什么机会能畅快地玩一玩治世。没办法，本身羞涩于夫子自道，"高尚其事"的话讲多了，就只剩"高尚"，"其事"早已落空。只有在现实中碰了壁，栽了跟头，"告别"不成，才又退回家中，再当个无用文人，在竹林里、东篱下、秋水边，添几个枯瘦落寞的身影，美丽了文学，蹉跎了岁月。也有委身山野仍眼望庙堂的，那更需小心翼翼，赔了笑脸，做些花团锦簇的文章，连吹带唱，以显示自己本有高屋建瓴之才，只是暂时屈就而已。

从政若不成，从商也可嘉奖。嗅觉灵敏脑子活络的作家，尤谙此道，南风一吹，他们就先行告别，一个猛子扎下海去了，有的再也没有浮上来，有的翻了几个筋斗就和平过渡成商人，从灰头土脑的"坐家者"一变而为临风玉树般的经济中心论者。所谓"一阔脸就变，无聊才读书"，其意自现。但若是弃文从商，并不足奇，奇的是"弃文从文"，不专事文学而以文学活动取胜，或是精明地把商业炒成了文化，此之谓"文学活动家"。"文学活动家"俨然是文坛的常客，娱乐明星似的飞来飞去到处赶场，在舞台上、镁光灯下接受粉丝们的膜拜，其乐无穷。不标榜"文学"，无法与文挂钩；只埋头于笔耕，不懂"活动"的妙用，"文学活动家"的能耐就在于深谙"文学"与"活动"二者的绝妙关系，更兼拉拉扯扯、欲彰还掩，便十分聪明而儒雅地名利并收了，其功力非"游刃有余"所能简单形容。

最后剩下一些折腾不动的，既不懂"别家"，也就继续"坐家"。临渊羡鱼和退而织网尚可互为进退，埋头写字的，眼看着政客们趾高气扬威风凛凛，商人们耽于华服精于美食，"文学活动家"们左右逢源八面玲珑，自己却是只有数字算稿费的份儿。无力怨恨不必说，顶多叹言一下"还是从前好啊"，在自始至终的不明白中，慢慢老去。

著述之间

作家讲课，当下似乎颇为时髦。大约是"坐家"久了耐不住寂寞，又大约是文学确有走进普罗大众的必要，总之各路作家纷纷披挂上阵登台说"法"了。但是同以文学为题，写作与讲课其实大相径庭。写作是家庭手工业，最讲私密性，讲课却是现场作业，只有公开性。一个暗中，一个明里；一个是书房里的形影相吊，一个是讲台上的直面大众，两者之间横着一条看不见的鸿沟，有的人来回穿越驾轻就熟，有的人则如临深渊，甚至望而却步。

既然是讲课，首先就得现身。作家虽然笔下生花，可一旦走到读者面前，多半要叫人失望。都说"文如其人"，其实这话靠不住。许多大名鼎鼎的作家往台上一坐，不过就是路人甲路人乙的模样，怎么也无法和他的作品相联系；而那些想象中飘飘欲仙的诗人，如果发现其面目原来猥琐，也不必大惊小怪。

人在台上，多少要显得体面一点，这也是特定环境使然。不过写作中的作家一般难见雅观，文学虽然看着阳春白雪，背后却多不宜写画流传的窘相尴尬相。说"不修边幅"还有洒脱之意，说头发常作狮子狗状，也可以自嘲为丐帮弟子，怕就怕写到了走火入魔，一身邋里邋遢，神思恍惚，又哭又笑，出门"目中无人"，不小心一头撞墙，便是为他人茶余饭后资助笑料了。不过此类"壮剧"的目击者终究有限，至多落笑柄于人口，在台上高谈阔论就不同了，像是从蜗牛壳中钻出，被置于众目睽睽之下，一举一动都要接受别人的审视，这时倘若闹出洋相，必然贻笑大方。因而高踞台上的人总会努力使自己看上去像那么回事儿，即使平日里闲散惯了，也多少懂得矫饰一番，不至于过分的随意。当然也有讲到忘情处手舞足蹈唾沫横飞的，叫人如睹神剧，只能说明其表演天赋已非三尺讲台所能容纳。

写作动笔，讲课动嘴，也有着天然的差别。笔握在手中，文思从脑中流出，落于笔端，注于纸上，这是意识和潜意识驱使手上动作的过程，或疾或缓，疾时文思泉涌下笔千言，缓时艰难生涩，甚至断流。但好在写作纯属个体劳动，写错了可以涂改，写累了就休息，"卡壳"了干脆搁笔，全在自主掌握之间。讲课却好比唱戏，锣鼓一响，主角登场，就断无缩回去的道理，而是要一气呵成。面对台下黑压压的一片，心理素质不佳者极易"犯晕"，或者脑子突然"短路"，如不能及时调整，纵然你笔下风光无限，此时也只能在台上尴尬着，惹大众发笑。现场组织语言同样是门大学问，思绪应汩汩不断，如抽丝剥茧一般步步阐发，侃侃而谈，同时善设悬念、"抖包袱"，才能让人醍醐灌顶，甘之若饴。这样表述的功力不逊于"一笔成文"。演说如此上佳者并不多见，常见的倒是台上索然无味，台下昏昏欲睡，"述"得再多，也是多余。

人似乎可以不动笔，却不能不开口。口才是如此重要，难怪古圣先贤传道授业首选"述"，而"著"，最初大抵是书记员的差使，圣贤不为。你看那一幅幅先贤图，师尊们无不是仙风道骨，意态萧然，弟子们围坐其身旁恭聆，仿佛一语便能启迪一个世界。这般境况比后世文人的皓首穷经不知要潇洒多少。孔子自称："述而不作。"意思是，只陈述前人的思想，自己并不动笔，与"君子动口不动手"相仿佛。可就是这么拉家常磨嘴皮的功夫，都字字珠玑，倒是后人汗牛充栋地"著"，太劳累了。其他诸子与之大约相同，都以辩才无碍领一时风骚，留千古美名。古希腊的哲人也述而不作，感觉他们总是身体健好，声调铿锵，表陈欲望很强。那时的爱琴海天气大多晴好，海蓝沙白，橄榄林青翠，衬着一个个披白袍、高声讲话的男人，给人神清志旺的感觉。尽日长谈后，弟子、听众莫不惫极，只有哲人依旧精神矍铄，如在曦光中沐浴。此番情景，不免使人悠然神往，以求欣赏他们的风神、气度。古之智者强就强在凭三寸不烂之舌，就能摆出那么多应对宇宙和人生的韬略。凭灵魂去思想，慧心既成，余音不绝。这样的"述"，当然成了景观。

然而后世的文人学士，不仅要口吐莲花，还要笔下生花，很潇洒地做既著且述的"两栖明星"。能这般左右逢源且得心应手的固然只是少数，但却相当精彩。陀思妥耶夫斯基是个疯天才，小说写得壁垒森严，令人窒息；但又好赌，得了稿费便跑去赌馆，输光了回家，叫来夫人记录他口述的小说，讲得飞快，如排山倒海一般。此类奇闻，只合作为天方夜谭而已，在俗人眼中，天才实在是有悖于常理的。梁启超为人浪漫、健谈，不拘形迹，醉后可以作文，一挥即是洋洋洒洒，非万言不足以写意抒情。讲学同样尽显性情，幽怨处如泣如诉，慷慨处则手舞足蹈，犹如演剧，使听者忘倦，如临其境。当代学者中著述皆优的，也不乏其人，易中天给人印象深刻。易先生功成身退后隐居于某江南小镇，讲课似乎好久不曾继续了，却修著出了三十六卷《易中天中华史》。精思妙说，在一股股"冷幽默"中与历史轻松相见，蔚成易中天著述之特色，沉甸甸的史书也因之多了一块别样窥探的亮斑。自己不笑，众人发笑，笑后难忘，所谓"高级幽默"，易中天可以担之。

　　口若悬河固然值得称道，但终究是天赋之异禀，并非人人都能练就的"飞镖利刃"，文人当中，有不擅此道或表述艰难者，也就见而不怪了。周作人文章虽好，讲课却木讷得很，叫人无法相信那些冲淡隽永的文章出自他笔下。据丁玲回忆在北大听课，周作人进得课堂来，抬头看一下学生，便拿出准备好的讲义，低下头去小声地念，一直到下课。巴金是个热情而急促的口吃者，行文的流畅和日常表述的困窘形成鲜明反照。口吃，大约算不得残疾，只是"述"的不连贯和困窘。事实上，和滔滔雄辩者比起来，写作群体中的口吃者往往有"一语中的"的闪光，或谓"语不惊人死不休"。作家笔下的口吃者也往往深谋远虑，在严肃思考的猝然中止中自责不已。索尔·贝娄的伟大之处就在于以"摇摇晃晃"的姿态贴近知识分子的语言生存方式，他的主人公赫索格不单是艰于表达和思维，还指向深刻，最不济的也达到审美——似那般欲"述"还休，言而又止，在热情和痛苦之间遭逢尴尬，才是无从抵挡的最大真实。

难得散淡

做散淡的文章，大抵要先做散淡的人，这话人人都懂，只是"散淡"二字谈何容易。

京戏《隆中对》中的诸葛孔明唱道："我本是卧龙岗上散淡的人。"孔明自言的"散淡"，其实是中国式智慧——闭一只眼睡觉，睁一只眼看世界，稳坐隆中，专等那刘皇叔上钩。高士出山，虽不比新娘子出阁要哭作一团，但扭捏作态还是有必要的，不然再有才也终归于二流。中国人管这门艺术叫"难得糊涂"，用现代的俗话说就是"装蒜"。西方人自然不懂其中奥妙，京戏看得一头雾水，因为他们只知道有个西西弗斯，很执着地推石上山，石头落下又推上，周而复始……

戏里的散淡毕竟可以装，可以唱，文章的散淡却装不来，唱不得，好比半老的徐娘任凭怎么打扮，也是一脸的庸脂俗粉。说到散文，"形散而神不散"似乎是律条，其实不然。散文的"散"绝非如江河泛滥无边无形，而应收纵自如。写作者有如驭马，手里紧握缰绳，纵处天马行空一任驰骋，收处则蹄声细碎乃至密如缝针。形神能聚方是好文章，而境界的高下全在于是否有一颗"散淡"的心，故而，散文的"散"实为"心散"。

散文的首义是"随兴而发之妙墨"，其实已点明了"心散"。蒙田的散文便是秉笔直书所思所惑，但言"据我所知"，不言"我所应知"，闲散已极，便不囿于法规绳墨。中国文章格外强调"载道""言志"，兼之人生实难，即使不以功利为目的，也难免事事掂量左右逢源，唯恐丢了准绳，结果反而搞得营营役役，满纸不是四平八稳就是功用性重。正像钱牧斋，虽然一肚子学问，文章却酸溜溜的，即便后来娶了娟秀的柳如是，也换不来一点青春亮色，看来读书太多反倒淤塞于心误了文采。倘若以文论画，同样可以注一个"散"字。郑板桥《靳秋田索画》云："索我画偏不画，不索我画偏要画，极是不可解处，然解人于此，但笑而听之。"如此看似一白如水的胸怀，却是要修多少"心散"才有的造化。

"散"是一回事，散而不淡照例一团浊气。只有"散淡"，才仿佛山人高士的超逸闲达，爱竹村山水，居烟岚深处，邀鹤同游，修洁如处子，坦荡如道人，所做文章才不古不今，卓然于世。问题是，如今不论都市还是山野，人气皆重，小隐陵薮已无可能，大隐于市却不是人人可有的修养，那么何来散淡呢？清高人惧，圣贤人也畏，普通人纠缠一身的不外乎俗务，但在谋稻粱之余，拾回一点心灵自由，说到底还是年岁渐增换来的应有长进。古有一诗，云："寂寂寥寥无个事，满船风雨满船花。"都市忙人惯见的是满船风雨，追慕的是满船繁花，而心何为？"寂寥无事"不过是参悟一树荣枯后的散淡自若，诚然不易，又因不易而弥足珍贵。

写到这里，又不免忆起吾邑已归道山的"酒仙"十八哥。始终散散淡淡的一个人，吟诗挥毫，饮酒交游，无不潇洒至极，不与功利结缘，不见渣滓于胸。对于当下文人热衷钻营之事以及种种堂皇的"冠冕"，他只有不屑。有人劝他将诗作结集出版，他一笑置之："垃圾，都是垃圾。"此之谓真散淡也。

常怀散淡之心，落于笔下，则慷慨豪爽、风流蕴藉、落拓不羁、澄静缄默等情愫俱结而成"气"。气，是判别文章高下的一大标尺。虽说读书写作百年也未必能成器，但都要以"气"为之。古人说文章之气"与山水近，与市朝远，与异石古木哀吟清唳近，与尘埃远"，不免邈远了些，但读书在于养气，作文在于运气，赏文在于品气，如果能加以领略，却是好的。气者，文章之根本，说起来，便如同水中之味、花中之光、女中之态，即使能言善辩者也未必能下得一语，只有以心驭之，以心知之。一篇文章写下来，气盛或气弱，气清或气浊，气平或气峭，都附着于纸上，潜藏在字里行间，而出自作者之心。唯有御散淡之气，才如作逍遥游。谈风说月不绵软无力，引经据典却叫人忘记缠人的头巾，负暄谈天尽现真知灼见，写人生世态亦能以真情打动人，由此文章殊邈于世。

这样散散淡淡的文字不多见，见着了总叫人喜欢不已。维特根斯坦的随笔向来有趣，短短的，浅浅的，有些哲理又不高深，丝毫不像人们臆想中爱皱眉头的哲学家所作。高深的哲学家文字这么好看，真是散淡得出奇。学者扬之水写老街旧宅的兴亡，折射出中国文学生态环境的改变，只淡淡几句："寻芳去迟，不知是砍了还是移了，总之，一街的合欢树，已经成为童年的记忆。"每次读来，总叫人心中有万千滋味，竟不复需要其他文字了。

玄乎？亦玄亦实也。故而散文者，心散为之，淡而为上佳，怕的只是修炼不够，又囿于功利，满心役于外物，一下子驱散了水中味、花中光，空余水中月、镜中花的自我满足。

散淡实难。

辑二

不寐有怀

不安之辩

"欲推是辩，以正名实，而化天下焉。"

——题记

公元前两百多年的一天，赵国。

初夏的阳光已十分燥热。时值晌午，通往邯郸的这座隘口前人迹寥寥，几棵大柳树下一片清荫，蝉鸣不辍。守关的兵士抗不住困意，兀坐于树下打盹，长戟扔在一旁。

公孙龙骑一匹白马从道上翩翩而来。一袭灰袍的他，面容清癯，须发隐隐有几分斑白，然而目光清澈如水。白马行将入关，兵士忽从困乏中醒觉，慌忙拾戟爬起，紧追上前拦下白马，叫道："上有令，马匹不得入关！"

公孙龙带住马，以手捋须，从容笑道："此乃白马，非马也，自然入得。"

兵士一时呆愕，不知如何应答，连树上的蝉也噤住了似的，空气霎时寂然。

公孙龙哈哈一笑，带转马头，不慌不忙过关而去，蹄声嗒嗒，渐行渐远，留下一脸懵相的兵士在原地挠头。

呆愕的绝不仅仅是兵士，历史的长河浩浩汤汤而下，"白马非马"论也一路使人呆愕，乃至不安。原因何在？只因公孙龙挑选了一个中国人最头痛的逻辑论证角度，在形象之外独辟蹊径，圆其说于极致。

离形言名——公孙龙的独门秘籍。

仿佛绝世高手遗世独立，轻轻拢一拢长发便绝了红尘，然而这只是臆想，历史上的公孙龙不过寄食在平原君赵胜门下，混迹于侠士奸徒之中，填充着"养士三千"的豪华阵容。当然，他无须像冯谖那样弹铗高歌"食无鱼"，以冀引人侧目，他的"智""辩"才华早已深受平原君倚重，且声名远播。公孙龙所著的十四篇名辩文章，仅有五篇流传于今，即《名实论》《白马论》《指物论》《坚白论》《通变论》，篇篇诡异莫测，放在先秦诸子的著述卷帙中，算是殊绝的风景。它无非等同于一种测试，测试人们在形象之外世界的浮游能力究竟有多强。

在名辩思潮激荡的春秋战国时代，各家智者锋芒毕现，舌战群儒，日服千人，都不足为奇。人们常说思想如火星迸射，语言如飞镖利刃，一条巧舌可退三军，这些看似神奇的描述用于他们身上最为贴切不过。公孙龙之为名家思辨集大成者，不知他最终止于何种辩论境界，我只读到"龙少学先王之道，长而明仁义之行，合同异，离坚白，然不然，可不可，困百家之知，穷众口之辩"，如此寥寥数语，已足以叫人追抚历史前尘，恍然若见他雄辩滔滔的精彩场景。"然不然，可不可"正好言中名家思辨的奥妙，证悟在惯常逻辑思维的断点处还大有文章可做，且一做便激起风诡云谲。公孙龙之智见乎于此。寻思起来，倒是与古希腊诡辩家有几分相似，往往于谈笑处，四两拨千斤，就令众生迷乱不堪。

儒学门派对此极为不安，在他们看来，诡辩实为诋毁大道。孔子的后裔孔穿为捍卫正统与公孙龙对辩于平原君府，数日之后只能认输；虽然不服，却也无计可施。素有"谈天衍"美称的稷下学宫辩士邹衍辩才虽高，对公孙龙也只有摇头的份儿。一时间，在公孙龙面前，辩士们纷纷受阻于言辞，困厄于浅薄。

然而公孙龙却道：莫以辩才围我——也是实话。

辩，公孙龙之能事。辩本无胜，以辩正名实，是公孙龙本意，只是儒家阴阳家诸子如何能参透？高士尚不能，又何况泛泛之辈？

还是让时光回转到两千多年前。这日，我与公孙龙幸会于邯郸西北紫山之麓。从这里东眺西望，满目横翠，雄峰巍峨，峰顶有紫气郁覆，几只苍鹰盘旋其上；山下岩壑幽深，有一茅庐临水，耳畔流水声潺潺不绝。好一个清静所在，使人浑然不觉正逢干戈四起群星灿烂的时代。

凭轩对饮，观山色幽奇，不失为人生一大快事，酒兴谈兴自然浓上加浓。我问公孙龙道："'白马非马'论旷古未有，闻所未闻，世人皆迷惑不能解，还请先生赐教。"

公孙龙略一沉吟，问："子欲致马，得黄马黑马可也?"

我答："可也。"

又问："然则欲致白马，得黄马黑马可也?"

答："不可。"

公孙龙笑道："如此便明了。若白马与马同，此二问当具相同结果，然彼此正相反，一曰可，一曰不可，岂非'白马非马'?"

我瞠目，不知何言以对，但愈觉晦涩难懂。

公孙龙举觞，我亦举觞一饮而尽，听他缓缓道来："但言白马者，马与白也，白与马也。马者所以命形，白者所以命色，色与形岂可混为一谈? 命色形非命形也，若将色形笼括于形，则大谬，故曰'白马非马'。"

仿佛淤塞的暗道透进了些许光亮，我渐有所悟，试探道："先生素倡名实之正，如此看来，以'白马'之名对其实，方为'正'，然否?"

公孙龙拊掌答道："世间之物，以物其所物而不过，此为实。实以实其所实而不旷，此为位。位其所位，便是'正'；出位，便是'不正'。名正，则唯乎其彼此，或彼实，或此实。"

山间有一股清风拂来，似为应和，又恍若使人豁然开朗。

哲学之"智"是一种执拗、一种与生命的较劲。遍观先秦诸子百家，多专注于"形而下"世界，与生命做着无果的缠斗，岌岌于"经世致用"，为"礼崩乐坏"而焚心忧神。在他们看来，衣食住行、内圣外王，都有言之不尽的韬略；善别有用心，恶亦别有用意，都是现实的交作，可见可名，也就都要细加应对——他们都是些忙碌的人。名家和道家则显另类，一旦离开现世的纠缠，将目光投向"形而上"世界，必然不安于世，孤独也将如影随形。但同是"形而上"，老子只限于劝人回到自然去，所谓俗世、欲望、情态，甚至志向，都无意义。一个头脑里有如此高妙辩证法的人，却不得不混迹于群氓，是够他烦恼的。老子就是一个想"回家"而回不了的人。

道家反对名家，但作为名家的惠施却能一面与庄子在濠上愉快地观鱼，一面在"形而上"世界里闲庭信步，看来颇善交游。在他眼中，天地之大、秋毫之末，都是"实"，"至大""至小"的流变不过相对而言，故曰"泛爱万物，天地一体也"，但又自得其乐于此。公孙龙则把"名"摆在了一个绝对、恒久不变的位置，进而在形象之外的世界找到了"共相"，又进而与远在古希腊的柏拉图相视一笑。可见每种智慧都有它的律令，但又不自觉，从无知到有知，从形象到共相，从经验到逻辑，东西方哲学在不自觉间握了握手。

那么接下来就要看公孙龙如何摆正"名"与"实"，希望不要像伊卡洛斯爸爸造的迷楼那样，使人进去容易出来难——与名相对应的实，只为名所反映之物，"不过"是道藩篱，亦是准则，如"过"，此之"实"便非彼之"实"。"白马"之名只对应"白马"之实，黄马黑马皆不是。实必占据其位。"白马"之实为白与马，即色与形，若以"马"充实"白马"，则色位空缺。实其所实，色与形都应居其位。实居其位，方是"正"，出位则不正。若以"白马"充实"马"，则"白"出位，此为"不正"……好了，可以先透透气了，喝口酒……

日影西斜，仰望山上有暮霭淡淡而起，除却几声归巢鸟儿的喧叫，充盈耳畔的依然是不知疲倦的溪流声。这溪水，就好似茅舍中的意识之流，出发了，便不知回头。

案上酒已空，我二人微醉。酒劲涌上来，公孙龙敞开了衣襟，斜卧一旁。我起身，从瓮中舀酒，笑语公孙龙道："今日问道于先生，实乃人生一大幸事，会心处良多，只是先生之学，高深堂奥，衍生无穷，'白马非马'之外，更有指物、通变、坚白诸多高论，会意者寥寥，不知先生可曾高处生寒意？"

公孙龙摆摆手，曰："或称颂，或讥贬，且由他去，庸人安知托怀玄胜之妙？龙虽不才，却无意斟酌时宜，与当世萦怀，即便萧条高寄，此心亦无与让也。"

我暗暗赞佩，为他斟满酒，又忍不住问："先生之'物指非指'亦是千秋名辩，较之'白马非马'，有过之而无不及。何谓'物指'，何谓'指'？愿闻其详。"

答曰："纵观天下之大，指为其所无，物为其所有，因指非物，是故物可指。指化为物指，物指因附着于物而为非指，然物指非物，亦非指。"

"物"与"指"跟两枚黑白棋子似的，被公孙龙娴熟地拿捏、玩转。见我一副懵懂的样子，他不禁面露得意神色，向我举了举酒觞。

"指"，公孙龙苦心经营的概念。物莫非指，能指而又非指，便是具象与抽象间的纠葛反复。这纠葛，于公孙龙而言是一层纸，于我却是一团麻，所以我只能做个埋头喝酒的听众。虽然是和他挨近了点，给人以面授机宜的感觉，其实是错觉，一头雾水的听众是常有的。

但我不甘心，天时是千年一遇的，山色也空蒙得难有一比，就此怯退岂不枉费了天时地利？遂又问道："然则'坚白石'何如？坚、白、石，分明有三，先生为何独言有二？"

公孙龙朗声笑道："子目视白石，当言'白石'；手拊坚石，当言'坚石'，然否？"

我答："然。"

"为何不言'坚白石'？"

我顿时哑然。

公孙龙曰："得其所白，不可谓无白；得其所坚，不可谓无坚。然白石得之于视，坚石得之于拊，视拊异任也，岂可混为一谈？非因白石为白，而石皆白，且物坚者多矣，不单为石。由白不能知坚，由坚不能知白，是为'离坚白'。"

真是精彩纷呈，我听罢如醍醐灌顶，于是和公孙龙拊掌相视大笑，宿鸟惊飞，空瓮应响，山色在眼前竟缥缈若举，今夕亦不复有来夕了。

"离也者天下，故独而正"是句睿智到登峰造极的话。自公孙龙以降，名家墨家"坚白"之争遂趋于同一，儒者道者虽仍诘难不休，却已不妨碍这桩公案一直受称颂。

辩有胜亦无胜，真理愈辩愈明，愈辩愈彪炳千秋。

生命本自觉，生命是一长串摆脱不得的自我烦恼；智慧却不觉，觉之"智慧"是虚伪。凭了自觉的生命去追求不觉的智慧，不平衡已注定。举凡儒、释、道、基督诸家均明白智慧与生命的不平衡造就世界的苦难，他们思考生命，超度苦难，殚精竭虑。可是思考只是第一性，对"思考"进行思考，才是第二性。这第二性的"思考"该属于公孙龙，也属于非难、不安，像一个时代，造就他又必须排斥他。但这非难、不安、造就、排斥，对于一个智者而言，无意义。他依旧剑走偏锋，掠于天外之天；依旧如空谷长啸，声振林木，令人惊回首，三唱九叹。

知或不知公孙龙，似乎都不值一提。但多年前，我自"白马非马"纠缠于他的玄思和所处的时代，至今仍不安于心，像一只大鸟飞过林间，必定引得松涛阵阵落叶萧萧；像一片月光泻在湖面，水中的波纹就会泛起懔懔的光华。

苦雨斋里的烟雨晚霞

新近收齐北京十月文艺出版社出版的《周作人自编集》，煌煌三十七册，分批出了好几年。往架上一摆，一长溜的，壮观之下，细思却发觉少了某种韵味。其实，周作人的小品随笔好比是下酒的小菜，随意三两碟，佐以黄酒，滋味便足，如果满满当当地摆成筵席，反叫人无处下箸。

周作人的文章如烟雨如晚霞，见不得太烈的阳光，经不起纷扰的尘嚣，只宜坐在一处庭院里，四周寂然，唯有风动树梢的沙沙声，如此一个字一个字地细品，才能捡拾起其中知性的沧桑和阅尽尘事的冷幽。知堂老人的文字常使我想起兰姆的小品文，也博学，也矫情，只是兰姆更明朗些，字里行间总有几缕阳光在跳动。当然，瓜棚豆架下的负暄谈天，透出的总归是浓浓的东方世味，周作人笔下通灵又处处乾坤朦胧，所思所行尤难一致，这样的闲适较之兰姆，便是素淡中显沉郁、平和中现丘壑了。

其实周作人一生清寒，他只想过得暖和些、清静些，"少说闲话，多读经史"。幸亏有苦雨斋这么一隅"自己的园地"，瓦屋纸窗素雅，白杨树影婆娑，可以在里头清静地喝喝苦茶，做做不着边际的文章。"有些人种花聊以消遣，有些人种花志在卖钱，真种花者以种花为其生活，——而花亦未尝不美，未尝于人无益。"这样的性情确实只适宜在书斋里读书写作，连上讲台讲课都备感失落。当年听过周作人讲课的学生回忆说，他上课很木讷，远不如他的文章洒脱，也不看学生，只是小心地念讲稿，念完就下课了。至于晚节不保、战时落水，他虽说是"不得已的事"，"我和一些朋友也需要生活"，细究起来无一不是性情所致。他原是想"忍过事堪喜"的，并写一则《读〈东山谈苑〉》以表心迹："《东山谈苑》卷七云，'倪元镇为张士诚所窘辱，绝口不言，或问之，元镇曰，一说便俗'。此语殊佳。"无奈这"过"无论如何不是"为谋生而做做小事"所能搪塞，对于无法辩解的事，唯有付以惋惜了。

周作人的文章好，也只好于一九四九年以前，其后他出狱，几经颠沛后专事翻译文学，而这全亏了毛泽东的一句话。一九四九年七月，他写了一封长信给他的绍兴老乡周恩来，痛陈拥护新政之志。此信后来转至毛泽东手里，毛泽东看后说："文化汉奸嘛，又没有杀人放火，现在懂古希腊文的人不多了，养起来，让他做翻译工作，以后出版。"有了毛的话，周作人便又可以回转家中，坐在苦雨斋里读书写字了。

又有一年，中国文联为了"照顾那些阳光照不到的人"，安排周作人、钱稻荪等人去西安看看。周作人一路上畅谈共产党的领导，说他认识毛润之先生，"在今日的世界上最伟大的人物就数毛润之了"，又说还想去延安。从那以后，中国文联便让人民文学出版社把他的稿费从每月两百元调高到四百元。

幸亏这些蹩脚的话没有收入他的文集，也幸亏他在四九年后不再像样地写文章，否则知行更难理解。毕竟是旧式书斋里的读书人，消磨的只是梅窗竹影下的清幽婉致，若是拉到阳光底下，不是要像蜡一样化掉，就是如坐针毡浑身难受。好歹这样小心翼翼地过了十年，苦雨斋也安静了十年。"萧寂如古寺一般"，周作人这样形容苦雨斋，让人隐约嗅到一股暮年的朽气和苟活的酸涩，所谓闲适已成昨日笑谈，辛苦维系的闭户读书，不过是孤岛求生般的举步维艰。继而又不免慨叹起人生："余今年一月已整八十，若以旧式计算，则八十有三矣。自己也不知道怎么活得这么长久……对于世味渐有厌倦之意，殆即所谓倦勤欤。狗肉虽然好吃，久食亦无滋味。"譬喻人生如狗肉，知堂老人老来感言竟然素味全无，未免冷幽得有些滑稽。

苦雨斋终于等到了这么一天——一九六六年八月二十二日，红卫兵冲进八道湾周家拿人，查封房子。周作人给拉到大榆树下用皮带抽，棍子打。他在屋檐下蜷缩了三天三夜，才被允许在洗澡间搭个铺。周作人两次向公安机关递交申请要服安眠药"安乐死"，都没人理会。那时，他的儿子给关进牛棚，家中只有儿媳张菼芳照看他，就这么熬到了第二年春天。一九六七年五月六日，张菼芳接到邻居电话匆匆赶回家，发现周作人趴在铺板上一动不动，浑身冰凉，已经死了好久。

周作人其文可品，其人不可品，盖因一生矫情使然。关于他的文章，周作人曾说看见旧作还是要满意，可见了无长进了。我多年来不断温习，至今仍是喜欢，想来无法摆脱的还是那囿于世故又屡屡向外逃离的一丝企图。人生多无奈，知与行的罅隙往往潜藏着莫名的情状，叫人欲辩却忘言，就像看到这些有骨有肉又淡雅有风致的文字，想到的却分明是北京城里的知堂老人：头上是蓝蓝的天，身后是灰墙灰瓦，脸色枯黄，一身灰衣裤缩水缩得"袖不及腕，裤不掩踝"，几阵风沙吹过，那情景便愈加灰蒙蒙了。

生怕情多累美人

　　"曾因酒醉鞭名马，生怕情多累美人"是郁达夫一首七律中的名句，作于一九三一年他离家出走之时，这一年也是他和王映霞结婚的第三年头。

　　婚后郁达夫的坏脾气令王映霞始料不及。这位她在浙江女师时就熟读的小说《沉沦》的作者竟像个孩子似的动辄负气出走，当初热恋的执着变成了不计后果的偏执，每每至此，似乎郁达夫已非郁达夫。王映霞后来在《我与郁达夫》中写道："许多事情是不能有一个开头的，有了第一次，还会有第二第三次，甚至于无数次了。有时为了饮酒，又有时为了别的鸡毛蒜皮之类的事情，我只需看他眉头一皱，头一摇，知道他马上会犯出老毛病了。"像是外出放风，郁达夫出走后不久，就会自己回来，跟没事一样。这种行径多了，王映霞也就习以为常，虽然有过多次可怕的幻想。"我原谅他的病态，珍惜他的不健康的身体，另外，也感佩他的才华。于是只能言归于好。"结婚不到三年，王映霞就领教够了郁达夫复杂的性格，其中滋味唯有她知道。

这样一个在"围城"内外不停游走的文学家，必定不能以温良恭谦来理解，倒像个任性的孩子。早慧、敏感的文人都这样，孤僻、不羁，乃至特定环境下的酷烈，或如他所言的"自卑"，都在素朴的外表下潜藏着，稍加刺激便会即时而起，故而若以常规的家庭方式或文人习气来规范郁达夫，只会陷于庸常。郁达夫是谁？什么才叫郁达夫？隔了时空看，不失为卓荦闪耀的孤星；逼而视之，则缭乱不可识，但即使难执一词，已足以激赏，足以怨艾。

仿佛遗世独立的畸零儿，大多归因于早岁家境的困窘、漂泊的坎坷。这个从小在富春江边巴望着来往的帆樯、等待母亲归来的少年，早就谙熟了心灵空洞的滋味，以致称自己来到这个世界是"悲剧的出生"。虽不无夸张，但也说明他一出生就十足的郁达夫了。这点气质若是挪移到别人身上，都嫌不合适。留学东洋，一边是疯狂滋长起来的"青年忧郁病"，一边是无情现实辗压下的愤懑与不平，两股暗流交相奔涌，激起的独特景观一上来就令人眼神无措。《沉沦》中的露骨叙写，说到底是种冒险式的自我解剖，一旦收拾不起，势必落得遍地狼藉。周作人为之辩护所称的"受戒者的文学"，正在于"给人稀有的力"，于百年后的今天而言，仍不乏夸言的理由。回看颓废和刚劲，看似相异，于郁达夫其实相容。漏船载酒，偏要行于江湖，单是那几壶酒、几句诗，就使江南雪夜、钓台春昼平添了别样的颓废；然而并非凄惶到莫名，一唱三叹之下，道出的尽是放浪中的不羁、落魄中的企慕。更或明悉无时无所不在的"极端"，在生与死的两相抉择间，往往酷烈地选择了后者。如此不统一而统一、开头即寓示结尾的只有郁达夫——一部《沉沦》是处女作，也是墓志铭。

郁达夫的多情与生俱来，浓烈异常，《沉沦》中情欲的燃烧、性苦闷的宣泄，多是他在日本时期的自我写照。对异性渴求的赤裸裸表白，在今天尚且难以坦陈，更何况百年以前？可惊叹的是，郁达夫的作为竟如此之早；更可惊叹的是，他并不讳言曾经在从名古屋到东京的途中下车，钻进一个妓馆，挑选了一个"肥白高壮的花魁卖妇"，销魂一夜。若是放浪形骸也就"放"到无知无觉，偏偏潜意识里又殉从最原初的令，于是痛悔之后仍不忘驻守一方心灵的庭院，就像多年以后，当他忆起十四岁时与赵家女孩的懵懂瞬间，心头依然有"一点极淡极淡的，同水一样的春愁"。

这样的纯真重被深味时，已是他与王映霞的邂逅之日了。彼时，他三十一岁，王映霞十九岁。她亭亭玉立，活泼健美，又受过新文学熏陶，与旧式女子的呆板忸怩迥然不同，一出现，就像一道霞光照进了郁达夫的心里，使他意乱神迷，如获重生一般。"生命的危险，我是顾不着的，什么地位、名誉、家庭，更说不上了。"虽然此时的他已和孙荃这个"不爱又不得不爱的女人"有过七年的婚史了。寤寐思服、辗转反侧，这些为王映霞而近乎痴狂的举动连郁达夫自己也感到惊疑,但既然为爱迷乱已不可改,也就免得他再四处寻找,否则真的愈加迷乱不可收拾了。他用最擅长的方式表达这前所未有的爱,作家的经验和想象全都通过文字来验证,否则搁笔即是否定,势必空留满地彷徨。除此之外,也有一丝隐忧在他心里游荡,"明知道中年热恋的后果,常不佳妙","这梦的结果,不晓得怎么样,我怕我的命运,终要来诅咒我,嫉妒我,不能使我有圆满的结果"。涉世未深的王映霞做出与郁达夫结合的选择,是在几经踌躇之后的,除却不由自主地被"融化",浮沉心头的始终是《沉沦》中足以同情的"他"。当作者与人物重叠不分彼此时,文学超越的便不仅仅是名利观念,更有对未来的感性构想。

然而在家的港湾中,恐怕没有浪子长久的居处,因为浪子在根底里是拒"家"于理想国大门之外的。这一点,王映霞不知,郁达夫也不自省。婚后的裂痕在所难免,周而复始于"逃离"和"回归"之间看似一宗罪,却是潜意识里滑行的轨迹。浪子在无爱无家时一天天一秒秒活着,有爱有家时却煎熬不堪。这听起来荒谬,其实不过是常识,只是带了点罗曼蒂克色彩,便使文学平添诸多非常的调门,也使浪子耗尽生命的灯油,类似于在梦中死去。等到了"家庭生活"被破坏得失去正常意义时,王映霞也就任由郁达夫欢哀而不觉其欢哀。像是在铤而走险中落败一般,当初母亲的劝告、师友的轻视,又专以摧残痛处似的被不断忆起,即使可以装作不在意,在爱情中窒息、在婚姻中苍老,已是不争的事实。久而久之的作践,也就泯灭了"正常生活"的欲求。

把伤害单方面归咎于郁达夫有失允当，毕竟十字架上承压的命运劫数，从一开始就在暗中觊觎着。后来的人们惯于闲谈郁王二人的聚散，却独独忘了横亘在他们之间的还有孙荃这道抹不去的阴影。无奈的选择、选择的悲哀，好比两堵高墙立在郁达夫身旁，叫他脱身不得。维系旧式婚姻，等于自掘坟墓；大胆追求爱情，势必背负骂名。宿命的无法妥协和现实的艰难抉择，只是此消彼长的加减关系，并不消退。更要命的是，郁达夫忧心忡忡地周全两个女人的感情，都无法得到谅解，反倒使局面愈加难以收拾。权宜乃至苟且与现实终难和睦，现实又不知解脱为何物，郁达夫便只剩下心力交瘁。

　　国难，会使家愁变得更愁，这个冰冷如铁的事实，促使无数危机完成最后的变相和加剧，再多的缠夹都毫无意义。在兵荒马乱、颠沛流离的乱世，心平气和对话的可能性已不复存在。一九三八年的一天，在一次激烈争吵后，王映霞第一次离家出走了。当惯于"挥手自兹去"的郁达夫独自面对三个哭得筋疲力尽的孩子时，末日般的恐慌可以想见。雪上加霜的是，郁达夫竟发现了王映霞"不贞"的证据——许绍棣写给她的三封所谓的"情书"。翌日，盛怒难消的郁达夫在汉口《大公报》登出《寻人启事》，并将"情书"翻印，以备诉讼。这是一则不明智的"寻妻"启事，令舆论一时哗然，王映霞也因之备感屈辱。文学家最苦恼的是词不达意，最不智的就是将笔墨当成了复仇私事的工具，最终沦为透辟的自我暴露。在郭沫若看来，郁达夫此举无异于病态，乃至属于"自弃"。自我暴露的人，常取一种不假思索的酷烈态度，在私人方面却无早熟可言，虽然这种酷烈在另一方面也造就其不朽的气概。风波，在郁达夫的一则《道歉启事》登报后暂告平息，"让过去埋入了墓坟，从今后，各自改过，各自奋发，再重来一次灵魂与灵的新婚"。这看似尽释前嫌，其实不过求得一时残全——粘合起来的裂隙哪有不是裂隙的道理？

郁达夫的"自我暴露症"再度发作时，已是一九三九年一月，彼时他们一家正避战火于新加坡。《毁家诗纪》的发表无疑使他成为自己婚姻的掘墓人。这组郁达夫亲自编选、写于一九三六至一九三八年间的二十首诗词，将他与王映霞婚变的内幕暴露在众目睽睽之下，一同昭彰的还有对许绍棣的忌恨。郁达夫本无意再次发动"私人战争"，与什么仇敌抗衡？王映霞？还是许绍棣？都不至于痛心刻骨。以郁达夫的性格，总会稚气盎然地认定他对王映霞"珍如拱璧"，自当责之深，"以挽横流"，抑或王映霞明悉了他内心的痛苦应给予他理解、珍惜。这不免使人一惊而笑。郁达夫所驾轻就熟的能事是"彰显"，他认为唯有"彰显"才是纯粹的，甚至徒以彰显的手段为炫耀，却不知人与人之间还有不可彰显的因缘在。

一时间，海内外为《毁家诗纪》而轰动，王映霞被"钉上了耻辱柱"。

绝望中的王映霞连夜疾书《答辩书简》作沉默中的呼喊："我的灵魂，我的心肠，我的热情，十二年来，已被你磨折得干干净净，如今所余留的，也只有这个不久即将消灭的肉身"；"时而狂热，时而暴雨，但在我想望中的淡淡秋阳，将从何处去寻求?"要么不因文字与人结缘,既结,又绝之,难免得到报应。而在饱经风雨摧折之后,不得不自绝于最后一丝求全念头之外,这样的女人已近于破釜沉舟。像是迟到的醒悟,又像是当年的隐忧验证,这场说不清、道不明的笔墨官司将他们十二年的聚合画上了句号。一九四〇年一月,郁达夫和王映霞离婚。

多情和无情,看着两回事,想想不过一回事。曾经,浪迹江湖,长啸不羁,酒后犹存的谑笑,冥契于前定的现世轮回,这表征,郁达夫一语中的,却始料不及。多情客的命运大致如此:炽烈之初,舍生忘死,稍久,渐陷泥淖,原先的志足神旺在风雨茅庐里消磨殆尽,只落得未期而可期的"决绝",如烟花散去,岑寂如故。即使有些许同情怜恤也抵不上一番自嘲,原来空如有,有不过空。也有遍识"多情""无情"者,将一条道走得泥泞四溅,却不沾鞋袜,那是柳三变般的情极却不欲成佛。

然而,郁达夫并非柳三变,他也不欲成佛,只是把"多情"认真地演成了"惊情",而且牺牲到无可牺牲为止。世事艰,人微末,凭着认真来来往往,难免不常使自己频涉绝地,更不消说累及美人。使人讶异的是,他何以一点不回头?真是奇怪,却又一点不奇怪,他不过是以"反常"应付"非常"罢了。

多情而认真的郁达夫,像极了希腊神话中的伊卡洛斯,勇敢地逼近太阳,以致灼融羽蜡,失翅陨灭,身后几缕烟尘缭乱。在那黎明将临之际,当日本人狠狠扼住他的咽喉时,他最后的一丝意识是否给了王映霞,我们无从知晓,聊可宽慰的是,王映霞在晚年回忆道:"历史长河的流逝,淌平了我心头的爱与恨,留下的只是深深的怀念。"或许，这可作为郁达夫"多情"的回报，但在一番轮回之后，多情、惊情皆归于淡然；盟誓的夫妻、喋血的英雄，均作烟云散去。

人生如斯，斯是人生。

「嫁衣」的黑白纪念

写张守义先生的念头，多年来一直在我脑海里浮沉，每欲提笔，却都知难作罢。对于这样一位"画痴""酒仙""怪人"，仓促行文只会自曝笔力浅陋，于是几番进退之后，便选择隐而不现，任由那书卷间的黑白纪念渐渐凝成一帧老照片。

可是终要有一次见诸文字的行动，不为别的，只为青年时代那段迷恋外国文学的记忆。

张守义先生的名字是和二十世纪人民文学出版社出版的外国文学作品紧密相连的。他把书籍装帧设计称作"为人作嫁衣"，那种"嫁衣"款式，那种插图风格，一望便知出自他的手笔——因读外国文学而知张守义，又因张守义而迷恋外国文学，二者遂成自然而然之事。

说起张守义先生的装帧设计，奇在以中国

水墨绘外国人物建筑，妙在寥寥几笔即神态毕现。黑白分明的画像配上罗曼蒂克的西式花纹、器物，强烈的黑白反差、分寸得当的变形、大写意的简练，使封面、插图附着了作品的精魂，相呼应，相谐趣，如同知己。这样一种品题的"画话"、独门的手法，早已是张守义式的魅力，即使不懂文学的人，也会因之先喜欢上这描绘文学的画。

有时，他通过画器物表达题旨，无不尽得画龙点睛之妙。《巴尔扎克全集》的台灯、《什特凡大公》的皇冠、《三剑客》的三把剑等等，已不再是普通之物，而是闪着幽幽光亮的"神器"。这"神器"，就是整部书，就是文豪的心灵，足以激荡小说的大江大河。画人物，他很少触及脸部表情，而以看似简单的几笔浓墨勾勒出体态动作，且多是背影侧影，就已气韵盎然：沧桑佝偻的冉阿让、阴险虚伪的克洛德神甫、褴褛可笑的堂吉诃德……诸多著名的文学人物经他几笔勾绘，皆呼之欲出，仿佛就在你面前沉思、忏悔、独语……

有人笑称他是"不要脸画家"。对于封面题图来说，"不要脸"有其道理。题图小，笔墨不及描绘面部的细节，而为主勾勒体态，可以虚实相济、互为衍化。实处凸显人物最鲜明特征，虚处经营"想象"之姿和"徘徊"之韵，使作品"尽得风流"。《文心雕龙》有云："思表纤旨，文作曲致，言所不追，笔固知止。"意思是，不能用艺术表现使物凝固，而要留出想象的空间。我相信为文作画道理同源，为文用字需经济，作画也需惜墨。下笔滔滔文采沛然的作家固然不少，但真能点字成物、造句成景的，却不多；笔墨淋漓挥洒自如的画家也不少，而能著花解语、塑人传情的，也难得；而像张守义先生这样连接文学和绘画、几笔造就大意境大神韵的，就更属罕见了。

我有时甚至觉得他不是在作画，而是从事翻译——从文学中采撷动人的影像，把它们译成画，移植到小小的封面上。人物虽繁复，善的、恶的、无恶无善的、麻木不仁的，却尽可以依凭线条的起伏，化为素色一片，凝练深远得让人想到老杜"鱼龙寂寞秋江冷，故国平居有所思"的句子。再细品，更知原来万象纷纭皆繁中有简、简中有繁，墨色解得人物本身之外，更能于素色中听出妙谐雅洽的心曲。

如今先生已归道山多年，四千件"嫁衣"、六千幅插图，深藏于浩渺书海中。几十年的黑白纪念到如今再翻动时，依然能一一追回当年晤面的感觉。究竟艺术是愈老愈醇，还是愈新愈有号召力？这或能激起诸般言论，但我只觉得，当一种打上某人烙印的艺术成为过去时，那唤起的怅惘迷茫，才更难言说。

把"嫁衣"做到了极致，而最初选择的理由却只是为了能进出版社多看点书，这说来难免叫人费解。出身于美术"大宅门"的人向来对装帧设计这类实用美术有几分不屑，张守义先生倒是把它认真地当一回事了，而且一当就是一辈子。这选择，说是人生路上的一番阴差阳错也罢，毕竟成就了人与书之间一生不解的因缘、一种天造地设的安排，以致"嫁衣坊"中的丹青魂魄终成了某种极致的追寻，这恐怕出乎他自己的意料。

依常人看来，艺术家多是"怪人"，张守义先生更是怪到了极致。头发斑白杂乱，有如稻草，脸也似乎几十年不曾洗过，表情木然，神思恍惚，答非所问，而一旦灵感忽至，却如醉如痴手舞足蹈似入化境。如此盛名在外的大艺术家按说得有宽大的工作间、雅致的陈设，但他的"嫁衣坊"却局促得连立锥之地都没有。多数画稿居然是在一张小茶几上完成的，说来令人难以置信。向来所谓"谈笑有鸿儒，往来无白丁"不过是唐人的浪漫，对他而言，终日"谈笑""往来"的都是堆满桌上架上的乱书画稿、塞满过道的酒具灯具和一麻袋一麻袋从各地搜罗来的石头。这些酒具、灯具、石头正可表明他已远于世俗、化于艺术。《巴尔扎克全集》封面上的那盏台灯、十卷本《普希金文集》所配的十座烛台，灵感无不来源于此。这些器物虽小，经他往纸上一拈一放，却皆成风致。石块则是"寄情石"，当一个人对具体时间视而不见，他的眼光必然飘忽于历史或幻想，这也算是非现实版的"水落石出"了。

他不吃饭，每日只靠喝啤酒活着，这使人对他的"怪"越发迷惑。其实他是因为胃萎缩，吸收不了正常的食物，而啤酒是"液体面包"，总之他的后半生都浸泡在啤酒的麦香里。边饮啤酒边作画，酒神和缪斯神并肩而立，也是一番殊绝的景观。初饮，荡气回肠；再饮，便如执魔杖。艺术归根结底与魔术有着宿命般的缠绕，诗人之所言"精神迷乱的神圣性质"在他不过是习以为常的调门。当酒为艺术世界提供了全部美丽，艺术也就化作了魔术，如果离开酒，恐怕将不知从何言说张守义。

一切仿佛都是乱七八糟的，一个与柴米油盐绝缘的人注定不会清晰、有条理，但反过来说，循规蹈矩、把开门"七件事"理得井井有条也窒碍了上通灵界。科学在于触及"真理"，文学艺术如不触及"极端"，只能平地走正步。张守义先生的"极端"，就在于毫不明悉自己处于"极端"之间——当一个人既不知何为名也不知何为利，脱俗也就不知自己脱俗。他并非天生如此，只是"痴狂"无法阻挡，画到痴处和情到痴处其实一样，已不分实体和纯灵。这或许能让人明白：在长白山天池，他何以一隐约看到但丁的身影现于天堂之门，就赶紧跪下叩拜？识乃觉，诚则灵，而后就有了但丁《神曲》的封面和插画。原来神样的启示，便是带了特定的标识，定位于痴狂的心，使"灵"可闻可见，启人悟思。瓦雷里曾谓："梦与艺术正相反。"张守义的梦与艺术却相同。他不善于以文读文，却善于以画读文，清醒地"梦游"于黑白世界。读人类历史，看世态人情，为文学造像，为人生配画，素淡中诠释的卓荦通灵，诚然是立于极峰的春秋笔法；且多是灵光一闪，便更令人惊异其艺术之承梦召归、相与呼吸，已成"画心"。

便又想到，沉浸在艺术世界的"一往情深"才是无上的境界。不说"任江湖风雨，灯下白头"，宁静中自有乐声绚烂一片，该是如何难以企寻，单是认真地做一件事，如今都属十分难得了——这段文字就当是纪念那渐成逝水的人的某种精神。

楛柿楼的『杂拌儿』

一本红色小开本的《楛柿楼杂稿》放在案头，闲时翻阅，不知不觉竟也读完。这本扬之水自称是"杂拌儿"的小书使人串联起了一些散碎的印象，由是方知扬之水即张中行《负暄三话》中为之画像的赵丽雅，方知董桥赞不绝口的才女果然不是一般角色；更恍悟，在记忆中泛黄的《茗边老话》和《楛柿楼读书记》的作者"脉望"和"宋远"，原来也都是扬之水。

才女罕是美女，这说来并不奇怪，像柳如是、林徽因之类女子，不过是造物主难得的赐予罢了。得之《诗经》的"扬之水"，听来虽觉轻盈艳冶，其人却与之相去甚远，大致可归入"丑女"之列。个头小，绝不窈窕，穿衣永远胡乱，而且不合身；鞋，总比脚大，与脂粉、唇膏更是无缘——被誉为"京城三大才女"之一的扬之水，看上去实在比流浪汉强不了多少。在那个有书而不能读的年代，插队下乡，戴月荷锄，后又开货车，卖西瓜，运白菜，一切看似与书无涉，却能化身为才女，在"跨过一两个与文有些关联的小桥"后，进入《读书》杂志社当了十年编辑，又去中国社科院做专职学者。狂嗜书，喜博览，读书快，落笔快，一手马湘兰风格的闺秀小楷不知倾倒多少人；主攻先秦文学和古代名物研究，著述迭出，新近结成《桤柿楼集》十二卷。这一路走来，不能不说带了几分传奇色彩，叫人叹服。张中行先生曾半玩笑地对她说："你就是今代的柳如是，才高，身量不高，都很像，只是脚太大。"

既有高才，终将水落石出，也是一番宿命的周转，除开机遇不说，其中自然因她有独特的禀赋和坚忍不拔的钻劲，否则早就泯然众人。由此想及通灵博学者，因强于意志而更加卓越，不论见识多少风雨，心中依然屹立一座吹打不坏的堡垒。

"春秋代序，岁月蹉跎，直至'二八'以上，方始与书结缘。但正因此，读书于我，便始终不是苦事，而是一大快乐。读什么书，怎样读，等等，尽可以心所欲，跑野马。"真正懂书的人是潇洒的，回首读书生涯，扬之水轻轻道出了心境，也道出了缘分。买书，读书，写书；结缘，识缘，惜缘，于是一生与书有着长长的香缘。在如今看来，不论是书选择了扬之水，还是扬之水选择了书，都在情理之中、因果之内。

古人谓读书"一行作吏，此事便废"，《颜氏家训》亦云："若能常保数百卷书，千载终不为小人也。"其实不论做吏还是做君子，不过都是迂夫子的自愚自欺，读书因而幡然变味，甚至面目可憎。在扬之水看来，书到无用，或不求有用时，才解得其中滋味；或许纯为消遣，却免了学而致用的"冷冰冰的解剖"，得以饱享无心有情的韵致。做得一门好学问却不以学问为"标榜"，识得书中真趣而不做"夫子自道"，想来读书原是人生根子里的超然，平朴自然的感悟乃与书相激赏，入高山流水之境而得。陶潜饮酒但云"达人解其会"，"会"是"理趣"的意思，也可引为扬之水读书的自况；达人饱读诗书既是无情亦是有情，合的正是人与书之间那一个"缘"字，只是这一字隔开了多少人！

"二八"始读书，于是有了《楳柿楼读书记》，只印三百册，苦了好书者趋之若鹜仍无缘得见，如今已是两三千元的高价，可谓一书难求。此后又有了《脂麻通鉴》《终朝采绿》《楳柿楼杂稿》等书话集子。治学话书，已蔚成扬之水的特色，而学术之艰深芜杂，总是一归于洒脱。或许并无"载道"之志，也与鸳鸯蝴蝶之流俗无关，但系于其中的襟怀，令人读来情不自禁。她较少评说经典著作，而是多为自己熟悉的作者和作品"说话"。因为熟悉，笔底自然多了一种闲逸、一种轻裘缓带般的自信。一个"话"字串起了零落散碎的故事，仿佛与作者晤面，蔼然，谦然，款款然；又因这个"话"字，将读者聚拢了来，听她细评慢议，使人犹如著一叶扁舟，卧听渔樵闲话。然而话书又不囿于书，谈天说地却能收放自如，亦文，亦史，亦哲，亦科学，非博学不能为，且更需心中久久供养的那一缕清气。

我观《楳柿楼杂稿》全书，以《闲坐说诗经》《又响鸽铃》

《关于〈茗边老话〉》《不出门儿看山水》等书话文章百读犹不厌。解题，释义，夹叙夹议，时或穿插对典章词条的疏解，时或忆及自己曾注以深情的经历作前后串联；更于共鸣处运用深厚的学养为别人补白拾遗，使人知之更切而无卖弄之虞。即使是重温古书，也多半寻求古与今世事人情的相通，绝不拘古泥古。所谓"我思古人，实获我心"，大约如此。这般笔法，盖始自志趣、性情，得自阅历、学识，虽不求融通圆满，却都是平实疏朗的文字，足以句句精义。更因胸中有涵容、气度显旷达而能举重若轻，大中见小，小中显大，就像画中一片江山丘壑，似远似近，藏匿言说不尽的幽奇；又能虚设一壶一盏，于篷窗下、明水边，邀友品茗，风致不言自明。

若不问作者，很难相信这些文字出自一个女子之手，笔锋古朴苍郁，或曰老辣，气度丝毫不让须眉；而又不失女性的清丽婉转，常常于雄浑中缀以水声禽语般的灵动，文字立见鲜活。这样的春风词笔蔓延在她的书话、游记、怀人文字中，更远及谈史、谈名物，于是，面目晦涩的学术文章也变得有情有趣。

董桥说："写学术的流水账不难，写带有学术视野的古代清风明月才难。"难的是既要"词源笔下三千牍，武库胸中十万兵"，更要有"以我观物，物我不分"的大情境大智慧，这点扬之水做得到。不说迷古的情节细节，单是那古物的追溯考证，就略可窥见她的个性，且处处给人以聪明感。原来对浩如烟海、披沙拣金的"史"与"物"的理解，都流贯于意闲语健的散淡文字中；原来学问也要慢慢地从工笔底子化出写意的胆识。她便这样

"聪明"地游走在古代世界，谈两宋茶事，研唐宋家具，讲风俗故事，考敦煌艺术……名物中读出历史的真实，定名与相知之间牵扯出的繁丝乱缕，也是一番清风明月。于是才明白，为什么"史外谈史"大有文章可读；也明白以一点闲情，与古人古事娓娓对话，将逝去的流水唤回到眼前，确乎是一种美妙的享受。

扬之水是学者型作家，下笔注重"解剖""证据"，不作无端的抒情，更不隔靴搔痒无病呻吟，与当下众多小男人小女人的文章不可同日而语。然而徜徉在她的文字间，又隐隐感知她的深情她的用心如"扬之水"上下涌动。物与人的喜怒哀乐，原不分彼此，一样可想象、与谈说。她所寻觅的物中史中情境，非借助彼之风流以成自家风雅，而是附着于史，融入于物，同呼吸，共体贴，遂成安顿情感之所在。回忆旧时住过的东总布胡同，她援引《燕都游览志》，"从寒烟衰草，想走马章台之盛，邈不可复寻"，一帘幽梦，十里柔情，早就艳冶不再了。而小时候走过的南河沿街，几年不到，就已是"寻芳去迟"，"不知是砍了还是移了，总之，一街的合欢树，已经成为童年的回忆"。好在她还算豁达，是历史的就让它慢慢过去吧。

于物如此，于人更甚。扬之水书中有不少悼亡怀人文章，故事是从师问学的故事，人物是深思悲怀的人物，追忆之切与丧师失友之痛贯而穿之，深厚简朴，一字一句细细推敲，读出的都是串串回忆中不移不改之情。写谷林先生，于绿窗下的旧风景引出旧日时光，轻轻道来，而先生大隐之风自现。"戈戈小简，是一叶绿窗风景，细楷娟丽，楚楚有风致"，这话不说品出了谷林先生散散淡淡的一剪清癯，就是放在岁月中，也永远不长皱纹。回忆师从孙机先生问学的岁月，她时时想到老师平日的耳提面命，治学如做人，须仰观俯察，大处立意，小处磨勘，其中受益非治学所能说尽。悼金性尧先生，落墨于"尽情灯火走轻车"，先生一生的平实质厚、超然苦痛的境况便浮于纸上，而此时的她却"最感到文字的无能与无力"。

近来愈觉懈怠，疏于读书，浅陋之情日生，扬之水的这册小书却教人间或窥见了学人的精神窗口，掩卷而思，会心处良多。时下已入秋，天凉，酒暖，书香，人不寐，但觉缥缃之醉矣。

恶之花

试图描绘"恶之花"是件不智而智的事，但只有两个人做到了：波德莱尔和陀思妥耶夫斯基。

既是"试图"，自然就得离经叛道，也注定惊世骇俗，二者固不能免。最终是，波德莱尔在贫病和讨伐声浪中匆匆辞世，陀思妥耶夫斯基则在癫痫病的不断袭扰下，过完了紧张写作而又颠沛流离的一生。

有了开端，过程和结局都可想而知。

还是先从癫痫病说起。这没什么可大惊小怪的，天才之为天才，常因他们身上有某种缺陷或异于常人之处。健康的天才当然也不少，但总感觉四平八稳了些，不及疯天才诡谲，掀得起精神领域和价值世界的惊涛骇浪。据说天才引导的巨大的精神变革，乃由生理上的不平衡引起。生理上不平衡，遂致精神焦虑不安，转而追求新的平衡，此逻辑似乎也顺理成章。如此看来，卢梭如果不发疯，也许只是一个缺乏条理的西塞罗；苏格拉底如果没有心中的魔鬼，也许便与雅典广场上的雄辩家无异。其他呢？穆罕默德有癫痫病，以色列的先知们有癫痫病，还有路德，也有癫痫病。或许你会说："如果他们没有病，就更完美了。"其实恰恰相反，他们因为发病，生命才显得可观；他们的缺陷恰恰是一时难以为词的"健全"，这"健全"成就了他们最终的完美。

所以他们有理由说："疯子如果坚持疯狂，就将成为智者。"这样，我也开始相信了。

清晰描绘自己的病态可以获得满足，匠心独具之下，是一种不妙而妙的和谐状态。陀思妥耶夫斯基就这样把自己置于一条极乐河中："往往只是连续的五六秒钟，你突然感觉到存在着永恒的和谐……假如这状态持续五秒钟以上，心灵就无法抵抗它，不得不消失。在这五秒钟期间，我体验了全人类的整个存在。"不仅如此，他还在他的每部著名小说中都安排了一个癫痫病人：《白痴》中的梅什金公爵、《卡拉玛佐夫兄弟》中的斯梅尔佳科夫、《群魔》中的基里洛夫，他让他们都处于这种奇特的精神状态之中。

我们当然没法在他所说的"天堂"中驰骋，只是文学免不了要担当心灵的见证，便不得不以思索和批判来营构探秘人性的窥视孔。陀思妥耶夫斯基的冷静让我们发怔，他在孔里看到了恶魔，三个恶魔：眼睛的贪欲、肉体的贪欲和生命的骄傲。没有比这更精准了，文学与人性之间从此只留下弹指即破的隐私，我们只能含着带愧地退场。

把恶当作艺术品来呈示，是陀思妥耶夫斯基的私人选择，这就不难理解为何他的真正理解者是在欧洲，而非东方和俄罗斯。最好的艺术因与魔鬼冥契而纯粹，且徒以"呈示"为手段，一经宣扬便马上变质。"呈示"与"宣扬"之间从来只有相对而视的陌生，真正的文学不需要言什么志，载什么道，可怜的是文字经常做着徒劳无用之功。欧洲人懂得这个道理，他们心中有上帝和魔鬼搏杀的战场，这片战场在历时以千年计的浩繁剧情演绎中几乎将文学艺术淹没，故而他们的圣人不是艺术家，艺术家中也没有圣人。

陀思妥耶夫斯基只对终极问题感兴趣，他所完成的是关于人的伟大发现。狄更斯也很伟大，但挤满他的人物长廊的只有两类人和命运：善人上天堂，恶人下地狱，恶人如若幡然悔悟也可上天堂。大众当然乐于接受这样简单的划分思维，而陀思妥耶夫斯基却深邃冷峻得让一般人不寒而栗，也使哲学家们大感困惑。他的作品常是事件受孕于思想在先，最现实的场面，也最富有心理学和伦理意义。人物则性格矛盾又命运悲惨，受苦又喜欢受苦，在谦卑与傲慢的对立中饱受精神分裂之苦。"没有对立，就没有进步，吸引力与排斥力，理智与活力，爱与恨，对人的存在同样必不可少……试图将它们调和，就是企图摧毁人类的存在。"这些人物不断重复着同一个命题：人不是追求幸福的理智存在，而是有着痛苦需求的非理性存在。

痛苦的问题是陀思妥耶夫斯基作品的中心。痛苦源自恶，恶产生于自由，痛苦催生着意识，最后抵消了恶。恶隐藏在地下室，陀思妥耶夫斯基打开了这间地下室的门，让恶袅袅而起，释放出人在潜意识中最深层的迷雾。这就好比是伦勃朗的画，让光从唯一的光源射来，照亮了人物的一面，而每个人物又沉浸在他人和自己的阴影当中。阴影才是陀思妥耶夫斯基真正感兴趣之处，而非托尔斯泰或司汤达塑造人物那样，平均、弥散地使用光线。

陀思妥耶夫斯基让魔鬼居于智力区域，于是恶对我们的诱惑便是智力的诱惑。一个人能做什么呢？来听听这些："假如上帝存在，一切便取决于他，我不能椣任何有违他意愿的事情。而如果他不存在，一切便取决于我，我必须肯定我的独立性。"一方面是自我拒绝和自我抛弃在哭泣，另一方面则是人格肯定和强力意志在狞笑。主人公始终意识到上帝和魔鬼在心中争斗，恨愈被夸大便愈接近爱，爱愈被夸大便愈接近恨，所谓窘迫中的煎熬，莫过如此。

陀思妥耶夫斯基小说中的强力意志比不上尼采有鼓动性，战斗啊成功啊桂冠啊，那是尼采的东西，在陀氏小说里只有战斗，继而崩溃痛苦救赎。其人物所有的智力和意志，恰恰是走向地狱的加速器——"坚强"扮演了魔鬼的角色。拉斯柯尔尼科夫正是为了证明自己是超人，把自己推向了罪恶，失败是彻底的，这最终表明他并不是一个超人。之后，便是斯塔夫罗金或者基里洛夫，是伊凡·卡拉玛佐夫或《少年》里的少年。他们也会问：

"没有上帝吗？那么……那么一切都是允许的。"麻烦的是，上帝若不存在，他们也就完了。

这些人的古怪病态都由最初的侮辱引起，被侮辱者在被侮辱后，迅速异化为侮辱者，世界便越发狰狞。最可怕古怪的莫过于《群魔》里的斯塔夫罗金，"他的骄傲过早受到了损伤，现在他终于过上了被你准确地形容为嘲笑人的生活。"因侮辱而深深扭曲了本性，从可憎的道德败坏中寻到快乐与满足，连魔鬼也躲在一旁暗暗发笑。而《被欺凌与被侮辱的》则表明，侮辱使人遭罚，谦卑使人圣化。谦卑的人，比如阿辽沙·卡拉玛佐夫，会梦见一个没有被欺凌者也没有被侮辱者的世界，不幸的是，谦卑再往下走就是卑下了，而梦也只是梦，不会变成现实。如此一来，只能乞求于神，因为上帝说过："不要叫他们脱离世界，只叫他们脱离恶者。"于是佐西玛长老跪在德米特里面前，拉斯柯尔尼科夫跪在索尼娅面前，他们跪拜的不仅仅是人类的痛苦，还有罪恶。

比较一下尼采和陀思妥耶夫斯基，是件很有趣的事。他们在气质上颇多相似，却在关于上帝的问题上大相径庭。尼采对上帝嫉妒得发狂，先是写了《反基督》，又在《看，这个人》中，让自己战胜了上帝，从而宣布"上帝死了"。陀思妥耶夫斯基对上帝则俯首躬身，对他来说，俄罗斯民族是上帝造的，是体现了上帝旨意的民族。确实没有哪一个作家，能比他更好地实践《福音书》上的教导之言："凡想保全性命的，必丢；凡奉献生命的，必真正救活生命。"而他性格的复杂，也缘于这种自我放弃、自我奉献的矛盾对抗性。我们不禁要问：耶稣如果不被钉上十字架，基督徒们是不是就要以同样的方式去受难？通过放弃自身而拯救大众，耶稣遂成为不朽。而陀思妥耶夫斯基让他的主人公在个人放弃中寻求自我拯救，同时又暗示我们：人只有在达到痛苦的极限时，才最接近上帝。故而，拉斯柯尔尼科夫在超越了罪恶和惩罚之后，最终直接面对了《福音书》，他的悔悟、罪孽、牺牲都变成了另一个人的故事。

陀思妥耶夫斯基的纯粹福音学说面对的是未来，面对着基督教的最后时代。当佐西玛长老说出这样的话时，人身上神性的恢复已经饱含正义感、同情心和人道主义——"兄弟们，你们不要害怕人们的罪孽，要爱那即使有罪的人……你们应该爱上帝创造的一切东西……一面吻着大地，一面无休止地爱，爱一切人、一切物，求得那种欣喜若狂的感觉。"至此，陀思妥耶夫斯基的精神崇拜主义已超出了历史上基督教的范围，直接指向了终点——俄罗斯民族的使命即被置于此。

有一类作家的作品是写给"未来"看的，陀思妥耶夫斯基就是这样一个。一般人只会活在历史和现实当中，只有机智透顶的人才活在未来，陀思妥耶夫斯基写的当然也是现实，只不过是"恶之花"，是那些尚未昭露过的现实生命。现实与未来往往相反，清醒与癫狂也正相反，有些东西不揭示倒也心安理得，倘若揭示，就愈使人惊愕于那些陌生的存在了。

或许还有别的"恶之花"，更出奇。

纸上荒原

英国天气的阴冷独具一格，故而绅士风度成之有其先天条件，换了角度看，又与保守、拘谨结伴而行；投射于文学，也多是朔风暴雪、阴霾寒雾在纸上与自然等量齐观。所幸的是，英国文学虽冷，却凭了几位文学家使英国得以于米字旗、工业革命和坚船利炮外一直光华昭彰。

"一个莎士比亚足可使英国永远亡不了国"，这是向前看；而一个托马斯·哈代使英国文学拥有了真正的未来，这又是向后看。莎士比亚是古典的巅峰，哈代是现代的起步，两个伟大的支点撑起了英国文学不败的图景，这恐怕是英国人自己也不曾料想到的。

对于哈代，小说家的哈代，我不想吝啬称颂之词，尽管他那副谨小慎微的小官僚模样与伟大的文学似乎并无瓜葛。可是有什么办法呢？英国人素来不及法国人潇洒，亦非胆汁质过剩的俄国人，他们的文学小心翼翼、轻拿轻放，笑声是隐隐的，泪影也只能是淡淡的，声响稍大些，就会吵扰了绅士淑女们娴雅的心境。只有这个秃顶老头，一门心思营构凄凉的社会画面，屡屡以失败和死亡戳破人生的表象，显得非常不应景。但遍览同时代的英国文学，读罢也就过去，唯独哈代的七部"荒原小说"，远望，是闪耀的寒星；近看，是嶙峋的怪石，叫人对之愀然若有所负。

抨击在所难免，一场暴风雨几乎将哈代吞没，这并不奇怪，奇怪的是，哈代在这波讨伐声浪中竟然罢写小说而转行诗歌了，从此息事宁人，终老于缪斯怀抱。小说家有小说可写时煎熬不堪，无小说写时却一天天安然活着，这是小说的错，还是英国本无桀骜者存活的土壤，一触及"极端"，便自行隐去？人们惯言哈代不为世之所容，其实他是无意参与人间战争，他只说了一句："呼唤者与被呼唤者很少互相答应。"此话道出多少悲伤，说破多少人间痛史。

这样算是水落石出了：诗人的哈代平常，小说家的哈代伟大。

地处英格兰西南部，爱斯顿荒原历来不是柔媚艳丽之地，威塞克斯古国的余威早已演变成一种风光，警戒中见郑重，淳朴中见宏伟。这个哈代小说的原型地，举目望不尽的是苍郁灌莽和荒山旷野，抬头一样只见凄迷苍茫，灰白的浮云遮断了青天，帐篷一般，将荒原牢牢笼住。这万古如斯的宿命的网，纵然沉睡，也比现代文明更具摧毁人的力量，它的荒芜恰恰证明正视人的生存问题是一桩更接近宇宙本质的事。

自然与命运对照，想想有些荒谬，再想想又颇协调。所谓荒谬与协调，终归是主客体暗中距离的精神感知，弃而不顾有其理由，欲顾无术也能敷衍一二，冥契无间则是与灵对话——那是大自然的粗犷无华上升到了卓越处，乃与人心相呼应。然而，试图揭示自然弄人的神秘底相是件微而不妙的事，常人始料不及，便只有轻之鄙之。转视哈代引以动衷的向度扩张，皆直指爱斯顿荒原与人的息息相生相克，其能证明"荒原之隐"，已非"预见"，而是"定见"。换言之，人格化的自然，才与人同在，何况绾连的是荒原上迂回行过的为命运而生而死的普通男女。

普通人的生活，哈代乐于再三落墨的主题，自菲尔丁开创以来，已然是英国小说的传统。"强化表现事物的力度，以便使其内涵清晰可见。"谁来强化呢？现实主义者所标榜的"内涵"原本不成其为哈代的"专利"，一旦沦为某种主观偏好的粉饰对象，它才被反证为"本质"，而粉饰者，专以愚人愚己为能事，久而久之，也就模糊了繁荣和凄惨的泾渭分明，丧失了判断生活本相的意识。其结果之一就是，执意于描述普通人生活的哈代被贴上了"魔鬼一派"的标签，甚至无法见容于他的妻子。这就不难理解，当哈代瞄准荒原上的生存困境和心理创痛时，一向气定神闲的英国人为何如此惴惴不安了。

"如果你深入喧闹的生活喜剧，就会看到悲剧。而反过来说，如果你对悲剧的深层问题视而不见，就会发现闹剧。"哈代站在世纪之交的门槛上说这话是有深意的。如同三复斯言等同于梦呓，喜剧和悲剧，看似两回事，而在一片叫骂声中，又不过是一回事——唯闹剧而已。顾彼维多利亚时代，貌似繁荣，实则只剩脆弱的神经。举凡"严酷"，皆以为是道德沦丧和对宗教的大不敬，痛苦的呻吟、忧伤的绝望、凄凉的命运，都属步步摧毁"美好生活"范畴，只有以"异端"等而视之。故而，那些挣扎着实现自身价值的人，到了不觉其挣扎时，也就行将毁灭。美丽的苔丝姑娘一步步遭受诸神的戏弄，无法逃离那一小片泥潭；试图突围的裘德和淑，其失败也是令人扼腕相叹的，别忘了之前还有屡屡失陷于偶然而痛不欲生的享察德，以及"朝秦暮楚"的游苔莎。设想命运绽放温情的笑容，那是徒劳，诸律轮回的刀锋总是轻轻划过，甚至不见血光。传统和现实在噬杀了命运后，便异化为另一种命运，还显得面目堂堂言之凿凿，让人以为传统的运行和现实的消长是自然而然的事。

悲剧，无疑使文学更具震撼力。这个罗曼蒂克的观点，曾使无数西方哲人文豪为之欲生欲死；大抵以悲为美，俯首听令于一种酷烈的意志。亚里士多德论悲剧博其宏大壮美，尼采则重"快感"，以"形而上的慰藉"炫耀个体的痛苦与毁灭，像是端着掺入血液的酒杯，欣赏血丝一缕缕绽开。哈代一以贯之的悲剧命题则是"有价值的事物受到不可逃避的环境的扼杀"，这个"哈代模式"，实证在纸上荒原，就是环境与性格互为作用。人每每以"非常"对抗一种"反常"，另一种"反常"便接踵而来，一路的颠沛坎坷、挣扎沉浮，直至步入深渊。

克林·姚伯的摆脱繁华回归荒原与游苔莎的向往繁华脱离荒原，本身就是无解的冲突。以社会背叛者面目出现的淑，经不住环境的重压背离了自我，也把自己引向了悲剧。苔丝自失身于亚雷·德伯起，就无法掌控走向深渊的命运……爱斯顿荒原上发生的一幕幕悲剧就是一座座迷宫，苦了迷失其间的人们，也苦了百般煎熬的读者。读者尚可临门却步或中途抽身，荒原上的男男女女却只能受控于巨大的引力，运行着相似的命运轨迹：起于美好愿望——困于严酷的囚笼——出则又返——一线希望复燃——希望熄灭——悲惨而死。有人将此论作"居心叵测的神或上帝造成的"，那是依附于普遍调门的滥俗说法。所谓"上帝""命运"不过是艺术表现的手段，非悲剧之功之过；哈代悲剧的成因始终是人与荒原的相缠斗相绞杀，若非要说"命运"，那也是无所不在的人类演进和设置的双重关系，归根结底也还是一个"人"字。"不论世道本身是善还是恶，有一点很清楚，人使这个世界变得更加糟糕。"哈代再三感叹没人懂得这个难以言喻的谛旨，有置身空谷之感。事实上，人们先是大惊小怪，而后在半信半疑中将其遗忘，仿佛以色列先知在坛上振振有词，台下的听众一边低头，一边却狡黠地笑着……

更迷乱的是，关于哈代的悲剧和悲观主义之争沸沸扬扬，于百年之后的今日仍然不可解。哈代认为，悲剧作家的能事在于唤起"同情"，而非单纯"揭示"；一出"仁爱"的悲剧，该是彰显悲剧人物"寻求自我实现中表现出的人的尊严和人的价值"。同情心是悲剧创作的情感所依，徒以"揭示"为手段，那是泛泛不求其解。"所谓的悲观主义，实际上只是在探索现实中提出的'疑问'，而这正是精神改善，也是实际生活改善的第一步。"哈代无疑是辛苦的，屡屡欲在悲剧和悲观主义之间辨出明晰，又屡屡被密集的语言枪弹淹没。先行的文学与世界势难和睦，这世界又从不谦让，那么文学还是留住一份自己的隐秘为好——有隐秘，才会有世界。

英国文学的"现代观念"怎么会是由哈代来启示呢？就像荆棘鸟蓦然飞临，惊诧莫名。评论家们在呆愕之余自然不忘痛加鞭挞，但反而助使哈代成就其在文学史上的支点意义。倒是有不少追踪者，因缘于哈代的理念、气质，也个个在文学上造就了自己的风范。由此想及文学有如谜语，谜底的揭晓总要煞费周折；又或，每个时代在众说纷纭之后，也总是以几个人或符号作为结束。哈代就不必为自己的顾左右而难以措辞苦恼了，他笔下有的是在荒原的凄风苦雨中倥偬了百年的人物……

囚火

> 我神智健全，我就是圣灵。
>
> ——凡·高

一八八八年圣诞节，阿尔的阳光依旧灿烂。在一年四季里，太阳对这个法国南部小城总是慷慨，不断喷射以热量，使天空看起来铭黄一片。

"铭黄"是油画的一种颜料，用它来形容天空明亮，是凡·高的职业习惯兼想象。在铭黄色的笼罩下，阿尔小城静谧得仿佛在熟睡：白杨树连绵隐入山谷，教堂的尖顶闪亮，朗卢桥静卧于罗纳河上……但熟睡，是安详，亦是被囚于朦胧之中。

凡·高正躺在医院的病床上，头上缠满绷带，血痕殷殷。从未有过如此可怕的一幕：抽搐，是歇斯底里的；他的体内像是蹿入了恶魔，在嚎叫、撕扯、奔突。大脑如同黑雾重重的天空，时而狂风大作，露出一角清明；时而霹雳炸响，黑雾顿成乱絮，漫天飞舞。闻讯从巴黎赶来的弟弟提奥陪护在床边，流着泪。

两天前，他突发狂疾，割下了自己的一只耳朵，把它送给附近妓院的一名妓女。当警察上门时，他正躺在他的"黄房子"里流血不止，知觉全无。凡·高的发疯无异于在阿尔小城投下一枚炸弹，人们在惊惧之余纷纷避之唯恐不及。没有人能证明他不具有伤害性，他也不能。后来，连续几次病情发作后，一份请求监禁凡·高的联名请愿书被送到了市长的办公桌上，接下来的事就是，凡·高被两名身强力壮的精神病院护士押进了圣雷米医院。很显然，凡·高已被阿尔人抛弃，如同唾弃街边一条肮脏的疯狗。可就是这条"疯狗"几个月前还在灿烂的阳光下，为阿尔人愉快地作画——《阿尔的女人》《沙滩上的小船》《圣玛丽的农舍》《罗纳河畔的星夜》等等，都散发着柔和的光泽，就像凡·高眼中阿尔的男男女女，可如今却倏地扭曲起来，变成了一卷破布、一群疯子、一场世纪末病了的热风……

一切皆非捕风。在来到阿尔之前，凡·高的神经系统里已经潜伏着来自母族的病因，就好比携着一枚狼毒花种子，只等在阿尔阳光的照射下，迅速发芽、生长，开出狰狞的花。孤僻、抑郁、喜怒无常、脆弱包裹下的烈性，从凡·高的青年时代起，这些危机便初露端倪，只是人们惯于把驰骋在想象天地里的艺术家，等同于一群"疯子"，在谑笑之间默认了艺术才能与癫狂的假定联系。单就画家来说，丢勒、博希、康定斯基如果不发疯，他们的笔底或许无法荡出风波，画坛也不过多了几个平庸的艺术家，但从"风波"回看他们，恰是完美的，故而荒谬有时也甜烂得像个童话。那么凡·高呢？又是一个课题。他那匪夷所思的艺术和精神病之间是否互为因果，一直未有定论，只苦了一百多年来对他有兴趣的人，临门盘桓，难得入内。

在巴黎时期，凡·高的神经质已经让很多朋友惊骇——"为了迫不及待地解释自己的看法，他竟脱掉衣服，跪在地上，大家怎么也无法使他平静下来。"这样便又使人联想起他追求、一同生活过的三个女人：乌苏拉、凯以及妓女克里斯汀。前两个女人在凡·高近乎丧心病狂的拦截、纠缠之下，早被吓得魂飞魄散，而留给凡·高的，只有痛不欲生和手上那一生不褪的烧伤疤痕。克里斯汀是他唯一的妻子，但除了他，没人承认；她更像是一个穷画家的下贱情妇。偏执接纳一个妓女的后果就是：穷困潦倒，病得气息奄奄；而最终摆脱了凡·高的克里斯汀则满心喜悦地回到海牙阴暗的街头。

局面可谓狼藉不堪，旁人自然拾掇不起，凡·高更无法自省。一个偏执到无以复加的人，与世界势难周全，他更像设置了很多门，叫别人不得其门而入，自己也困守于门内。

苍茫暮色下的十九世纪，世界虽未与两次大战晤面，人性已起了大龃裂。轰鸣的机器将田园牧歌最后的幻觉绞得粉碎，怀疑、恐惧、分裂、人与自然关系蜕化，如爬藤肆虐、膨胀。人类的日趋绝望，原因归于自身，却以为是世界使人类绝望，这诚然激起艺术的百般景观，却也缭乱得可以。现代派艺术的粉墨登场，与其说开启新的大门，不如说是在传统艺术的焦锅下再添一把柴火，在阵阵焦煳味中乐不可支。马奈讲平坦表面，塞尚重主观感受，未来主义者在离奇幻想中欲仙欲死，凡·高的好友高更则在虚构的伊甸园塔希提岛上发出绝叫——"我们从哪里来？我们是谁？我们向何处去？"这般绝叫自然无人应答，艺术家们都埋头在自身轨迹里，于凡·高更是无干。彼时的他正苦于灵界堵塞，满怀希望地跑到巴黎来，在艺术盛宴里却尽啮不及反刍，给鲠噎住了。对一个生命炽烈如火的人来说，至哀莫过于"被囚"，成了"无可救药的野兽"，一旦挥不动画笔，拿不起调色板，搁笔也就是绝笔，人生还指望什么？

参悟到"没有太阳就没有所谓的绘画"，是凡·高的神乎一技，通灵，也是自救。既是火焰，就当燃烧于阳光之下，如德拉克洛瓦，如莫奈，使光芒益炽、色彩益炫。那么他的太阳在哪里？——在阿尔。关于高更的第三个问题，凡·高算是做了回答。一场赴约、一生践约，皆归于命定的去处，无论是涅槃的美，还是蹈火的痛……

一八八八年二月，凡·高从巴黎南下阿尔。车厢里满是陌生的目光，谁也不曾料到这个流浪汉一般的男子，不久将精神分裂，更不会料到他最终会成为美术史上的巨人。

画家是实体的精魂，作品则是灵界的消息，实体和纯灵向来难以沟通，全仰仗色彩的符号魔术，才能使"灵"可识可辨。在阿尔，凡·高有理由为自己化作魔术家而欣喜若狂。这里的阳光热烈、通透，不顾一切地炫耀，又一无遗漏地洞彻，类似于狂徒之狂、智者之智。置身其中，凡·高感觉自己手握的不再是画笔，而是上通灵界的魔杖，轻轻一点，都是神迹。他的画布开始冒出热气，进而沸腾：火焰般摇曳的树，景物多近似于几何形状，辅以高亮的色彩，想象力和生命活力便喷薄欲出。魔杖指点下的世界，即是魔界，自然新奇迥异，更兼突如其来，真好比蓦然邂逅了梦中情人，激动得难以言表。忘乎所以地画，花掉最后一个法郎，挤尽每一支铅管里的油彩——凡·高就是梦游于日光下的王。梦游的可知性，在于从自身出发，历及诸象，又回返自身，然而凡·高并未回返。他只梦见自己化作破空而去的蝉，鸣声如空谷之音，蜕下的皮囊空壳也就弃之不顾，任由灼热的阳光炙烤，然后萎缩、变形……凡·高得的这种因强光照射而致精神狂躁的病，医生称之为"日射症"。

因阳光而重生，又因阳光被灼伤，这个结，仿佛宿命，凡·高难言，我们言难。

癫狂者的状态只有自己清楚，这说来有些荒谬，但荒谬常在人心，不在自身。癫痫、幻觉、狂乱、反复发病后垮掉般的疲惫，以及贫困潦倒、自我怀疑的摧残，使他几次想自杀，却又不断试图否定病情来平定自己，像是参加人间战争一样，精神上的搏斗同样暴烈。一方面是令他崩溃的"生之恐怖"，一方面是疾病重压下对艺术的爱，越发不可遏止。"绘画到底有没有美，有没有用处，这实在令人怀疑。但是怎么办呢？有些人即使精神失常了，却仍然热爱着自然和生活，因为他是画家！""面对一种把我毁掉的病，我的信念不会动摇。"在给弟弟提奥的信中，他的清醒令人惊讶。

没有人能救他，只有自救，过度的自觉也是悲哀。

唯有抓住每次发病的间歇拼命工作，他的精神才属于自己。在阿尔患病的一年多时间里，他的精神世界犹如破碎不堪的画布，但完整的画却作了两百多幅。这些作品，若以正常眼光来谛视，自然难以言喻，而在凡·高眼中、手中，天地万物运行的轮廓就是画布上扭曲的线条，飞舞的云朵、树木则是内心的狂飙。此时的凡·高，究竟怎样在阿尔人厌弃的眼神中努力保持不可多得的清醒，又或如何濒临生之绝境，只能用一杯接一杯的咖啡灌满空了几天的肚子，似乎都不重要，重要的是他的余生其实只有自焚的意义，一任火苗将残躯慢慢吞噬，却从中得到了快感。这火越猛烈，他便越清醒，每一颗迸射的火星都是来自纯灵的消息，这消息，唯有他懂。一个绝世孤独者走到这时，内心也能半温半暖，以此抵抗霜降之后的冬寒，否则一天天一秒秒地煎熬，状况只有愈加狼抗乖张。

癫狂者的艺术有如迷宫，总在绝望处暗藏玄机，或说世界使凡·高绝望，他却信笔涂出自由和本真。原来缪斯之神的降临，是这般不期然而然的佳妙。

黄色和蓝紫的大量运用，使人明悉他正处于有意选择的"极端"之间，随时可以碰壁，又随时能插上翅膀自由飞翔。黄色，热烈而急切，其本身就是一团团囚火，越禁锢，燃烧越烈。这也是为何一提及凡·高，便叫人想到他那幅著名的《向日葵》。鲜黄、浓黄、暗黄的大量铺陈，使渴望在每个局部呼应着整体欲望，向日葵便因此承载了爱的极致。这是处子献身般的官能刺激，又带了无穷的宗教意味，竟如大浪淘沙，急切地冲击、淘洗，然后离析出永恒的爱……原来凡·高关于"爱"的表达是这般毫不犹豫，狂野造就的乱调，到今天依然灼人。同样的"离析"还在于《干草堆》《夕阳下的柳树》《黄色的麦田》，古怪的膨胀、离奇的喧嚣，都是不安而安之笔——田野上黄浪汹涌，思考的天空黄尘悠悠。

蓝紫是凡·高晚期成熟运用的色调。在原本稳定的画面注入蓝紫，便是在沉默中注入冷峻、动荡，如扭曲的枯树，如遥在景深的蓝色掘土人。而《星月夜》里卷地而起的黑烟巨柏，天空中急速奔行的蓝紫云团，颇让人费思量，却无非在宣泄神秘的宇宙律令。云团中闪烁的鲜黄和橙红，是自由，是希望，是所有复活的幻觉。这种依凭想象的迷乱构图，早已不具他习惯的支点写生意义，而是一生的暗示、一望不可及的梦幻时刻。凌乱孕育平衡，运动催生静止，相对和绝对在咫尺之间握手言欢，这看似悖理，于凡·高却是正解。《星月夜》昭示的正是他的存在，那种因孤寂而愈加永恒的存在。

试图描绘客观世界的细枝末节，反而会招致面目全非，陷入"写真不真"的困境。凡·高当然不屑纠缠于此，他专以虐待色彩为乐，赋予事物分裂、荒诞的外观，却又悄然统摄于不可分割之中，直抵人类心灵的空白。或说他借以炫耀内心狂飙的，正是彻底的自由和本性，惊世骇俗也就无往而不利。这是一个不为我们熟知的世界，凡·高也因此一下子超脱了马奈、莫奈、德加等印象派的客观视觉约束，找到艺术最终的朴素真理。令人讶异的是，精神病竟带来一场艺术上的革命；更讶异的是，他的精神世界虽已破碎，对色彩的把握却何以如此精确？像是居于某种恰如其分的度，稍逾度，再疯狂或再清醒一点，凡·高都将不成为凡·高。

这一切，到底是生命与艺术的偶然还是必然？禁锢与自由究竟有着何种不可言说的秘缘？

雷火交加中，短暂的人生行旅匆匆而过，临到终点时竟是一番云淡风轻——倒像是末日前的某种解脱。

巴黎北郊的奥维尔，如画，更入画。一八九〇年五月，凡·高抵达这里。仿佛预知来日无多，他在画《奥维尔风景》时，用了嫩绿、白绿、鲜绿等一干绿色，来柔化原先古怪的曲线和力的狂躁，让人大感意外——白绿安详地流淌，山峦在其中浮动，也浮起连绵的温情。眼前小花点点，道出心思的满足，蓝天白云尽管涡卷如旧，但已是一派风和日丽。庄稼无际，村落隐约，却清晰传导出落幕前息事宁人的平和。

两个月后的一天，风轻，麦浪无声。凡·高站在麦田中间，向自己的腹部开了一枪，缓缓倒下，麦子随之簇拥了他。群鸦应声轰然而起，扑向天空，像一团黑雾散开、销匿……

在四个小时前，他完成了绝笔之作《麦田群鸦》。这是一番末日降临的景象，乌云倾轧大地，风暴将至，起伏的麦浪变成浓稠的黄色条块，像蔓延四野的火。三条道路伸向远方，尽头只有迷茫、阴森。显然，他关闭了那颗孤独的心，整个画面没有一丝希望的空间，更不见一只乌鸦，那些零乱的黑色斑块是他被灼伤生命的最后疤痕。凡·高在给弟弟提奥的信中说："我以生命为赌注作画，为了它，我已经丧失了正常人的理智。"狂风中摇曳不定的火焰，终于倏地暗灭了……挣扎两天后，凡·高辞世，也摆脱了残酷和冷寂的纠缠。

囚与火，肉体与精神，相因且相叛。肉体乃至精神饱受摧残都非新鲜事，精神实证在艺术上，与圣灵并立辉映，却属超凡。"囚"是"常"，"火"来自"囚"，是"反常"。没有"常"，"反常"无处生发，且又因"反常"，得以成就"非常"，如此便验证了"常—反常—非常"的天才轨迹。

生前籍籍无名的凡·高当然不知自己身后无上的价值。他是一团被"囚"的火，痛苦越甚，燃烧越烈，欢悦只是短暂，但又需这样的炽燃，以完成通往永恒的旅途。所以火在此岸，在纷争的现实中。有火，即使莫名，一个人实现精神超越的可能性便存在。在凡·高的画中，一团火都不必出现，他已经化自身为火，照亮了陈腐、孤独、冷酷，还有种种言说不尽的痛苦。

凡·高，就是盗天火的普罗米修斯。

一八三四年，巴尔扎克在《高老头》里写拉斯蒂涅从贝尔拉雪兹神甫公墓远眺巴黎——"巴黎蜿蜒曲折地躺在塞纳河两岸，慢慢地亮起灯火。"他的目光火辣辣地盯着旺多姆广场和荣军院之间的上流社会区，气概非凡地说了句："现在咱们俩来拼一拼吧！"

一九四〇年，二十七岁的阿尔贝·加缪从阿尔及利亚来到巴黎。他从蒙马特尔高地远望巴黎，巴黎像是"雨下得一团巨大雾气，大地上鼓起的不成形的灰包"。他写道："一切都与己无关，没有亲人，没有地方可以愈合这个伤口。我在这里做什么？我不是这里的人，也不是别处的。'与己无关'，谁清楚这个词意味着什么。"这一年，加缪的《局外人》刚刚杀青，初到巴黎的他难免和小说主人公莫尔索一样，对世界充满了"与己无关"的荒谬感。

从拉斯蒂涅到莫尔索,从野心勃勃到漠不关心,荒谬,仿佛始料不及的现世轮回——其历程大致如此:初始,海阔天空,志足神旺,不久或久之,幻想与光明被骤然剥夺,只落得一地"颓然",状如局外之人。但或不这么程序化,也许只是在一个陌生的街角,也许遭逢某种意外,猛然的疲惫、厌倦、失望,便将惯有状态推翻。这是一种得不到解救的流放,人与生活、演员与布景之间,无望地离异。

二十世纪二三十年代,欧洲。一战的噩梦尚未完全褪去,二战的阴霾却悄悄聚集。人们匆匆告别过去,又茫然奔赴下一个驿站。天空依旧黯淡,"荒谬"如浮云或隐或现。

马尔罗在其巨著《西方之诱惑》里,暗示世人:一种形而上的荒谬性正支配着西方世界。萨特则在《恶心》里借罗冈丹对花栗树的思索,对"荒谬"的意涵大加阐发,引不少作家趋之如知音知己。而在法国沙龙里,"荒谬"俨然成了新宠儿。知识分子们一边抽着辛辣的高卢雪茄,喝着木莓白兰地酒,一边对这个新名词高谈阔论。烟雾带着燃烧后的快感,笼罩在他们头顶;窗外,铅云密布,似乎藏有一个个叵测的幽灵,在城市上空游荡。

空无之中的诡谲,存在或断裂,痛感或快感,如此跨时代、越生死,又只能在暗哑中对抗着——"荒谬",就是这样一种飞翔于历史迷局中的沉默。

此时的加缪在阿尔及利亚,也沉默着。

那是他出生和成长的地方,沙漠伴随海水平行延伸,贫穷也与阳光平行对立。在贫穷中拥有无限的阳光，在阳光下无尽地贫穷，说来悖谬，于阿尔及利亚而言，却是正解；于加缪而言，则可使他免于两种对立的危险，便是醒悟："世界再美好，对于人的命运也毫无助益。"何况太阳之下、历史之中，并非处处皆美好；太阳再灿烂，也不过使他明悉历史并非一切。

彼时的加缪在阿尔及尔一家报社上班。不工作时，他就去海里游泳，偶尔勾引一下漂亮女人；或者坐在阳台上，叼着一支雪茄，凝视远处的沙漠和海水。沙的黄，海的蓝，浪的白，恰到和谐处，却仿佛与他无涉。

阳光如此美好，想望的伟大幸福在空中洋溢，却无法改变遍地贫穷的沉重事实。贫穷导致对死亡的反省，但人生终不免要死亡，于是焦虑之下，反倒送给这世界一组和谐。阳光与贫穷，正与反，正而反之，反而正之，在对立中彼此沉默……

沉默，在加缪看来，从来是饱含形而上学和道德意义汁液的，其中昭示的是毫不关心的世界，包括政治及其他，语言则是社会斗争和政治活动的产物，二者针锋相对。"世界上有美也有受辱"，加缪对二者都保持忠诚，但"这听起来仍然像是伦理道德，我们为之而生的某种事物是超越伦理道德的。如果我们能命名它，随之而来的会是怎样的沉默。"他就像实验室中反复操作的技师，或许不会立刻得出结论，但总归不断朝核心处逼近。

加缪又说："对生命的眷念离不开对生命的绝望。"

这是一则使人骇然而悟的荒谬体验。

一触及终极问题，许多"谬论"便是说论，怎奈人常常不以荒谬为荒谬，加缪的这一番话，就显得如雷贯耳了。某些特定时代的特定地域，都有少数被逼成的特定文学家，以决绝的批判姿态来从事哲学思考，使其文学担当文学之外的见证。如果后世的灾难多得几乎将文学淹没，这特定的文学便是哲学信谶，犹可昭彰，虽然加缪只想讨论泛滥于那个时代的荒谬感受。

以死亡观照荒谬，是加缪的私人选择，也是必由之路。他的作品多以死亡贯穿始终，让人物在与死亡的反复碰撞中荒谬着。《卡利古拉》始于卡利古拉的情妇之死，终于卡利古拉被杀。《局外人》从莫尔索母亲之死开篇，中间经过一个阿拉伯人被射杀的转折，以莫尔索被判死刑告终。《鼠疫》则让人在末日般的大瘟疫中苦苦煎熬，时时拷问死亡。这些个人遭遇的荒谬情境与死亡结局，如同一张张看不见的网，将人物命运自始至终网住。初始无所察，人孜孜矻矻苟且营生；等到有所察觉，整张网已经收缩得不容挣脱；其他角色非但不能施以援手，反而益增疏离，促成死亡。

加缪把"荒谬"实验室设在他的故乡阿尔及利亚，使种种死亡遭遇看起来如同那里的沙漠一样，既熟悉又神秘。《局外人》的主角莫尔索在死亡背景下进行的体验，源自生之麻木、死之无奈，看似索然无味，却因诚实而倍显荒谬。一个对母亲漠不关心，连她去世也不曾流下一滴眼泪，只想抽烟喝咖啡的人，本身就是个荒谬。初始如此，到他在海滩上射杀一个阿拉伯人时，开枪或不开枪的模糊瞬间，于他并无分别。最后被判死刑，反倒是提前解脱，因为"所有的人都注定有一天要死"。"他来过，他看见，他射杀了一个阿拉伯人"，局外人的一个关键时刻终成了他的墓志铭。他失重，失值，不被回忆纠缠，也不受困于未来——失去了记忆和期望，他便有如行尸。处在一个突然丧失幻象与光明的宇宙中，人便自觉是一个局外人，这是加缪的独到眼光。未知生焉知死，未知死焉知生，对于局外人来说，等于两句空话，因为生拒绝不了死，死劝勉不了生。放逐无可救药，与生的荒谬相对，便不能不置身于法律、世俗的荒谬之中……

《局外人》的"荒谬"或许还面目晦涩，等你去辨识，到了《鼠疫》，它却赫然成了一柄剑，在活生生的现实中磨得通体锋利，一挥就是一道大口子——人之需求、不可理喻之世界，顿时血肉分离。此时的荒谬从个体上升到群体，惊惧、绝望的哀号声不绝于耳。"我试图通过《鼠疫》来表现我们遭受的窒息以及所承受的将人流放的环境。"加缪在虚构的阿尔及利亚奥兰城，熟练运用他那"割裂"法则，制造荒谬的世界图景——欲求的分离，完全的黑暗，彻底的毁灭，状如中世纪席卷欧洲的黑死病。最恐怖的还是鼠疫不会永远消失，在沉睡几十年之后，或许有一天，瘟神又会驱动鼠群，选中某一座幸福之城作为它们的葬身之地；人类也将从幻想控制变成反受控制——荒谬由此加倍，直指人类自身和人类社会。

加倍的荒谬，正好是加缪。"荒谬"就这么不幽默而幽默着。

"世界不荒谬，人生也不荒谬，人在世上才荒谬。"加缪好歹通俗易懂了一回。

但若就此以"荒谬"论作加缪的全部思想，却又是泛泛不求甚解。加缪所坚执的信念是"活下去"。而荒谬者更想知道没有诉求是否能活下去？这问题，听者难免既惊且笑，却不知，加缪探究的正是这"惊"与"笑"之间的荒谬因缘。他以为，"活下去"该借助意识和反抗。"意识"在《西西弗斯神话》中被他界定为"清明的理性"，为维系荒谬所不可少。而"反抗"是"少数一贯的哲学立场之一"，其遭遇、坚持、挑战之特质正是维系荒谬的三种要素——没有诉求而生活的首个后果就是反抗，遭遇与坚持荒谬，本身就是反抗，而反抗又是由荒谬引发而来。至此，荒谬从根本上被化解了，转化而成反抗。

"当犯罪披着清白的外衣，通过一种我们这个时代独有的变换，清白就被要求为自己正名。"在纳粹的坦克驶过塞纳河畔时，加缪说这话是有深意的，否则擘画于哲学沙盘之上的"反抗"也不过梦呓。"荒谬"在暴力和血腥中被消解后，就迅速催生出"反抗"。它诞生于非正义、非理性景象的遭遇，具有强大的现实张力——它的脚下，先前是浮沙，现在是岩石。《西西弗斯神话》以意识肯定"我的反抗，我的自由，我的热情"的论说，已经超出个体成为人类共同命运。《鼠疫》的象征意味不言而喻，在绝望和希望之间寻找新的解决途径，那便是自由、热情、反抗。他人不再是不相干的第三者，或萨特所谓的"地狱"，而是团结的主体。

一九四六年冬天，阿尔卑斯山依旧银装素裹、妖娆动人，只是大战初歇，欧洲人尚且挣扎于废墟与焦土之间，鲜有来此滑雪度假的雅兴。山下各处旅馆空空如也，以孤寂应和人间悲怆。只有加缪独自前来疗养，在此度过了几周时间。阿尔卑斯山冰冽的空气对他的肺病大有裨益，同时好使他的大脑处于澄澈状态，以便对"欧洲近代兴风作浪的思想做一番检讨"。

《反抗者》的写作异常艰苦，让加缪几欲罢手。毕竟试图拨开忧患、绝望和虚无主义的阴云，寻找一条适合人类生存的途径，几乎是精神上的筚路蓝缕，别人不愿尝试，加缪也无经验。困境的确严酷：一面是神圣的存在或被神圣化的历史使人臣服，一面又甘心接受一个冷漠的天空和不觉痛苦的世界。加缪拒绝前者，也不确定后者是否就是一种伦理基础，但至少反映了一种信念：如果我们真"想要一个合理的伦理秩序，是有能力创造出一个的"。举凡正义，伪装的多。加缪认为二十世纪的历史多以"未来"为饵，致使不义与"主义"模糊一团，斗争、暴力、杀戮遂被合法化。"与其为了产生我们所不是的存在而杀人和自杀，我们反而应该活下去，并使别人活下去，为了创造我们已经是的存在。"至此，加缪关于人性价值的思考和热情已如饱胀的风帆，蓄势待发。在窗外巍巍雪峰的注视下，加缪开始写道："荒谬，像方法的怀疑一样，推翻了一切，它把我们留在一条死巷里，但也像怀疑一样，它转身回家到原地，指出一条新的探索方向，就是反抗。"

修昔底德精神在《反抗者》中随处可见，古希腊人和加缪仿佛一对知音：对反抗的渴望，与主宰他人的欲望一样，都是人类的天性。在这种认知下，人类的反抗不孤独，因为生命是善的，反抗终将先前的分裂化为团结。加缪甚至宣称："这里所唤醒的惊人历史是欧洲人的荣史。"欧洲人也需要在上帝之外寻找一位新神，因为反抗者所寻求的道德或神圣，终不过是一种修行，祈望着一位能给予他们公正的神。这位新神，既为道德基础，又充当生命根源。加缪继而又稚气盎然地寻求人类合一。"为了能承担大家共同的奋斗和命运……世界是我们第一个也是最后一个爱情。我们的弟兄与我们活在同样的天地间……有了这种快乐，在不断地奋斗中，我们将重整这个时代的精神。"而在《反抗者》杀青时，他又不禁寻思："于今视之，世界会自由吗？"他寻思，我们也不免纳闷。答案或许没有，唯一能肯定的就是，先知先觉者在跨越时间和地域，期望虚无主义彼岸的新生之时，往往不曾料到或在所不惜，先验的总是自己的遍体鳞伤。

《反抗者》出版后，引发法国超现实主义者和左派阵营的大肆攻讦，这并不让人感到意外，倒是老朋友萨特猛烈苛刻的批判，叫加缪陷入友情的绝望。激烈的论战，总是缠夹着相左的政见和众多悬疑，不留情面也就终致反目成仇。在萨特眼中，加缪成了妄图发动"热月政变"的害虫，加缪则从不安到出离的愤怒："我现在越来越厌倦看到我自己，尤其厌倦看到那些在他们的时代从来没有逃避过斗争的老兵，却遭受着那些什么都没做，只是在历史潮流中站对了方向的人数不尽的指责和教训。"昔日玩笑连连的挚友一旦幡然变成无情的仇敌，那绝望是无救的；而那次在法国剧院相遇的愉快记忆，也就此被埋于舆论愤怒的声浪之下。

但凡思想体系的构筑，若是固守书斋而得，能否承受得起外界的物质暴力亦未可知。加缪之论点，单单目诵是无济的，唯有将其置于社会历史范畴，用二次大战的淋漓鲜血和冷酷的政治现实来解读，才能领略几分。现代或后现代的作家群体中，不乏夸言如何如何一往无前者，那么，请看看加缪，在六十多年前写的是什么。说他超越了时代，或忤逆了学术，都不重要，时代不过是历史的枝节，学术不过无解的争执，加缪有的是漫长的身后时间，来检验他实际斗争的勇气和思想意义，那便是：对现实的坚拒、对道德的坚守、对正义的追求。

等到有一天，晨曦微明，和平、自由、人道，在地平线糅合着曙光闪现。加缪从睡梦中醒来，微笑了，如同他在阿尔卑斯山看到朝阳中玫瑰红的雪峰，冰雪的凛冽与太阳的纵情相撞，竟有如此至真的宁静。

一九五七年十月，加缪被授予诺贝尔文学奖，理由是"热情而冷静地阐明了当代向人类良知提出的种种问题"。又三年，加缪在法国荣纳省遭遇车祸身亡。老友兼仇敌萨特致哀："我仍然会想着他，感到他的目光注视着他阅读的书页、报刊，我不禁对自己说：'他对此会有何想法？他此刻会说什么？'"他们共同的朋友波伏娃在得知噩耗的当夜，服下安眠药也无法入睡，便在巴黎一月寒雨萧萧的街头，久久徘徊……

加缪当然不会再说什么，他已说过："荒谬只是起点，而非终点。"便就足够，虽然他死于荒谬的车祸，绝望于荒谬的友情。

辑三

素履之往

倒影

走出逼仄的小巷，就可以看见运河了。

这个原本烟雨缠绵的水乡，这些日子因为少了雨水的滋润，霎时变得清朗起来。

行走在早春的江南，时常感觉与时间相逆而行，步子也不由得放慢、变轻，像要与从前会面似的，又生怕搅扰了它的睡梦，小心之下反倒显得无所适从。

若不说名字，很难把这样一条在江南随处可见的河流与历史联系起来说道。人与历史经常是这么一种奇怪的关系，置身其中却浑然不觉，相隔千里又一点就破。像眼前这道窄窄的水，向北逶迤而去，多少年来的使命就在不动声色中完成。对于这个无法洞彻的走向，时间一长，人们只能收起凌空蹈虚的目光，低下头来，在眼前的地盘上厮磨一生。因而我们言说踏实，在某种意义上就是失去了怀想的兴致，以贴到地面的生存方式去对话星移斗转和沧海桑田。

由于是人工开凿，河岸显得较为齐整，与平素所见的水乡景致相比，纤秀中多了几分峻直。时下春色虽说尚浅，却已能轻而易举地染绿一条河水，使人目光掠过时，自有一种沉浸的安然。江南就是这样，不需多少色调的铺衍，只消二三抹淡淡的柳烟，或是几簇经冬不褪的绿意，便能青翠了往事，朦胧了来日。

走在河岸上，两边照例是连绵不尽的黛瓦粉墙，所经年月既久，衰颓益增素色，透过层层叠叠的屋脊，远方的天空渺无际涯……筑巢于水边，是人与水的两情相悦，只是老屋子多了，旧日气息缓缓涌出，让人不禁想到"经世""隔年"之类词语，细辨起来，又尽是惯看桃花流水的淡然自若，如此便仿佛要见证到地老天荒了。虽说是白天，买卖还是懒洋洋的，几间客栈并不敞着门迎纳客人，主人斜倚门边闲聊，或是搬张小凳坐在河边凝望，一副毫不在意的样子。屋子里是暗了些，眼神投到河里则会感觉明快得多。对视与持守的关系，在水乡无须多言；日子如同河水，没有波澜，没有拐弯，送莺声花瓣老去，迎秋色冬霖到来，如此周而复始。若不是偶尔踱过几个路人，或是河对岸飘来一股炊爨之气，真会使人疑心这是个尘封了的所在，时光在此停滞不前。

倒是岸边的洗衣妇有些许声响。石砌的台阶，终日与河水相激相拥，早已没有一点棱角。几个妇人蹲在台阶上，摆开洗衣桶，哗啦啦的水声顿时响成一片，搓洗，涤荡，水面波纹翻卷。

在一个素淡的氛围里，同样素淡的声响反倒生出璎珞相击的活跃。如果是在古时，想必还有梆梆的捣衣声此起彼落，水花如珠玉四溅，融融的月色、如一的心思，就此温暖了旅人的牵挂。这些钩沉于乐府诗歌里的碎片，而今一一捡拾起来，便会悄然熨暖了过往而寒却的情节，使美感在暗中萌生。

一座石拱桥高高跨在运河上，似弯月凌空、银钩倒悬，如此优美的弧度，让柔波也乐于接受这凝定的倒影。不知多少年了，作为水乡司空见惯的道具，拱桥起造的最初命题常常被人遗忘，而另一重命题则幡然显露。因为拱桥，人们过河走的不是最近的直线，而要慢慢上到高处，再缓缓踱下，步子自然变得纡徐；兴致如果来了，凭栏极目远处舒展的柳色，细闻风中淡淡的栀子花香，不免要生发思古幽情，忆起运河上的绰绰往事。矗立只是一番宿命的告白，不可磨灭的记忆才构成桥的存在感。由此可知水乡的桥向来不只是桥，时间的此岸与彼岸在此连接，彼岸高高扬起不可或缺的矜持，此岸则春华秋实了无痕迹，唯余人的目光和思想。

与拱桥形成审美比照的是那一排排水杉。一个空间，两种审美，再纯粹的江南情怀也会情不自禁地被推向深邃。水杉，这种据说珍贵的树种，在走过一季寒冬之后，依旧是那副傲骨嶙峋的样子，对春天的召唤丝毫不加理会。这样的挺立之姿，在处处弱柳娇花的江南，难免显得另类，即便到了春深时分，浑身披满了羽状的绿衣，也还是遮不住高峻清寒，让人的眼神与之对视时，颇费踌躇。一棵树和生存的水土如此格格不入，其本身就像带了谜，依稀导引着某种难解的走向。或许是寂寞的圣贤，或许根本不该是植物；又类似读书人的脾气，要不顾一切地拿出来自傲一番——水杉的比喻，不多作也罢，只是像。

"小莲庄"的命名实在是谦逊了，旧日主人的想法却要复杂得多。在隐匿和炫耀之间设置重重玄机，虚虚实实，雾里看花，也是某种存在的必然法则。心无料想的人们走进时，所见皆处心积虑，于是恍然之下就叹出了狡黠的经世之道和自知之明。天色迷蒙，我坐在荷花池边，看鱼儿来回穿梭，寂寥却如浮云弥散。还是早春，十亩残荷犹存，枝节一根根戳在水里，萧条之下不难想见夏日的繁盛。前方香樟树密立，紫藤萝不离不弃，算来百年光阴不过是枝间的一缕清风。主人早已不在，也就空余亭台、牌坊、宅第、书楼浸淫不尽的时光流水。一座与巨大财富捆绑在一起的庄园，怎么说也无法褪色成黑白老照，即使梦粱逝去，也还有手掌摩挲间残存的一层金粉，隐隐闪亮。

偌大的厅堂内，人们想着极盛时期的阔绰——主人端坐其上，容貌虽不俊美，眉宇间却透出果敢锐利之气，一扬眉，一开口，皆深思熟虑、掂量有度。来自远近各地的丝商们分列其位，虽说各怀谋算，却也个个神色恭谦、言辞谨慎。家仆们来回穿梭，动静恰到好处，对主人的每个手势、每道眼神都能心领神会，毕竟这里的每一场贸易博弈都直接关系到江浙一带的经济温度。附近的巴洛克式小楼内，舞会正在进行。法国玻璃和彩釉地砖在暗中闪亮，刚从西洋带回的留声机缓缓转动，音乐如月光流淌。几位俊彦淑女华服艳衫，轻轻搂住腰，款款搭上肩，舞步便挪移旋转开来。温存的耳语、吃吃的笑声、晚风拂过树叶的沙沙声……继而模糊一片，不知过了多少时辰……

夜已深，我推开木制的窗户，看一河波光粼粼闪动，欲诉还休似的诡异，水汽涌进来了，幽幽然是河底青草的香。

夜蛊惑，风缥缈，人渐迷离……

一艘又一艘漕船往来如织，橹声交错，纤绳纵横，松木、皮货、煤炭在此卸下，又装运稻米、丝绸、茶叶、陶瓷北上。码头上，声浪嘈杂，人、船、货乱成一片，船工不停地吆喝，搬运工光着膀子搬上搬下，货主忙着结算、交割。若逢骄阳当头炙烤，码头更像要冒起烟来。身处扰攘之中，河水却始终安之若素，日复日年复年微漾的水波，早已激不起承载实际需求的欲望。古镇里，各式商号林立，货旗飘扬，从镇口一直蔓延到码头，财富在货物进出间不断膨胀。街上人头攒动，其中不乏挟巨资以争雄的俊杰，更不缺小生意人、无产者和破落户，个个像四处觅食的鼬鼠，似乎不如此，就愧对了汉子的志向和身边的这条运河。

夜幕降下时，人如潮水退去，商铺客舍的大红灯笼渐次亮起，在暗中眨着眼，也点亮了主人的某种心思。掌柜在油灯下娴熟地拨弄着算盘珠子，时不时在账本上写几笔，或喜或忧，一天的心情都记在脸上。小酒店内，酒客醉意正浓，石板路上偶有马车辚辚驶过。小镇的风、他乡的梦、车辙中的泥痕、运河边的船火，应该都像黑夜里招徕的眼神，在暗示中期待，或说召唤，然后安睡于无边的黑暗里。

西天，一钩残月漠然。冷诮是谜，是归一的万象。

像是一部没有散场的独幕剧，角色、布景、道具一换再换，故事一演再演，而舞台只有一个。日子忽忽向前，人们盯着眼前的剧情，又不免要在脑海里回放过往的细枝末节，咀嚼古今交织的酸涩滋味——幕布，一经开启就不会合上。

可以想见以后运河的变化还是最小的，悠悠缓缓，一脸的沉静，不为时光而动容。历史与生命同在，与生命相渗透的历史已随生命消失而消失，我们仅仅是得到了它的倒影。如果我倒转过来，弯腰低头眺望那河水，这倒影又俨然是正相了。可是如何能持久？我终得回转过来，再次凝视那水中的倒影，捕捉流逝的潋滟波光，使它们成为今日的抚慰。

这样倒也好吧，如果激起风浪，眼前就是一片迷离，临水沉思的纳蕤思也将芳踪不至；失去了对比，就失去了存在……

带一本书去水乡

去水乡的目的当然是风景，不是书，但临走之前，我还是从书架上抽下周作人的《鲁迅的故家》，郑重地塞进包里，拉上了拉链。

我常常带书出行，有时为了消磨时间，有时为了温熟某种文学记忆，让想象在书的陪伴下，继续蔓延。就拿这座江南小城来说，在与文学、历史牵扯了千年之后，关于它的想象越发栩栩如生，像一只停立在心湖的白鹭，振翅忽忽欲飞。

随便往哪个桥头上一坐，看斜雨落在两岸青黑色屋瓦上，淡淡的水腥气漫了上来，远处的柳色轻得像一团烟。这时打开《鲁迅的故家》，便有乌篷船、石板路、石桥、茶馆、酒肆……如同一道道缓缓扩散的涟漪，托起了淡淡的思虑和流转千年的滋润文气。就连咿咿呀

呀的社戏，想象起来也要质朴得多——摇着乌篷船去听戏，两岸
豆麦和河底水草的清香不知飘进了几代人的梦。江南的情怀总是
这样，似在纸上扫过一笔淡墨，素雅，轻灵，但这只是烂熟于心
的味道，如果没有文字的滋养，黛瓦粉墙、古桥石驳势必陷于浮
泛。好在小城从来不缺文气，它与金粉楼台无涉，与才子佳人的
喁喁私语一比，更比出了须眉气概，令人频频回首。我赞赏这样
有骨的江南，同是弥漫六朝的烟水、承载实际需求的人生，却不
会软媚得叫人直不起腰，愧对了自己所属的世纪。粉饰的太平，
自有凌厉的鞭挞；深讳的歹毒，更有义士的悲吁，即便"人面桃
花相映红"，也是汗漫历史中人与自然的同褒贬、共荣辱。

　　我并非十分爱好想象，但又禁不住这样想象，好让它跟从在
水乡晃荡的脚步，或欢欣，或哀愁。

　　垂柳、樱花、拱桥、斜斜的屋顶……这些水乡向来不缺的道
具，不过清晰指明了地域，但又失之泛览，只有在老街巷里不分
深浅地走，才能感受到人与水前定的冥契。河道匀净无痕，两岸
多是上百年的老屋，以排列的姿态参差着，簇拥着；透过挂满薜
荔的古桥，远处是缥缈的江南的天……莺声和花瓣是诗意的矜
持，现在却只有乌篷船静静地泊在乌桕树下，浓墨一般，从局部
呼应着整体色调，让柔波也接受这凝定的倒影。繁华的江南从不
担心缺少色彩，却只用最廉价的煤粉和着黏腻的桐油，把船体刷
得乌黑亮泽。水乡人家的审美性情就是以朴素粉碎华丽，在坦然
实在中，承载日复日年复年的生计需求——缆绳一抖，乌篷船轻
轻荡开，随着粉墙的缓缓移动，渐行渐远，水声橹声犬吠鸡鸣，

也就应对了春花秋月夏雨冬雪。

清晨，沿河走，向河水借一点波光，目光会明快些。老屋里似乎没有人，但确实住满了人。临河的窗子晾着各式衣裳，早起的主妇在岸边洗洗刷刷，石板路上踱过几个老者，深巷逼仄而破敝，三轮车慢悠悠地踩过。小店里热气蒸腾，伙计忙着准备生意，轻轻走动、做事。这烟火味的清晨、无名生息的日子，有欲，却无言。一个人，如果继续钩沉于过去的怀想：芳草萋萋、绿树浓荫、白鹭蹁跹，这些六朝诗文里惯用的笔调，便会阻碍无数细节的掇拾。眼前，总像有两种容貌在交织：前者闪闪烁烁，后者凝然不动。它不需诗文的矫揉造作，又非残阳废墟般的供人凭吊，其含义原本清晰，足以凝定于时间的罗盘针上，让你逼近，再逼近……

朝阳渐渐升高，有风掠过河面，波光潋滟而碎，乌篷船显出几分寂寞。与时间相渗透的生命其实澶漫悦目，这样静悄悄地倒是很应景，声响如果大了，就不是水乡了。

暮春的阳光还是没有热度，多几缕也不致陡乱了人间烟尘。坐在咸亨酒店的条凳上，端一碗黄酒，要一碟茴香豆，人人都开始像孔乙己那样慢慢地啜呷。和小说描写不同的是，喝酒不再靠柜外站着喝，而可以像踱到里间的长衫主顾那样，"慢慢地坐喝"。黄酒是地道的，以浅浅的土碗盛之，琥珀般的色泽，劲道不小，喝急了便有昏涨之感，故而只能一口，一口，连同散淡的时光一道细品。这是种有闲的酒，散工的喝了休息，消日的啜上半天；若是在微雪寒村里，门对长桥，窗临远阜，便可温了酒对雪而饮，也有说不尽的潇洒。一种酒如此贴近水乡的生存，其本身也变得不能自持；是只有在这样质朴的土壤上，逶迤千年的酒分子才会迫不及待地涌出，香破了寻常人家低调的日子。

酒店的光阴算起来有上百年了，若不是门口立着一尊尽人皆知的塑像，招牌上题了那四个著名的大字，许多人就会面无表情地走了过去；是文学的机缘使一座古旧建筑鲜明起来，否则泥墙草舍早已付了时间流水。旧物和机缘，似乎是两回事，再想想其实一回事，只有机缘极高的旧物才把价值判断推翻、重估，于是二者相视莫逆而笑。所遇仿佛皆熟稔，但仍不免加重了怀想过去的心机，真不知该撩起哪块幕布，才能走到这出人生大戏的背后。同样的店堂格局，同样的酒香飘溢，不同的人间情怀，如同眺望满街神色不定的人，却找不到熟悉的那一个。

这个小城所有的名人故居都被充分利用了，就连小说中的人名、地名也可以巧妙地取来装点一番，时间长了，人也就习以为常。名人早就不在，老宅几经易手，也就任由厅堂、书斋、园子置于商业灌输和人为导引而莫知归途；虽然人去楼空，却不会定格为古意盎然的黑白老照。游人的选择法则其实要简单得多，步子在走过老宅的瞬间，往往以为是霭霭晏晏的事，不需要另一种气象招引。于是只道江南处处风景好，眉开眼笑地啜饮几经历史蒸馏的酒，就此把小城的风骨当成了满街飘浮的臭豆腐和霉干菜的气味。幸亏草木不语、石桥无知，否则在跨过一段模糊的距离后，听凭风中送来泛滥的南腔北调，难免不会大声嘲讽迷失其间的人们。

没有鲁迅的小城将是寂寞的，虽然人人看上去都快乐无畏。单论寂寞，是黑夜中闪动的烛火，不需舞台不需演员不需观众，闭了眼走过，黑夜依然是黑夜；一群人围住呆看，必是悬极而去；只有亮起辉煌的灯光照着那烛火，才感到裕然卓然，于是众人皆赞美灯光，唯独不见烛火。少数被时代逼成的强者，总以思索、批判的姿态营构而超越时代。问题是，超越了又如何呢？时代不过是历史的一枝一蔓，曾经的笔尖墨、刀刃霜终成茶余饭后的谈资，而营生碌碌，依旧一往无前。伟大而深刻的文学命运常常如此，就像孩童吹出的肥皂泡，彩色的，悠悠然，一触即破，破了就忘。再回看木刻的文学家被画成了水彩画，也便不足为怪了。

带去的那本书还躺在包里，在水乡的日子，它始终没有被打开。

绍兴滴沥

一

来得早，就有闲散的自由。

坐在咸亨酒店的条凳上，要一碗绍兴酒、一碟茴香豆，慢慢地坐喝，渐渐感觉像孔乙己。好在我们都是现代的短衣主顾，可以在外间放心坐喝，若是穿了长衫，是不是该踱进里间，或是靠柜外站着，做穿长衫喝酒的唯一的人？

既是咸亨酒店，就要负责演绎鲁迅的一篇小说，于是照例有曲尺形大柜台和板桌条凳，照例有一排五六十斤重的酒坛子装着绍兴老酒。取酒的器皿也颇古意，锡制的吊子，多则可取半斤，少则二三两。下酒物是经典的茴香豆，剥着吃着，不由想着"茴"字的四种写法。初春的阳光洒进店堂，暖暖的，渐渐使人慵懒起来，或许是绍兴酒的劲头，又或这样既慵且懒的，更文学？有阳光，惬意，但阳光不会出现在鲁迅的小说里，孔乙己也与阳光无缘，我只能在初春里想象初冬，看寒风渐紧，这店堂外一地的泥。而在写下这篇文章时，这些字，又分明是孔乙己坐在蒲团上、撑着手在泥地上慢慢走远的印迹……

　　咸亨酒店所在的东昌坊口，旧时有两家酒店，皆坐南朝北：西边那家叫德兴，东边的才是咸亨酒店，为鲁迅的一位远房本家所开，据说是个秀才，不知是否就是小说中那个"一副凶脸孔"的掌柜？但酒店开不到两年便关门，因而就算孔乙己没死，也不会再来站着喝酒。不过现在，孔乙己已变身为塑像，在酒店外站定了，每天对着穿梭于他身边的形形色色男女，呆看。而那时，呆立店门口的只是些小孩子，也听喝酒的大人闲谈，遇上孔乙己这样的主顾，便会围住，等吃豆。如今春日融融的酒店门口自然不缺小孩子，只是并不呆立，倒是艳丽活泼得很，更不会围来吃豆。

　　在暖阳里慢慢呷着黄酒，让眼前赎回的旧物和小说交融于明亮、隐秘之间，心里也不免随之一暖、一冷。赎回与唤回不同。赎回提供形式感，有暖意；唤回则在怀想、缅念中触碰真实，或说天然的童贞，却如金属般冰凉。世事运转就这样时暖时冷，若还有某种感念触动文字不断蔓延，就值得一个人在无数个赎回和唤回中，继续浮沉。

138

二

百草园很寻常，不过一个菜园子，但又不寻常，因为它是鲁迅的百草园。

如果以《朝花夕拾》中所记景物来一一对照如今的这个园子，大抵要犯糊涂。"泥墙根"，代之的是黛瓦粉墙。四周皆树，却无从分辨皂荚树、桑树。桑树本不在百草园内。据周作人《鲁迅的故家》载，桑树在"大园之北小园之东的鬼园里"，枝叶拂散在百草园的泥墙上，故而鲁迅能看到"紫红的桑葚"。何首乌藤和木莲藤自然无从寻觅，更不会有人怀了兴致，在墙根翻起破砖来搜寻油蛉和斑蝥。石井栏倒是还在，也光滑，北边墙下几口大缸依旧安稳，算是约略对应了文字。

既是菜园子，这里的主体自然是"碧绿的菜畦"。原本这块地种有青菜、萝卜、黄瓜、南瓜、茄子、罗汉豆等许多果蔬；尤其是萝卜和黄瓜，解了小孩子不少嘴馋。现今是只有清一色的油菜，占据了园地中央。那油菜花开得正是时候，黄灿灿一片，甜香扑鼻，蜜蜂上下飞舞。有油菜花，自然引来众多艳丽的女子，仿佛赶趟儿，又仿佛主角登场，嫣笑，灿笑，尖叫，与菜花比俏。爱美之心如此急迫，也就顾不上是否会被这些带刺的家伙蜇得花容失色了。在鲁迅的童年，这菜花大约只引来"肥胖的黄蜂"，在晌午温暖的阳光下，振翅，嗡嗡声响作一片，使春日像拉长了的调子，有着消磨不尽的悠远。这么一大片油菜花，在阴晦的旧居外怒放，新与旧、亮与暗骤然转换，人的眼神和嗅觉都因之失措。一番流连之下的平静被轻易打破了，心绪难免四处游离，但或许这样更类似鲁迅孩提时的心境吧。

园里的青菜、萝卜收获后，这块地在冬天便要用来晒谷。这活儿是交给庆叔，也就是闰土的父亲来承办。庆叔是种园、做晒场、晒谷的好手，到鲁迅家做忙月的。关于庆叔在百草园晒谷，鲁迅在《从百草园到三味书屋》里不曾提及，周作人倒是记述得颇为详细。他尤其感兴趣于庆叔独创的晒谷工具，一种长方形木铲，认为是晒谷的正宗。雪地捕鸟，并非总有大的收获。周作人回忆那一年是一八九三年，春初特别寒冷，积雪很厚，才捕获了许多。如果天不够冷，雪不够厚，来啄食的鸟雀便不多，不全是因为拉绳子的人性急。

在园子里逛荡显然要比在旧居里心情舒适，人人眉宇间都绽开了笑意。一座承载快乐童年的菜园子，不管过了多少年，还会溢出清新欢快的气息，其本身就已是一种精神符号，就像鲁迅那篇美好的散文，虽只记叙了短暂的快乐，人们却在长久的吟诵中得到满足。我常想，如果鲁迅手里握的不是笔，不那么"横眉冷对"，他会不会稍感快乐？但快乐注定不会属于一个愤世的孤独者、一个入木三分的文字巨匠。何况草木本无知，冷暖在人心，这园子的热闹光景也就七八年时间，往前往后它都是一座荒园，彼时的荒凉却又向何人诉说？

三

绍兴鉴湖，因秋瑾自号"鉴湖女侠"而闻名，然而在这片水域的边上，诗人陆游度过了生命中的最后二十年，很多人并不知道。

对比沈园的爱情悲歌以及麇集其中的俗男艳女，鉴湖边的三山村只有寂寥可言：数座草堂亭台幽然，远处平湖潋潋山淡淡，仅此而已。

千年已逝，不易是江湖。

公元一一九〇年，六十六岁的陆游被弹劾，罢归故乡，其后除却几度短暂复出，余下时间都在三山村闲居。当年的痴情郎自从缘断沈园后，四处宦游羁旅，中年入蜀，力主抗金、北定中原，却四处碰壁、遭贬，被讥为"颓放之士"，便干脆自号"放翁"。及至还归故里，已是苍然老者。此时再有未遂的心愿，也只能放逐于江湖天，归老在樵风溪，一蓑烟雨任残生，遂又以"退士"自喻。

"退士"与"隐士"，类而不同，说来却是陆游家居身份的隐秘之处。闲居二十间，他四度享受祠禄，庆元五年、嘉泰四年又两度致仕，仍享半俸。居家而领俸，毕竟与一隐到底的陶渊明不同，更像个退居型士大夫——杜曲桑麻，做做农活，骑着驴儿四处游走、觅诗，闲看江头霜叶、灞桥风雪。或入山采药，送医到农户；或小市寻酒，日落策驴归；再不然，就到沈园走走，看看旧亭台，写几首断肠诗，抚慰一下心中的波澜。遥想当年，壮怀激烈，铁骑雄风，即便骑驴度剑阁，也有一番潇洒可言，不曾想老来却是"野桥孤店跨驴行"，不过给乡村道上增添一个落寞的身影，而前岁功名都成了土，再也拾掇不起。从骑马到骑驴，个中滋味未免滑稽得叫人心酸，但不如此，又奈何？

然而祠禄、半俸，时常不能兑现，一来陆游不愿屡屡自请，二来祠禄常被郡衙扣留，以致生活拮据，甚至饮酒、借驴都成问题，不得不赊账、典衣，并附上一通落魄之叹。一介文人，本不想在"老病灯前""蹇驴瘦影"里消磨残生，又偏偏难掩"孤灯耿霜夕，穷山读兵书"的愤世嫉俗，纵然聊作孤鹤哀鸣，也辜负了胸中十万兵，唯有垂泪青衫湿，一次次付诸梦中了。梦解忧、释怀，梦中有关山沙场、吹角连营，梦中有一个懦弱时代无法盛放的理想，当然还有一生难平的凄婉爱情。"夜阑卧听风吹雨，铁马冰河入梦来""也信美人终作土，不堪幽梦太匆匆"。爱国、爱情，国家、美人，就这么不统一而统一着，被供奉在梦的神龛里，缓释他不堪重负的双重痛苦，虽然国已破、人已逝。

漫长的乡居生活当然也有小插曲。一二〇三年，辛弃疾起知绍兴府兼浙东安抚使。两位皓首老翁居然有机会在绍兴再度聚首，也是天造之缘。二人惺惺相惜，一起缅怀已逝的老友范成大、陈亮等，慨然忆念"旌旗拥万夫"的壮年岁月；每至动情处，不免涕泪满衣裳。想来故人如风中落叶，渐渐凋零，仅存的几片叶子只有紧紧拥在一起，才分外感念生之幸、逝之恸。而边塞征尘、难酬壮志，也唯有在志同道合者眼中，才愈见分明，才可在悲欣交集处往来驱驰，不需夜夜往梦中寻觅。但又能如何？心再有不甘，也只能"自恨不如云际雁，南来犹得过中原"；或者，就痛饮三百杯，把栏杆拍遍。

一年后，韩侂胄发动北伐，辛弃疾转任镇江，隔长江与金兵对峙。又三年，辛弃疾卒，留下好友陆游在绍兴继续"醉里挑灯看剑"。那剑早已锈迹斑斑，但剑锈，诗才得以伟大。知音和知己尽皆故去，陆游更加孤独。风烛残年中，除了反复给儿子们写训勉的诗，现实已无依托，尽管依旧"提笔四顾天地窄"，却连身后这小小的鉴湖也走不出去了。

一二一〇年，八十六岁的陆游去世，临终绝笔："但悲不见九州同。"鉴湖收纳了诗人疲惫的身躯和无望的渴念，旋即化作一滴眼泪，滴入千古江流——游于水中，他便永生。

风波荡，意难平……

四

藏于逼仄深巷中的"青藤书屋"，形势同样逼仄，唯有陋室两间、水池一方、青藤一丛，再就是天井上方四角的天空。

仿佛囚绿一般。

因为被"囚"，青藤反而勃发，像在浸淫了几百年风雨之后，有无限向外宣泄的冲动，乍看是一团斗方上的泼墨、一柄袖中的利刃、一股冲破牢狱的狂风……

书屋主人徐渭，或说徐文长更脍炙人口，明代才子、书画家。"青藤老人""青藤居士""天池山人"等一干自号，皆因书屋而起。但书屋其实只和徐渭的童年有关，青藤为他手植，"天池"不过一方水池，想必映照过他童稚的脸庞。其后便如鲁迅的百草园那样，卖作他人家园。倒是画家陈老莲在此居住多年，因追慕徐渭之风，将其名为"青藤书屋"。不知陈老莲日日端详青藤，俯察水池，是否常在梦中与徐渭神会，或者笔底也鼓荡起狂狷之风？

绍兴古称"山阴"。山阴，会稽山的北面，性寒凉，宜于思考，多出孤峭之士。徐渭少年时即以才高傲物名动江南，与解缙、杨慎并称"江南三大才子"，然而参加科举考试，却连考二十一年均名落孙山，令人大跌眼镜。后应抗倭名将胡宗宪之邀，至其幕府执掌文书，于帷幕后进言献策。这不外乎"绍兴师爷"的传统路子，但却是徐渭的机缘，更应了青藤的宿命——青藤须有可依附之物，如山墙、大树，才能攀援而上，与风、阳光共舞。

但，山墙、大树亦是命运所系。

有了胡宗宪的荫庇，在八股藩篱中百般不得志的徐渭，终于可以放任自傲，凡事都取一种概不在怀的轩昂态度。常是白衣黑巾，狂饮于市井，进出幕府如入无人之境，纵论天下大事，消胸中重重块垒，颇像宠娇的孩子，又像凛冽的自恋者，无济且无救，最终只有在政治的狼烟戾雾中沦为被弃。

胡宗宪失势自杀，徐渭随即陷于党伐之争——山墙、大树一倒，青藤便只能倾伏在地上挣命，不意外。意外的是，他终日猜疑、恐惧、悲愤，又佯狂以图自保，不料果真神经错乱。清醒后，但求速死，作《自为墓室铭》。九次自杀都未遂，且次次手法惨烈。又失手杀死继室，入狱七年，出辄浪迹四方。对世道愈加愤恨，怎奈落魄不堪，便唯有以狂浪面世，斗酒骂贼，夜深则长啸晚风，一鸣心中不平。晚景凄凉，寄居在小儿子的岳丈家，以卖画维持生计，还时常没着落。但有权贵来求画，一律拒之门外。用残生，拒绝时代，维持一个弱小文人最后的自尊。

一个性情无比孤傲、酷烈的人，在笔墨间必定不会因循守旧、唯唯诺诺。他首创大写意花鸟画法，实因非泼墨不足以倾泻心中愤懑。他的笔当用于挥洒，而非小心勾勒。凡其所画花、鸟、草、石，俱狂放而有深意，以此与刻板的儒学、美学相对峙。在他的画中，一个人都不必出现，他已经把人，把自己作为"无有"，融入墨水，让宣纸里无数的草木碎末饱吸，进而回望春风野外的自由与宁静。美的极致就是痛的最烈。徐渭的艺术，便以这种审美化解痛苦，寻求精神救赎与自我构建，在重重庙堂外，在淡淡湖山里。

不多的几个游人，也不多在此逗留，很正常。如此逼仄环境下逼仄的人，是会叫人兴致索然的；而一个乖张、叵测的人，更叫人费思量。

书屋外一面山墙上，镌有"自在岩"三字，据说为徐渭所题。显然，他希望能谋得岩石般的坦然和自在，却不得不走了青藤的路子——一朝迎风起舞，一朝挣命于黑暗与泥土之中，进退无据，进退维谷。同样逼仄的还有时代。一个刀笔小吏或说一位士子，永远只是客居其中的局外人，他的"岩石"，只供阳光、清风逗留。他的"自在"不属于他，不属于那个时代，只在遥远的彼岸，在笔墨间试图摆脱的苦涩与孤独，但又何其难哉！

徐渭终是死于一堆破书残卷之间，连一张破席子都没有，身边唯有一条狗送行。这狗，懂人间千百种滋味，却无人懂它。

南京备忘录

当我终于决定提笔写一写南京时，光阴已荏苒了二十年，如果不是由于一次情非得已的出门，这时间的沟壑还将拉得更大。可是，二十年的时光也会轻巧得叫人忘了岁月是一场视觉大宴，最初的印象宛若浑然天成的精神之作，有理由嘲笑各种"主义""技法"的多余。许多事原本不经意，无须言之惊喜，在情理和意料中也无韬略可施，离去，重来，皆因昔日的缘分历历可指，在此当中，主角、时间、地域并不重要，唯有存在的备忘录，一页不差也不缺。

二十年，原也不过是一道门、一缕烟。

三月的南京，春天仿佛刚从冬梦中睡醒，显得懵懂、迟疑。没有缠绵的雨雪，没有氤氲的潮气，法国梧桐的枝丫还是光秃秃的，梅花岭上的梅花却早就按捺不住怒放了，云蒸霞蔚，烂漫洒了一地。江南的地质就是这样，甘腴，丰泽，含得住热气，养得住植物，即使在肃杀之冬，也让人感觉生气从未离去，而到了南京这里，就更成了支撑六朝烟水的一汪水、几抔土。

所遇既熟悉又陌生。中山门外，这个我记忆中林木苍莽的所在，如今俨然是一副小城市模样，四下张望，仿佛陌路情形。下车，走上一段名叫"卫岗"的坡路，记忆之门才豁然打开——二十年前那个赤日炎炎的夏天，我从北京直下南京，就是从这里由表伯领着走进南京农业大学的宿舍区。那时正值暑假，南农校园如退潮的海，野草在地上快乐地蔓延，爬山虎不屈不挠地覆盖了半边楼房，树木繁多蓊郁，密密麻麻的爬藤植物和树枝交相缠绕，勾勒出一幅植物世界热闹自由的图景。白天，我拿着一张地图外出闲逛，傍晚在南农门口抱一只西瓜回来解渴，一件 T 恤晚上洗，次日干，睡觉便光膀子，打地铺……这样一连过了六天，卫岗一带的景色渐渐熟稔，却也该和南京说"再见"了，心里便不免空泛起来。

我承认耽于沉思的我屡屡受着富兰克林"重过一遍生活"的诱惑，却又时时在有所过之和过犹不及间徘徊，满怀期盼又无所期盼，二十年前如此，二十年后还是如此，只能说自己了无长进。

如今的南农校园似乎模样依旧，时间的滔滔浊浪不曾淘空了这里。楼房，未如我想象的颓圮成巴尔扎克小说中摇摇欲坠的老屋，植物也仿佛活在时间的律令之外，只管恣意地绿。只是表伯愈见其老了，八十多岁的人，白雪覆盖了头顶，步子有些打战，好在不妨碍走路，于是我们一道在校园里散步。表伯是南京大学地质系教授，南大毕业后留校任教直至退休，在南京足足生活了六十个年头，说是南京解放后历史的见证人一点也不夸张。然而人会老去，大学校园则永远青春洋溢，白发先生和年轻学子在能量守恒的冥契中一脉相承，这也是不变的铁律。

　　静谧的人行道上不时走过年轻人，三五成群，轻声谈论。初春的晴空也很应景，明净地淡蓝着。这里也有大草坪，草茎还是褐色的，叶尖却绿得有些逼眼。向来认为大学校园要有一方大草坪，视野一旦开阔了，历史感也就随之而出，如清华，如哥大，皆在眸子青青中完成了自己风范的构建。南农主楼建于一九五六年，典型的新民族主义风格，灰砖墙体早已黧黑一片，琉璃瓦却依然绿得发亮。忽然发觉这幢主楼像是表伯的化身，同样见识了南京半个多世纪的风雨，同样貌似苍老屡乏，却又让戈戈表象不足为证。关于南京，表伯有兴谈不尽的漫长回忆，而主楼分明是精神的蜂房、实验的磨坊，在知与行之间有序运转。一个人，一幢楼，沧桑其外，兴腾其内，不变的是"风景"，所以"历久弥新"一词在此永远保持合理性。

　　主楼的位置很好，远眺便是紫金山。这座更以"钟山"闻名的山峦虽不雄峻，但在江南平原上已属卓然挺拔。山上，天文台的圆顶闪闪发亮，而山那头，便是滚滚东逝的长江了。午后的空气煦润凉爽，没有风，阳光暖暖地照着，紫金山的轮廓清晰地凸显在蓝天之下，山与天的交接处，绀蓝化为淡紫……眼前仿佛凝然不动，状如几经历史画笔涂抹的画，却不觉画布后千古已逝。

时间的面目如此模糊不清，以致散步在这晴美的午后，我竟茫然若失了。

前不久读黄裳的《秦淮拾梦记》，同样感慨于岁月流转、物是人非，拾得几分影像又无非沧海一粟，更知南京的气质随生命同在，与生命相渗透的气质滤上千遍也萦回不散。《三国演义》中写到"三分归一"，有"山形依旧枕寒流"之诗赋石头城，让人略可窥见那山水相峙的雄阔格局，而今沧海桑田，兴亡早已不论，唯"龙盘虎踞"之势赫然不改，静观人间万事明灭不定……一切是假象，而眼前之象又是正相，那么历史是什么呢？如果知道历史是什么，或许就不这么问了——历史有时多余得很。

我一向认为，南京是江南诸城中的另类，媚在肤表，却鲠噎在喉；悲，也就势在难免。若以向来所谓江南情怀之烟水、金粉、春愁囊括南京城，那是泛泛不求甚解。苏州精致玲珑，一切丝丝入扣；杭州发乎妩媚而止于销魂，始终让人直不起腰来；无锡则凭了太湖添几分浩荡之气。凡阅江南名城，使人或醉，或怅，或迷离，或嗔嗔，唯独南京，自石头垒城以来，烟水浸淫其中，却每每以"折戟沉沙"的粗硬使人耿耿于怀。如果以服装作喻，苏州是旗袍，杭州是绸裙，无锡是长衫，南京则是中山装。中山装显然不够率性惬意，更不绵延动人，与江南美景也不甚相容，但却是南京开的风气吧，可知南京是从不爱凑热闹的。

"朱雀桥边野草花，乌衣巷口夕阳斜"，那黑衣华贵的王谢子弟，向来与婉约无干，待到世事沧桑后，是只有寻常百姓以不倦的热情拥抱世俗生活了。愁绪如流水的李后主终究没能继续婉约下去，这说来是历史的非难，实则却是"诗心"在戏弄——南京城被历证不是能安心作诗的所在。至于十里秦淮、柔波漫溢、桨声灯影，那确乎是一等一的风流旖旎之地，而今只有形似。白袷春衫的公子、风情万种的美人，这些只能在旧剧舞台上一睹的影子，诚然生发过万千清欢，也已消失于时间与叹息之中，像乌桕树飘落最后一片叶子，无语凝噎。幸亏瘴岚戾雾中多了几位弱女子勇决的身影，局面才不致完全软媚不堪。至若国事蜩螗、战时蒙尘，荒凉中更增悲怆，秦淮河畔只剩下"歌声似哭，鬼影憧憧"，那只能徒叹"十万春花如梦里"了。

前尘似梦，往事如风，移步换景之间，欲休还诉……

辞别南京是在第二天清晨，天，还是淡淡地蓝，思绪是和行李一样，早早锁进箱子里的，原本以为可以就此安安稳稳地捎回家。然而途经的第一个城市让我不得不重新思索南京，在那一瞬间，我发觉自己又一次陷入了迷惑，好不容易熨平的思路再起褶皱。

这个城市叫无锡，名震天下的东林书院之所在。

三百五十多年前，乾坤巨变，风雨如晦。当南京的一群文人为挽留一个旧王朝的背影只剩下向隅而泣时，中国的现代精神恰恰在无锡觉醒——顾炎武奔走呼号"以天下之权，寄天下之人"，纵横南北，振臂兴天下；黄宗羲冒天下之大不韪，断言"天下为主，君为客"，嚼笔挥毫，重写历史，上下五千年。

这就是历史无意安排的妙处，妙就妙在近在咫尺又遥遥相对：南京和无锡，不仅相异，而且相叛，仿佛退与进、虚与实、自赎与自觉的对峙。

历史的照明圈、政客的集散地，以其千古不易的诱惑力，不断拥抱着收复失地的苦心和皇冠加冕的狂热，以今视之，倒是把南京认真当一回事了。只是地收复来又失去，皇冠戴了又丢，一如潮来又潮退，只剩下遍地狼藉。近而逼视，南京当然不在乎一个世纪一个朝代；退远了看，便是深陷春梦不能自拔。实录的豪夺之梦是梦，虚拟的巧取之梦也是梦。梦，古今一也，中外一也，却难回避兵戈之象、屠戮的暴行、浓重的血痕……

以南京的气质，要么从不与政治绝缘，既结，屡屡梦断就不可免，而乱中沧桑更无法定其身后是非，只余孤臣遗民恨满襟。是故不必装点山河变色后的悲泣喜笑，我们只知道，当无锡的东林党人傲骨嶙峋地超越时代时，南京只剩了一位说书的柳敬亭，"雨打风吹雪满头"，檀板声中空蹉跎。概凡断肠离落之事，说多了，也便成泥作尘。

轻轻一挥手就是二十年，那么再次挥手，是在备忘的纸上加重了墨痕，还是暗暗擦去边角的注释？在这样一个浅浅的春日里，我的脑海因南京而满载，不知是清晰了还是模糊了，只知南京是一道抹不去的影子；而我，就是一个不断老去的过客。

北纬四十五度

在哈尔滨和普罗旺斯之间连上一条线，就是北纬四十五度线。

线条有趣得很，把两个点连接起来，就成全了相同或相异，甚至奇迹。像古代的天文图，就那么几条线，连着几个星点，便有了某某星座的造型，想象力之丰富至今仍叫人饶有兴味。许多时候，我们忽略了存在的简单意义，一味埋头营构烦琐芜杂的物事，追求一解、二解、三解……直至无解。困于繁丝乱缕，当然不知所终，忽然面对一条直线、一个圆圈，却又只有陌生和呆愕——人，往往这样在作虐和受虐之间来回撞墙。

哈尔滨连着普罗旺斯，当然构不成什么星座供人想象，只是一条简单的纬线，但却拒绝重复。其之所以成唯一，乃在于两点因直线不相干地相干着。谅想苦韧的哲理、甜烂的童话原来只是先验式的存在，一旦滔滔泛泛了，又不免归于点线意义，这样，一路的风雪交加、暖阳怡人，交相缠绕，好似毛线缠在棒子上，终有依附可言。

哈尔滨是"晒网场"的意思，因为一条松花江，就有了打鱼的营生。古早的事总是那么简单，依天时地利而衍展，现在不打渔了，"晒网场"也就成为历史名词，古老得连当地人都不知道。夏日若走在江边，凉风习习，淡淡的水腥气随之漫上来，太阳伞斑斓如花盛开，老人闭目端坐，少女捧书而读。天空则是明净的淡青，上面浮着几只纸鸢，孩子在欢叫、奔跑，那情景使人约略想起修拉的《大碗岛的星期日下午》。确乎是那种味道，更何况江对面还有一座太阳岛，只是这里的风更有男性气概，即使在夏天，也有几分峻冷，甚或是地老天荒处涌出的凛然。冬季更不消说了，松花江就是一个大冰场，也许江水还在三米厚的冰层下涌动，但卡车已可以安然驶过冰面。雪一次次落下来，旧雪未消，又添新雪，大地仿佛被盖上了一床厚棉被。虽说这样看上去丰饶可恋，但处处皆类同，可知雪原是很专制的。

二十年前来过这里，如今自然想不起曾走过哪条街哪条道，只是那年初春匆匆别过，许多记忆丢失了也不曾捡起，蓦然念及的还是中央大街上尖尖的钟楼和洋葱头屋顶。

才晚上九点多钟，哈尔滨就仿佛已入睡，浸泡在零下二十几度的气温里，夜只能喑哑着。许多窗子没有灯光，不知是关了还是无人居住，黑魆魆地，倒很契合夜的沉默。街的方向性还好，北方的街道大多如此，想蜿蜒曲折都难。楼房总有些漠漠然的老气，几组屏风似的高楼并列在一起，格调反倒不相融。列道树只剩下象征意义，乍看有死寂感，因而街的景致白天全靠两旁的商铺来烘托，所幸道上的雪都铲除，如果白茫茫一片，那就无所谓街了。

"果戈理大街"是个相当文学化的名字，却与果戈理无干，这里因聚集俄罗斯商贾和亡命客而起，也多东正教堂，洋葱头屋顶在暗夜里闪闪发亮，俄罗斯风情依此轻易成全。街，一段明一段暗，偶遇几个人对面行来，多是蔼蔼晏晏的，使夜路显得不那么凄冷。酒吧的音乐被关在夜里，咖啡馆倒是把咖啡一半的精华奉献给路人了。夜海泛着黑浪，使人有置身冰窖之感，浓浓的白气顺口鼻喷涌而出，风吹来，无可抵挡地冻。地砖宽大而结实，地下是循环输送的水暖管，井盖口热气腾腾。这使我想起了俄罗斯小说插图上的"涅瓦大街"，可这里并非彼得堡，我为何想起"涅瓦大街"？

北纬四十五度线那头的普罗旺斯呢？那儿的冬天下不下雪？或许没有吧。在薰衣草和向日葵的故乡，雪不会自讨没趣。那儿也似乎没有夜，满街的大太阳，田里种满鲜花，窖室里贮足美酒。普罗旺斯人不仅懂得浪漫，还比上帝聪明。上帝造人属于纯手工劳作，正品少之又少，次品多之又多；普罗旺斯人调剂色彩、心情，也是手工技艺，却样样精之又精。蓝紫代表爱情，金色寓示梦想，普罗旺斯人善于编织色彩的幻觉，匠心既成，趣味便与人浑然不分了。夏日，空气如冰镇的柠檬水，极目薰衣草田连绵不断，深紫浅蓝铺到天边，薰衣草花随风摇曳，山谷中弥漫着微微辛辣的草香，在晴暖的午后，尤其馥郁。谢尔河边立着高高的树，绿荫远去隐入山谷，田间小路上驶过欢快的自行车，车篮里、少女的头环上缀着薰衣草花束，阳光洒在上面，泛起蓝紫的金色。普罗旺斯人个个是艺术家的坯、诗人的料。那儿，每年都有几次柠檬节、艺术节、歌剧节，呼应着无拘无束的光阴。节日的游行队伍呼啦啦一片，香槟酒泡沫汹涌，广场上响着奏不完的曲子，所有的阳台全唱恋歌，随便走进哪个铺子，总有一把吉他在响。古堡的雕像面带微笑，磨坊的风车转慢了岁月——普罗旺斯有着说不完的故事。

都说浪漫主义是人类的童年，纯真、激情、澄澈，都与罗曼蒂克联袂而生。曾经的甘美自然而然，只是年月既久，常叫人忘了浪漫主义是一桩大事，直至青春已逝，生命的热火燃烧殆尽，才有所恍悟。然而青春已尽，不识浪漫，更无从说起。至于少数者，将天赋的本钱用上一辈子，使得纯真益粹、激情愈湛、爱美至挚，倒宛如从头到尾写就了一部精神艳史，所以浪漫是一种信仰，为浪漫而艺术更是信仰中的伟大。有道是，为艺术而艺术者由于道义淳厚，为人生而艺术者由于技法高明，这些都大抵成全了传诵一时的名作，但为浪漫而艺术臻于上乘者，却非道义，非技法，而是属于都德、塞尚、莫奈的那种东西——永恒的青春，意即在信仰层面上占据青春的优越性，进而皈依、主宰。信仰普罗旺斯其实是一门宗教呵。

纬度线那端的浪漫却与当下的我无涉，在酷烈的寒冬偷窥花果烂漫的园子，虽云如梦，其味却未必逼真。文字和思维的差异在于此：文字清晰，思维模糊；文字可阅可读，掷地犹作响；思维逆自然反宇宙，一任无声。所以思维笼罩下的夜是模糊而寂静的。

人迹寥寥的夜路，适合散步，尤其在陌生的寒地，羁绊更少。幸亏寒夜无知，屡屡有隐蔽之地回旋之所供人藏匿，即使蹙眉窃笑呵欠，也无人管你非议你。但又不是方鸿渐式地在春天的小径上独步，悠然欣赏满树花开——春日，处处布满了招徕的眼神，花影错落，花香泛溢，心仿佛在游泳，阳光即是浪。寒冷和黑暗却是冷兵器，不由分说地除尽虚伪羁绊，换来一种淡淡的戾、漠漠的狠、幽幽的浪子相，有舔血的感觉。但凡认识的深度，无不抵于怀疑主义，起步，信步，止步，继而剥去表层意义，第二层、第三层意义便显露出来，与人相适合共默契。我别无浪漫，听凭寒风割过脸颊，如梦似幻地发觉还有那么多层意义没有显露，尤其发怔于寒风中舔血的感觉，在夜幕下的哈尔滨竟一时不知如何是好，以致漫步于孤独的暗夜而迷途忘返了。

普罗旺斯永恒的孤独者是凡·高，这点毋庸置疑。生前的他在人们眼中，与街边的一条疯狗无异，死后多年，他的画竟然被拍出了天文数字，于是他只能加倍地孤独着。麦田、向日葵、乌鸦、鸢尾花，那是普罗旺斯的衣裳，也是凡·高给自己织就的殓布。非人的才华是经，人的才华是纬，时间是梭，织着织着，渐渐就艳丽得绝望了，由此可知天堂地狱之间本就模糊不清。被遗弃的自然是肉体，灵智则是绝望而永恒的素材。凡·高的发疯，是普罗旺斯艺术最惊世骇俗的胜利，《割掉耳朵后的自画像》带来的舔血、非人的感觉使我惊愕，以致常想，那种大获全胜的荒谬，是否证明加密的灵智必定安于破碎扭曲的形相之内？遍观现世幢幢往来的男女，陶陶乐乐于类似幸福的小生机小生趣，或悲悲戚戚于穷途末路，谁又能真正解读人因至痛而造就的神乎其神？如此再要追论艺术或人生的巅峰意义，那是不自量力，或者只能说我们似乎很成熟，其实还活在幼稚阶段。

然而，散步只能这样了，人又不是动物可以成天在户外闲逛、存活，还是要回到屋子里，继续有别于动物的聪明勾当。哈尔滨很有几幢俄罗斯趣味的房子，像是从莫斯科或彼得堡移过来似的，介于文学故事和平民幻想之间。上百年的老房子总是这样，岁月流转的故事看得你微笑、心酸。朴素是下降的华丽，矜持是上升的简约，起造的命题早已模糊，却任凭直线弧线斜线勾勒成童话，质感色感观感组合出效应，明知道里面不会有人住，但还是期待一幢幢不止有明信片的集结意义。所以教堂里走出神父，胸前的十字架闪亮，铺着厚厚白雪的院子里停着雪橇，几个穿大衣、裹披肩的人站在台阶上拥抱道别，就不免是历史感深沉的隆冬寒夜的认知了。而高高矗立的洋葱头屋顶，习惯于欣赏春华秋实、雨落雪飞，明哲地保持不可或缺的孤独，又岂非是失落在时空里的价值判断？白雪和洋葱头屋顶时常使我忧愁，就如同俄罗斯文学常使我思绪不得轻松一样，那么多化不掉的白雪，那么多过不完的长夜，那么多的马车驿站，那么多的尼古拉耶维奇、帕芙洛芙娜，都在俄罗斯文学里，都在北纬四十五度的隆冬寒夜，靠了思想，慢慢去围拢它，温暖它……

从这里到永恒

之所以把这里称作小村庄，是因为有十几座混杂在一起的平房、毡房，以及散落在附近山坡上的羊群。在草原的腹地，人和畜群相依为命，往往就构成了一座村庄的简单存在，除此之外，便只有浩瀚的草甸连接着荒山和戈壁，填充了远近视野。

还是八月光景，草原上的天气已经凉得仿佛和冬天打上了照面。风不知从何处吹来，带着峻冷的意味，疾忽就将人裹住，这时，再飘浮的思绪也会被拉回到近前，专注于静默的审视。这里并非极目无垠的草原，天边山峦起伏，一座又一座，如波浪，如沙丘，顺应着草原上疾风吹荡的绵延之势。晴空时，大块大块的白云低得仿佛压在头顶，这样天地相接之势，自然使人的存在感消失殆尽，纵有些许表陈的欲望，也会被消弭在空旷深处。沉寂，或说是亘古不变的苍凉，使这里的一切像旧书的插画，埋没于岁月的尘埃，悄无声息，即便偶尔传来一两声羊儿的叫声，或是奔驰在远处山谷里的火车的笛鸣，也都酷似深秋南逃孤雁的呻叫，充满了涩感，给这片天地再添几分枯索。

　　羊群散落了半个山坡，却不似青草地上的白蘑菇那般醒目，而是一团团风雨欲来时的晦暗色，以致目力不济者，乍看难以分辨出这些草原上的主角。羊儿在低头啮草，一身浓毛使它们显得臃肿，移动起来颇为迟缓。牧草并不丰美，说来只是些山羊胡子般的茸茸纤草，还夹杂着乱石、兽骨，实在寒碜。山坡是俯视村庄的最好位置，登到高处，远望可见山里山外草原戈壁交错，尽是淡绿、黄色、土色等驳杂色调，但与羊群的晦色反倒相融相谐，使人在经世荒寒下捕捉到了一种适顺的安然。山坡上一簇簇蓝色的马莲花随风摇曳，村庄和农田里的绿色植物默然无声，这样的场景不知存在多少个世纪了，却似风中掠过的阵阵苍凉，始终一如既往。一切仿佛与天俱来，荣辱不惊，经岁月缓缓演绎而成，又拖慢了岁月的脚步，二者冥契，不动声色。这不禁让人想起牧民们的祖先，随着季节往来迁徙，几经辗转于草原和荒漠之间，最后来到这块土地上落脚，在茫茫天地间增添了一处人的聚落。可是草地奈何不了天灾人祸，多少岁月流转下来，依旧是袒胸裼背、素面朝天。同样赤裸裸的还有历史，它装点不了这里的山头和草原，如洪流一般漫过，又了无痕迹。现实过于残酷了，一旦无以收拾，再要追寻前人的脚步，必是徒劳。如此看来，承认历史因缄默而拥有了生命，也颇有道理。

牧羊人坐在山坡上，身影有几分孤独，或许半天难得一动，便愈使人感觉他沉默如山。可他并不寂寞，他在默默凝视着羊儿，心头溢满了慈爱。羊儿的每一声叫唤，或者摇一摇脑袋，对他来说都再熟稔不过，稍一忖度，就知其中的喜怒哀乐。终日厮守的亲密无间，必不会让心事埋没，他和羊儿之间的倾谈是每天必定的剧目。他管它们叫汉娜、木勒根或别的什么，总之是老朋友的昵称。他对羊儿讲草原的传说，讲祖辈的故事，有时自己也天马行空地编一编，快乐或悲伤随风传送。羊儿低头仿佛聆听，时不时报以"咩咩"的絮叨，在牧羊人听来，再美妙的知己之音也不过如此。高兴起来，他会从羊皮口袋里掏出几把晶盐撒在石头上，犒劳一下"故事会"的朋友。撵羊的时候，牧羊人身上挂的两片羊肩胛骨能拍出多种信号，"朗嘎朗嘎"地响，羊儿一听这些"指令"，便服帖得像训练有素的兵；当然也有个别调皮捣蛋的，他就用羊骨头敲敲它的屁股，使其安静下来。

日暮时分，山影灰暗，毡房上炊烟袅袅，此时羊群要回栏了，蹄声嗒嗒，如一团团灰云在村道上移动。羊儿挤作一团，头转来转去，或是架在同伴的脊梁上，"咩咩"声一路不歇，岑寂的村庄登时热闹起来。相同的画面被一天天复制，便使简陋的村道显得异常漫长，犹如一道行走不完的风景，生活的希望也在其中不断交替、延续。这些非现实的色彩，在牧羊人看来，没有过多言说的必要，他更关心自己的羊，只有和这群羊守在一起，希望才会撑满每个日子。可是它们大多活到中年了，还剩多少日子呢？当然，眼前要紧的是如何让羊儿顺利度过今年冬天。许多实际需求一经掂量，笃实的心也难掩几丝焦虑，毕竟在草原上，人和羊是同一条生长链上的果实，难分彼此。

无风的日子，草原的黄昏多是一番柔和景象，屋舍黯淡，天边有暮霭淡淡升起。羊儿归栏后，再望蜿蜒而去的土路，难免叫人心生苍茫无依之想。这样一条在暝色中划出的曲线，执着与神秘共存，当人与之相对时，视觉隐隐浮动，内心又倍感失落。若以此为中心发散出去，许多关于世界本真的叩问便要报之以温情的虚无了。但遥想，就是近察，奈何？

白天却不是这样，土路上清晰可见的是勒勒车辗出的车辙，显出拒绝岁月的倔强。当年，这种古老的交通工具慢腾腾地跋涉在这条道上，和时间怎么也着急不起来，赶车人尽可以倒在车上呼呼大睡。当然也有险情发生的时候，遇有狼或金钱豹窜出，低头赶路的牛会登时立住四蹄，竖起犄角哞哞大叫，赶车人惊慌爬起，抽出猎枪，瞄准……野兽犹疑着，仿佛在权衡双方的实力对比，并不贸然出击。紧张对峙之后，勒勒车继续慢悠悠地赶路，留下野兽在后面引颈张望。同在自然环境中求生存，人与野兽之间有时也需要适宜的分寸，对视，然后彼此走开，还草原以宁静是最佳选择。这都是很久以前的事了，如今的长途汽车每天都颠簸在土道上，依然无法磨平勒勒车辙。车过，尘土一阵扬起，道上风干的牛粪便骨碌碌地滚进两旁荒地里；黄尘散去后，勒勒车辙重又现出，依旧提示着曾经的走向，又俨然是时间犁出的沟壑，看得人心实、心酸……

常有孩子聚在路边，长途汽车经过时，他们就撒开脚丫子跟在滚滚黄尘后面奔跑；如果没有体力的限制，小脚板真好似不停旋转的车轮，可以直奔遥远的天边……他们也喜欢盯着天上的白云看，当云朵从村庄上空飘过，村子里一下子阴凉起来，孩子们的眼中尽是兴奋的光亮。影子快速响应着白云，他们呼啦啦地跟跑，"黑莫里，黑莫里。"那是心中的天马，只有跟上白云的脚步，让天马的身影在身上多停留一会儿，孩子们那点小小的愿望才会得到庇佑。可是再怎么奔跑，也赶不上白云的脚步，前方的草原无垠而莫测，他们不能再跑了，只能折返，回到熟悉的小村庄，等待太阳和云彩在快乐的午后再玩一次游戏。对于孤寂的童年来说，每一次奋力向远方奔跑，都是对未来的不懈探秘，只有草原深处的孩子，才会有如此近乎膜拜的渴望，把生命当成驰骋的天马或飘浮的方舟。在等待中，孩子们一天天长大，老人们则在祈祷中一天天老去。企盼、追寻、离开，生命在此轮回，惯性永不消失，等待便是一则无尽的传说。

草原上空圣洁的"天马"变成饱满的"墨团"常在须臾之间，却不肯轻易化作雨水降落下来。由于缺雨，更多时节牧草疏黄，难得葳蕤，这使人们在对天空的仰望中，多了无以抑制的祈求和敬畏。雨水如此吝啬，但若来时，却有如迅雷，猛烈异常。看雨点如鞭，从黑沉沉的天边席卷过来，以雷霆万钧之势，对焦渴的草地和生灵痛加涤荡，刹那间天地沦陷，万物混沌。这样的豪雨只属于塞外的雄阔天地，像是偃息已久的战阵被突然惊醒，重又扬起暴戾的节奏和复仇的快感。不多时，雨声中混合着低沉的诵经声，村子里的人们已经相携来到草地上，深深弯下腰，齐声吟唱、祈祷。许久，抬头仰望上苍，目光迷离，任雷火在头顶轰鸣、闪烁。这是马背上的民族流传了几代人的歌，纯乎是祖先永恒的昭示，和着滂沱的大雨，如幻影闪现。上天赐予的沉寂和苍凉是否藏着永恒的秘匙？休戚悲悯在终极意义背后，是否还有神迹可寻？如果在精致安逸的南方，这些思考大抵会被忽略，可在这里，在草原深处，却是代代相授近乎生而知之。肉体近于自然的弃物，灵智则应神明召唤而上升，由虔诚至永恒——看那些在风雨中吟诵的伶仃男女，再荏弱也不会被精神遗弃，此时若要言及天命，已非虚空，亦难捕风。

主宰和皈依，其实冥契，从这里到永恒，仿佛遥不可及，又仿佛只在须臾之间。

而在寂静的午后，能听到的歌声多半是娜仁托雅额嬷唱的。这个把粗粗的大辫子盘在后脑上的蒙古女人总是很满意自己的发式，时不时要从衣袍里掏出小镜子来照照，然后咧开嘴笑。忙完家里的活儿，差不多是午后了，这时，风从草原上吹来，撩动人心翩翩欲飞。没有什么能比歌声更能表达她此时的心情。唱歌是种诉说，她诉说孩子的成长，诉说自己梦中幢幢的幻影，也诉说草原上早已黯淡沉灭的往事——那是遥远的过去，部落间的杀伐摧毁了这里，男人们全部战死，妇孺和牲畜成为敌人的战利品，鲜血染红了草场，渗入土里，板结成铁红的血块；过了很多年，有一支蒙古远征军经过这里，歇马宿营，旌旗飘扬……她唱来，蒙古长调的抑扬跌宕变化成各种旋律，每一种旋律都是故事、心事，时日长久，再琐碎的事也是草原的心跳。大幅度的回旋，高亢辽远的音域，无可抗拒的沧桑——歌声中，草原是她，她就是草原。有时没有歌词，只是哼唱，也能像一枚枚粗糙的种子，撒进听者的心里，默默潜伏，等待发芽。

到日影西斜时，她已被自己的歌声激动得泪水潸潸，回过头来，才发现默然而立的我们，此时草原上，静谧已如水降临。在歌者眼中，听众或是渺小的，她只在乎那些未到场、远去的人和事。因歌唱而被重演的日子，怎么也无法使人远漠，生活总是如此，有些事不一定要做，另有些事得继续做……

一阵夜风迎面而来，心中被冻了一怔，继而是冰冽的凉意。夜幕掩映之下，山沉寂，草疏黄，年年相似，无变无惊，也就归于无穷，甚好。

西班牙狂想曲

深巷，仅容一缕阳光射入，巷口新世纪，巷内十九世纪，时光在此淤积。木制的百叶长窗一仍其旧，外面是阳台，阳台下响过怯懦而又痴情的小夜曲。因为是午后，广场显出了寂寞，阳光打着呵欠，鸽子旁若无人地踱步，喷水池映出天光的蓝，风吹过来，都是些很古老的事——西班牙的味道，仿佛就是这样。

夜深则判然有别，弗拉门戈舞甫一登场，就令西班牙面目变幻不定。男女舞者的步点如大珠小珠溅落玉盘，铿然，泼辣，绝不羞涩。这种源自吉卜赛人的舞蹈，每与深歌混作一处，便使人们似在迷航的风雨之夜，蓦然靠着了故乡的岸。弗拉门戈舞的致命精彩，常叫西班牙人欲仙欲死，如果没有这种舞蹈，难以想象他们怎么活……

不必死死啃嚼于现代，历史有过的、小说描写的、梦中所见的、明天要来的，都投射下来，使人见所欲见、闻所愿闻，继而与现实周旋，浑然不可分。便又想到，那么多遥不相及的事物，皆因先前的领悟而可视可感，否则纵是烂熟于胸，也难以仔细映对，但又在可视可感中模糊一片，宿命似的风雨交加，无须歌之泣之。

这样的存在这样的西班牙，畴昔的存在畴昔的西班牙。

英国太阴冷，荷兰太绚丽，德国太古板，西班牙唯有让血液更加野性狂放，才不致辜负了南欧太阳的热度。清楚记得是在安达卢西亚，这个野性勃发之地、冒险家的乐土，连空气都止不住地震荡。荒原和大洋之间仅隔海岸线，黄褐色和蔚蓝色在此对峙到地老天荒，其他色彩都嫌多余。大西洋上惊涛万顷，亘古如斯，几艘驶离西班牙的帆船好似鸿毛，飘浮在大洋上，时上浪尖，时下谷底，命运不知所终。航海家平举单筒望远镜眺望远方，任凭船体在浪涛的撞击中"咯吱咯吱"呻吟不休，幻想之火却在胸中炽燃。嘲笑、谩骂，抑或攫取的谋算、政治的考量，都暂且抛在浪花之后；眼中，只有未知的海洋和世界。若说生命是赌注，海洋是赌盘，那历史就是赌局，要么赢得万世金身，要么输个精光，故而航海家的人生本义正在于宁可葬身大洋，换来铜铸石刻，也不做陆上的土鸡瓦犬。启航，回港，梦圆或梦断，荣耀或耻辱，挣扎或救赎，转身不过白驹过隙，只有安达卢西亚海港在欲望和财富的吞吐间，咀嚼出了经世的辛辣——帆船一艘艘启航，港口沸腾又岑寂，历史就这么一页页翻过去，所谓蔚蓝，原也不过是征服与被征服的表征。明于此，回首便是无遗的洞彻。

黄褐色的背景总归苍凉。近处，尖塔与古城掩映，河水迂回而过；远处则是低矮多石的群山，枯木、古堡零星散落。俄而，枪声大作，黄尘起处，马儿如风驰过，游侠的黑色斗篷呼呼招展。这场景甚妙，更妙的是，总有散散碎碎的吉他曲和马蹄声、枪声相伴飞扬，不论激越或寥落，都镂了心刻了骨。荒村野店的小暗脏闹正如荒原的百年不易，牧羊人、盗匪、星相家、雇佣兵、私盐贩子、吉卜赛人，把屋子填塞得满满当当。啤酒泡沫汹涌，狂饮复狂笑，弯刀手枪碰得铿铿响，稍有不合，便拍案而起，拔枪相向；也有人蜷缩在阴暗的角落里，啜着杜松子酒，冷眼旁观——如此非欧洲化的文学场景似乎嫁接而来，但分明就是西班牙的体温兼呼吸，它的质感、色感与正史绝缘，却如癫似狂地纠缠于文学，使西班牙的空气从未停止过颓废的震荡，又夹带了桀骜和不羁。就这样，月色比阳光桀骜，匕首比枪弹桀骜，女人比男人桀骜，历史比现实桀骜，如果还有什么无法想象的，那也是在自我意识里驾驭得法，以"反常"解释"正常"而已。

那个美丽的波希米亚姑娘嘉尔曼，终是死在了情人的刀下，安达卢西亚的冷月照着她荒凉的胸口。无须哀怜，似这般死于其时其所，是错觉也是残忍的自觉，否则鸡皮鹤发的嘉尔曼势必颠覆起初的美感。这时，神父的弥撒纯属多余，波希米亚人对宗教历来无所谓，却多是情操甚厚的宗教家。许多自行其是的营生并非着眼于厮守幸福，只是先为了自由，而一旦自由受到威胁，生命亦随之而去。耶稣受难前解释了半天"真理是什么"，却不曾解释"自由是什么"，因为在他看来，自由是天堂里的事，然而对波希米亚人来说，"自由"是经世永传的箴言，与福祸的先验同在，若到无可返璞归真时，肉身也就殉了信仰。如此顺理成章的结局，皆因有了先前的真知灼见，自然烘托出一番洒脱的襟怀和姿态。刻刻赴死的壮美、永归内心的贞烈，必不是风雨交加时乞灵于宗教所能类同；人越活于情操，就越活于宗教之上。

　　只有一个不识时务的堂吉诃德先生，骑了瘦牲口，穿了破盔甲，挺了破枪，一门心思要"救世"，却没有做好交厄运的准备。话说天真的理想主义者和精神浪子好有一比，而像堂吉诃德先生这样凭瘦弱之躯去"殉道"，却不知给自己设计个退路的，只能说明理性过于纯粹，崇高的志愿则沦为笑柄；又或，理想主义者千方百计要证明的东西，上帝也无能为力，到头来不过证明"真理"只是人人爱听的寓言。但理想主义者的坚忍不过堂吉诃德，堂吉诃德的失望又不过塞万提斯，真奇怪，再凄苦的人生夸张了看，竟也好似含泪的笑、带讽的苦，渐渐就圆滑得苍凉了。事实上，化悲为喜，喜中见悲，正是信仰到痴处的缘故，但如果痴，宁可这么一路痴到尽头，纵然败北，也是绝望而快乐的素材——喜剧的功用常常这么不妙而妙着。

　　夹缠于欧非之间，日子当然不好过，西班牙的命运是，罗马人的烙印犹存，手执弯刀的摩尔人就跨海杀来，一占安达卢西亚就是八百年。自以为崇拜强力的西班牙人竟也安然享受阿拉伯地毯的柔软舒适，不惊于时过境迁了。曾经的古罗马斗兽场悄悄转化为斗牛场，只是看点依旧精彩，餍足的是公众的好奇心和屠戮快感。班布罗萨狭窄的巷道里狂奔的公牛，则一次次考量着西班牙人的血性趋向。碧血黄沙的视觉冲击，自然令芸芸众生颠之倒之，也牵动海明威的硬汉之心，而伊巴涅斯在《血与沙》中的坦陈无遗，又试图证明文学还有姑息怜悯的一面，并非全然陷于公众声浪。真正沾染血色的历史，狂乱不可解，所谓强力意志的漂亮措辞也无济于事，唯有凭借"大爱"来与厄运绝境争胜，在废墟余烬间，牺牲自身以佑福和平，才得以写就一部"人的精神"的长篇。海明威让罗伯特·乔丹在最后关头伏在松针地上，清楚听见自己的心跳怦怦作响，是小说最摄人魂魄之处。这心跳声，盖过乱鸣的丧钟，使长篇未尽，使"爱"萃华。唯其萃华，"爱"与"死"相拥而泣，人间愈加丰饶可恋，海明威遂永驻西班牙。

忧郁、凄惶、悲恸……原来都是隐私之下的谜语，当谜底先于谜面，局面将凋疲不堪。文弱的洛尔迦苦苦自诉他的精神迷失，期期艾艾的诗行，诚然激起安达卢西亚的爱的忧心忡忡，却收拾不起西班牙政治的獐雾戾气。他不是吉卜赛人，即使向往流浪，也只是心存意念，其实一天也离不开自己熟悉的地方，更不消说直面政治的狼牙大棒。诗歌再销魂，不过是夜莺的啼唱，在政治狂流左右逡巡间，诗人怎会寻到可吟可唱的处所？前景既然不可知，独自面对时，便有如在纸上对死亡发声，恐惧异常。哲学的、迷惑的、宿命的，发声了又如何呢？世界如空谷，杳无回音。单纯而忧郁的诗人面世与面壁无异，不过使人知悉他正处于自己全然不知的极端之中——危险，早就墓志铭似的等着他。而真实的洛尔迦，只希望蒙诗心召归，安憩于一个温馨的怀抱，在可兴可感的诗中，一个字一个字地救出自己，再平平地死去，便就足够。毕竟诗的命运，一旦实证在劫数运转上，原本的慑人醉人，都将变得张皇失措；倘若不幸缭乱出战争和惨剧，乐园就成了苦圃。

疑惑不可免，狂想是"伪形"的产物，"文学的伪形""历史的伪形"，也唯有这种"伪"使我无解，使我振作，再继续下去，便要坦率得讳莫如深了……

长廊穹顶下日影渐斜。穿过一道道拱门，我登上古堡的石垒平台，极目远处冈峦起伏，暮霭渐浓。西班牙就在脚下。

有一种约定叫『阿根廷』

"约定"阿根廷，始自一九九〇年，原因当然是足球，只是岁月既久，反倒使人忘了"约定"原本只是一次精神偶遇，本无实际意义，然而正因无意义，才容得赋予各种意义。"约定"却不能"俗成"，以阿根廷的另类、不羁，注定拒绝庸俗；肝肠如火，啼笑似花，闻名即已露征兆，再看都是小说、戏剧里的情节，细品却不是一生时间所能支付。

这是一个奇特而美妙的国度，像远藏于天边的银矿，不断勾连起人们窥探的目光。从大西洋海岸到安第斯山麓，狭长的国土直通世界尽头"乌斯怀亚"，中间怀抱茫茫大草原，到处是蓝天、白云和金色的阳光。原来这里是纵马驰骋北上南下的美妙走廊，来去如风，毫无藩篱之碍，纵然不为兵家黩武之利，也令人觊觑其富饶。难怪西班牙人来到这里就不走了，开始把走廊当作阿根廷民族历史的试验室，兴致勃勃地测试高乔神话的正反两极，一切显得短促又漫长。

漫长不过两百多年。骏马在这片大草原上奔腾如潮，长发的牛仔持枪纵马，吟啸风中，豪情与天争高；或对歌、格斗，一路狂野，不是超脱就是毁灭。夜晚，草原上燃起熊熊的篝火，火光映出人们兴奋得有些扭曲的脸，烤肉的香味混合着浓烈的汗臭，四下溢散。拍手，顿足，干杯，恣情吆喝，似啼似吠似嗥似吼，桶里的酒洒了一地，野狼的眼睛在暗中幽幽闪光……

在这世界尽头的草莽之地，爱情可以柔曼得叫人滴泪，也可以是如癫似狂的艳史、仇杀史——为了美丽的女郎，小伙子们从不惜以匕首相向，弃生命于不顾。这倒是很天然自成的生命哲学：唯弃，才能顾，便毅然弃之。算起来，人类社会的许多努力无非是不厌其烦地试验某种规则，最终却把人拴成了一根绳子上的蚂蚱。还是听凭高乔人这样单个地存在吧，即使放纵，也不至沦为草原上的"唐乔瓦尼"。选择时的叵测居心只会证明人与心灵日益异离，高乔人自顶至踵都甘于殉从最原始的令，贯彻一种酷烈的志，这使阿根廷的空气从未滞留过多疑、畏惧；即便死，也是划上果断的句号，不会有省略号的冗长无聊。"因为叛逆，所以伟大"，只有置之这样的"死地"，才能望而后生，否则经过几个世代的风吹雨打，高乔人的真理早成西风瓦砾场。如此一来，再试图用现世男女的文明法则求证高乔人的存在姿态，势将落得战战兢兢、难以措辞，只能说我们费尽心机垒筑的所谓精神殿堂，其实还是全然陌生的窝。

过去、现在、未来，对阿根廷人来说都是英雄时代，当英雄上升为人格化的神，而神下降为"盗火"的英雄，神与英雄便浑然不可分。卡萨雷斯的《英雄梦》虽云一场空梦，其味却逼真，阿根廷人则——在其中找到了着落。虔信英雄的时代，事实上与有神论时代等量齐观，阿根廷的舞台布置就是为上演这类英雄神话而备，主角逆天，逆自然，永无退场之时，套用拿破仑的话说：英雄梦，就是人人爱看的神话。

十字架由少数几个英雄背负，阿根廷人绝不在一旁空手兀立，假使要戴上紫荆冠，也毫不犹豫。圣马丁懂得节制的智慧，不涉无底深渊，却足以凭一手缔造的伟业辐射历史强光。切·格瓦拉和马拉多纳则是彻头彻尾的革命浪漫主义者，他们都未及成熟或拒绝成熟，却精彩得让阿根廷人一世餍足。英雄不必符臻于至善之常道，熟透了也就不悲壮，唯悲壮才能辨知理想的沧桑、浪漫的不易，所以格瓦拉只能早死，而且必死于敌人的枪弹，否则躺在安乐椅上颐养天年，反倒会遭遇无道可殉的尴尬。作为足球上帝的马拉多纳在一九九四年的那个夏天就已死去，他的逆天，足以说明逆过了头会使革命者成为失业者。但即使失业又如何呢？对时间是妥协了，对生活还是不迁就。话说革命浪漫主义者只执着于一念——"不浪漫毋宁死。"哪怕浪漫过了头，也是失翅陨灭的伊卡洛斯，故而等待他们的只有悲剧。西方悲剧精神皆以黑为徽章，等到格瓦拉和马拉多纳都成了文化衫上的黑色头像，全世界才为之松了一口气。而阿根廷人不管这些，用几十年的时间期待一个英雄，再用几十年的时间去膜拜，他们有理由如痴似醉热泪横流。一条路走远了，也就不在乎脚下泥泞四溅险象环生，也没必要弄得太明白，一传再传的诗才是诗，可望而不可即的梦才是梦。他们的一生其实都是诗与梦。

一切似乎天生注定，来生依旧。居于南美却自认为是异乡人，习惯认定阿根廷是欧罗巴放出的一只风筝，在布宜诺斯艾利斯甚至比在马德里更有失根之感，阿根廷总是这样稚气盎然又孤独矛盾。肤色，是纯种的白，这使他们自傲于南美诸国。与欧洲的牵扯不休隐隐测知其在南美大陆的处世方略，供作臧否的"是"与"非"不过是主线模糊的行迹，几经历史的风狂雨骤，便剩下在流浪与羁绊之间反复咀嚼，摇摆于世界尽头，清醒或模糊，迟疑或推宕，终都应命归返于漂泊的内心。

"流浪"即是不归路。詹姆斯·乔伊斯顺口喊出"流浪就是我的美学"，原是有几分阔气的，阿根廷人则很拘谨地深陷于这种美学逻辑，在先民们始料不及的现世轮回里打转转。历史的滋味就这么品尝出来，习惯了以流浪者身份回归内心，流浪就徐徐显出意义，开出凄美的花。

深夜，小酒馆里一片嘈杂，海员、小贩哄吵、浪笑、干咳，百态毕现，而一旦探戈舞起，人人却都凝了神细看、思量；自以为笃定泰山的壮汉强徒，也会悄然化为恋家少年痴情汉子，所以探戈的本义就在于"唤回"而非"表演"。这种糅合了黑人玛祖卡和欧洲音乐的舞蹈，坚定得义无反顾，悲怆得几近向死而生。它拒绝娓娓道来，却足以载惊载喜、淡淡入骨。阿根廷人每每陶醉于此，也就每每温熟了乡愁的滋味。多少个夜晚，布宜诺斯艾利斯明月当空，林薮中的房屋浓黑沉沉，暗中几声口哨，互道别后生涯的大纲小节。港口外万顷波涛，一片汪洋。若非冰火两重，何尝见悦于痴心者？迂阔而炽烈的乡愿之情，离开久了，才更知道。探戈还在一曲一曲地跳，阿根廷人也就一等再等；没有忧郁，成长起来的便不是阿根廷人。

"在遥远的地方，我忽然想起祖国就是一双双眼睛、手和脚，美洲、欧洲和阿根廷都失却了边界……只剩下眼泪、微笑、舞蹈和足球……"阿根廷人的乡愁多得可以淹没一切，却独独淹没不了探戈和足球，如果将阿根廷的所有比作一塔，足球就位于塔尖。虽道谙熟阿根廷足球，然而足球之于阿根廷的意义至今仍使我惊讶不已，像是目睹一段烂熟于心的诗文，每欲细辨其行迹，陌生感也随之而来；而甫一提笔，温婉之中还是涌出隐隐的艰难。不必徒劳或有劳的诠释，足球在阿根廷就是图腾，就是宗教，足球中有阿根廷全部的人间事。我甚至觉得，阿根廷人其实要感谢他们在绿茵场上的死敌——英国人，若不是一伙英国人把足球带到阿根廷，难以想象这一百多年来，他们该怎么活。

一九九一年美洲杯，秋风正劲。牛仔般健硕的阿根廷人长发飘飘，"马尾辫"桀骜，舞步之潇洒空前绝后，蓝白间条衫渐欲迷人眼；远处，安第斯山白雪皑皑……如此一幕一旦嵌入记忆，就成为私人珍藏，慢慢绝缘于光阴。臻于足球艺术上乘的，非才华，非理念，非功名，而是与缪斯神前定的冥合，一抬手，一举足，一个身影，一个眼神，皆顾盼莫逆于心。诗样的足球，不求达意，不求他识，只凭信仰渐渐成熟了自身，从此可知诗寂寞，足球易碎。阿根廷足球是易碎的艺术品，一跃可上天堂，一跌可下地狱，要么清纯得潜意识里绝无渣滓，要么玉石俱焚涅槃重生——天堂地狱之间不过咫尺，一转身都成绝响。

当实用的阳光照进新世纪，一切都被轻而易举地速配、复制，罗曼蒂克已无处藏身，只有阿根廷足球固执地以诗人自我期许，毫不怀疑激情与唯美的不切时宜，甚至相信蒙缪斯召归，还可以在二十一世纪的钢筋混凝土上书写田园牧歌般的诗。悲情不可避免，飘飘长发在"党卫军"的平头面前注定绝望，行云流水在冰冷的狼牙棒面前注定呜咽。功利主义一成不变的调门，向来拒夜莺的啼唱于其外，就连堂吉诃德式的哀吁，听惯了也不觉其凄凉。阿根廷足球不属于"功败垂成"，而是"功成垂败"，成了人心和眼泪，败了年华和等待。场景的艺术质感无与伦比，蓝色的底板，载不起沙场别后空洒的泪水，重重叠叠的光阴尘埃，无不可见乌托邦里一闪一烁的凄美传说。因为年轻，所以流浪；因为伤痛，所以美丽。二者相看两不厌，后之览者如何有感于此，只付春花秋月等闲看。一切仍在于自己，全然在于自己，阿根廷人不需要改变什么，他们一天天一秒秒地活着，十年如此，百年不过十个十年，孩子们还在踢球，和他们的父辈祖辈一样，广场上蓝白旗帜如浪花翻涌……

潘帕斯草原的春天每年都将来到。那时，春风旁若无人地吹，芳草漫不经心地绿，野百合星星点点，涌向天边，拉普拉塔河水默默东流……当昨日不在眼前流连，总有一种约定使我们走到光阴的背后，坚守着无数个"轮回"。阿根廷往事中多的是这样的"轮回"，人的、自然的，无须昭彰，皆附丽于幸蹇，让我们轻轻触碰又离开，远远凝视又走近。若说是梦，就当一头扎进夜的涡流里不知所终；若说是歌，就当唱给无边的岁月听，再同岁月一起慢慢老去。

辑四

采葑采菲

一涓一滴总关情

有一段时间，我几乎每天午后都会来到龙江边，漫步，或与江水默默对视。

从小傍着这条江长大，但我一直没弄明白它为什么叫"龙江"。从字面理解，应当是江流蜿蜒如同巨龙，或者江水奔腾有龙吟虎啸之势；再文学点，就要像《约翰·克利斯朵夫》开卷语描述的那般——"江声浩荡，自屋后上升。"似乎这样才显得气象非凡。

但是很显然，"龙江"这个名字远远超过了人们对河流本身的想象。它只是一衣带水似的穿城而过，貌不惊人，甚至带点迟滞木讷，以致来往于它身边的人大多视若无睹。关于它，似乎不需过多特色的描绘。和龙江一样，这片土地上有许多山川风物都被人们冠以大名，如"龙山""五马山"等。一睹这些字眼，人的想象力便会在瞬间被点燃，眼前仿佛浮现出龙盘虎踞、五马腾云之类殊象，脚下的土地也因之平添诸多传奇色彩。大气磅礴的名号总能先声夺人，同时寄以宏伟的愿望，传导的自然是人与水土之间递嬗不绝的精神关系，虽说是臆想，却也逼真得宛若天成。

和大多数城市的河流一样，"母亲河"的称谓让人心生暖意，龙江也不例外。换言之，只有从相依相存的角度来梳理人与江的关系，才能更好地诠释一条江的平实存在；真要是滔滔泛泛如龙似虎，反倒失之突兀，令人思绪难得安宁。

龙江水素来平缓，虽说是南方的河流，却不似潺湲向下的江南流水，一颦一笑都情态万千。它的朴素，还有粗粝，常常使人词穷，也就容易被归于大多认同的状态。天气晴好时，江水随之明朗起来，对岸的青山倒映下来，再缀以二三轻舟，就多少有了"画中游"的感觉。若是连日豪雨不休，江水则变得泥浊不堪，裹挟着枯枝败叶匆匆而下，人的目光扫过时，心头难免充满淤塞。一条江的生存基调，在一个不大的空间内日复日年复年地浮沉，自然不会让人产生过多遐想。谙熟也就安然，就像江畔的寻常日子，在车水马龙、灯火闪烁中交替而过，即便伸手牵挽，留在掌心的也不过是熟识的旧日风景。

此时，我倚在江边的栏杆上，江风习习，草木送爽。还是早春时节，两岸已是一片绿色葱茏，殷勤的花儿绽放枝头，使春天顿时明眸善睐起来。春天的惯常笔调总是这样蓬勃不可遏制，但江水要比春日朴化得多，它沉着，安稳，甚至不为时节所动，都更像是一位中年人——人生波澜见多了，喜怒便不形于色，心事渐趋内敛，却自有一种敦实的内在，让人一望而领受于心。这是一种更能长久的生存状态，压住了虚浮轻媚，滤出无数个转换不停的场景，你可以无动于衷，却不能不置身其内。

因为江，人的视线和心灵就有了舒展的广度，如果以我所处的此岸为圆心，那么现实、隐秘、象征都可以划定在彼岸。此岸凝然不变，彼岸或远或近，或清晰或朦胧，都在圆心的引力之内。譬如现在，我可以把目光投射到对面连绵起伏的五马山，投射到江岸上方匀净的天空，或是静静地看江流整体向东缓缓移动。我还可以想象山脚下疾驶而过的汽车里依偎着一对情侣；如果在夜晚，对岸灯火明亮的窗里，一定有一家人在享受舒心的晚餐。现实的彼岸触目可及，思维的彼岸影影绰绰，如果再往时间深处走，就更不知要撩开几重过往的烟云，才能走到沉寂的幕后，追抚历史那依旧温热的手掌。

从前，遥远的从前，龙江的格局要阔大得多。江水随潮汐吞吐蔚为壮观，相传大潮时江水可直达石竹山下。龙江两岸泊满商船，桅杆森然矗立，渔船往来如织，一筐筐鱼鲜、蛤蛏从海口方向运来，至南门外鱼埠卸下。埠上人头攒动，水渍遍地，空气中充斥着鱼腥味，吆喝声叫卖声响成一片，那情形颇似《水浒传》里浔阳江边的鱼市。搬运工跑上跑下，渔主人忙着和主顾议价、称重、结算——毕竟手脚麻利与否，关乎一天盈利的多寡。鱼市持续的时间并不长，因为航道通畅，货运得快，不消半日便售卖罄尽。渔主人摇着船返程了，此时船儿轻飘飘的，主人一身轻松，时不时地向熟人打着招呼，欢喜写在脸上。看来只有希望不落入虚空，渔家丰稔的生活才有了依靠，眉宇间自然溢满了笑意。

夜幕如水降临，渔歌、人声渐渐销匿，江面又恢复了平静，远望渔埠隐没在黑暗之中，只有几盏红灯笼在风中摇晃，提示着消散不久的忙碌。许多繁华走到这里，自然变得含蓄起来，像是一出戏散场了，偌大的戏台子空在那里，又不由得要撩拨起人们畅想的神经。如果碰上月色清明的好天气，江心一片溶溶漾漾，便会有三两叶小舟击棹江上，流连不去——那是本邑的文士乘兴前来夜游，在吟哦唱和中，作远眺月色洞庭之想。当年辞官还乡的叶向高也喜欢偕友人泛舟龙江，在故乡山水的怀抱里尽得诗酒之乐。他写道："每值风日稍佳，晴空明月，辄载酒携肴，沿洄夷犹于蒲苇之间，尽醉而后归。"对月赋诗，寄兴山水，扣舷夜啸，文人情怀说到底还是与环境相生相随，如同一滴墨滴入水中，慢慢舒衍开来，终致物我不分。至二更天，江畔的寺院敲起晚钟，一声声直渡江水而来，月色笼罩之下，金波荡漾，钟声萦回，此时，若还要贵远贱近地往前人诗文里寻些无端怀想，便是愧对眼前的好景致了。

历史总是不告而别的，正如江上的一缕清风拂过，旋即隐没在辽远的天空，即使留下些许嗅觉讯息，比如旖旎馥馥的花香，可是茫然四顾之下，依然不知从何处而来。现实中人们的想法要简单得多，不会关在历史的迷宫里自讨没趣，汗漫日子承载的毕竟是实际需求的人生，纵使小城活生生地倒转回千年以前，渔歌互答，江风明月，也不过寻常人生的细枝末节，只是含笑远看，便成为记忆麦田里金黄的颗粒。时间，永远横亘在对比之间。

只有江边矗立的塔焊住了历史的记忆点，从局部呼应着整体，牵连住小城的前世今生。

塔的起造想法原本世俗，"瑞云"的名字颇为讨喜，然而春华秋实，塔只是塔，就那么默然矗立着，古铜般的执着坚守下来，连周围的江流、田野也显得岑寂起来。起造的命题如今已日益模糊，想要讨论点与线在视觉上的立体效应也嫌寻常，作为龙江的守望者，塔的存在意义就是将涛声江影一点点地收纳、贮存，嵌入时光深处。塔与江，是现实与宿命的完好结合，明哲地保持对视的距离，又高高竖起与生俱来的沉默；角度一旦确定，现实就是不可告白的宿命。传奇固然不少，惯见的还是那潮起潮落云卷云舒，其余早已不论。人们围着它，仰视，议论，赞美，塔上的石像始终笑而不语。待到天色暗下来时，塔就成了一个寂寞的影子，衬着恒久的天幕，还有萧疏的灯火。时间的底色就是这样，粉碎了玄虚和空洞，使人在接受中坦然面对。

在缄默中直抵命运的归宿，这是龙江最好的选择，再多的心事也被推拥着一路向东，到江海交接处与古镇做一番莫逆的顾盼。

这个我从小生活的古镇，如今变化依然不大，它的品相似乎一直在时光之外。古镇的风神全因在此入海的江水，多少盛世凶年、往事尘梦在此与之同甘苦共休戚，多得憋不过来时，总有江水在那里默默地抚恤纾解。然而这些历史的剧情，咀嚼起来却熟稔不过江边的野趣、童年的欢哀。江水漫上古镇，裸露的滩涂成全了孩子们的欢乐。渔网倒挂，海腥味扑鼻……海外有仙山，春风一夜满怀，随之绵延到深宵的犬吠、石街上笃笃的脚步声、邻家婴儿的夜啼，无不作为少时的纪念而存在，就这样悄然中来，氤氲不散。

龙江桥横卧江面。这座由石板铺设的桥已立了千年，但说起来却毫无神秘可言，甚至只能以简陋来形容。内部结构一览无余，嶙峋充满骨感，一望而知是起造于最本质的通行需求；至于修饰，倒是次要了。在桥上眺望龙江，江水海水交汇在一起，显得文质彬彬。我年少时，这里的水势可用"汹涌"来形容。石板间隙很大，人走在上面，江流就在脚下激荡，胆小的人必然却步；如若在冬日，北风扫荡江面，骇然中更添砭人的寒冷。风浪侵蚀了千年，落下太多斑驳，也裹住了数不尽的片段。石质的坚硬，注定经得起光阴的研磨，以致到如今，依然印满人们往来两岸的足迹和车辙。当实用超过审美，桥的本身就越发贴近两岸人家的生存，所谓艳丽、灵动潜不进这里的地气和水汽，人们的视线习惯了安然的质朴，还有与之匹配的情怀、胆魄，就像两岸参差交错的村落，都和这座桥的气息相似相融，远远望去，跟几十年前浑然无差别似的。

一条旧渔船倒扣在岸边，几张渔网凌乱地搭着，这样的搁置不知过了多久，主人或许早已忘记。作为旧日生计的工具，船和网提示着曾经的渔村情调和生活细节，那么栩栩如生，仿佛潮水一涨，就会有嘹亮的渔歌在耳畔响起。埋头于眼前是人惯有的姿态，如果不是刻意提起，没有谁会去回溯那漫长的渔耕时代。航路的衰落几乎把早先营生的痕迹都带走了，再繁盛的舞台、再精美的道具，也只能到史籍和记忆中寻找。

像是秋天的果实，如果不能及时摘取，便只有回望。

这样的画面不止有黑白老照的意义，一个年代的暗然飘散，其缅怀者还包括那些未到场的人——潮水落去，大片的滩涂现了出来，在夏日夕阳的照射下，乌金一般闪亮。晚风拂去不少暑气，一群孩子在江滩上疯跑、嬉戏，四处搜寻滞留滩上的毛蟹。渔船回来了，光膀子的汉子们个个晒得黑里透红，有的奋力拉网，有的卸下一舱舱鱼虾，一时间鱼蹦虾跳，欢声盈耳，阳光也随之舞动。女人们则围坐一起撬海蛎，人手一支锋利的蛎凿，上下翻飞，不多时，身边就积了一大堆蛎壳。屋舍上尚有几缕炊烟缭绕，看来晚饭已经做好，给出海人准备的洗澡水也在锅里冒着热气了。

暮色转为夜色，村子里早早就漆黑一片，人们安稳地睡下，鼾声伴着微弱的涛声。没有什么人还在街上踯躅，或在昏暗的灯下心事重重地拨着算盘。江上明月当空，洒下一地清辉，一如人们此时的心情。

靠江吃饭，我们不能不承认这种古已有之的说法，以及"天人合一"的生存状态，即使消弭，也终有擦拭不去的印痕，好比一座老宅搬空了，旧日主人的气息还在那里集结不散。

如果不是重拾这些过往的沉屑，很难把龙江与江潮连海、渔舟唱晚联系着说道。在瞻望中频频回首，引两三行人为之驻足，为之思量，已属不易，又该依凭多少绘声绘色的讲述，才能将我

辑四　采荇采菲

们脑海中一闪一烁的影像，重新编织为那丰美的场景？

　　日子，如春花秋月等闲度，唯有这里的"水"质朴而殷勤，亘古如斯地眷顾这里的"人"。一阵风过，波光潋滟而碎，在低头凝视的瞬间，我想到了"涓滴"这个词，如水中的微生物，隐匿却真实存在。一涓一滴过去了又来，蒸腾了又生，混合着无数人事匆匆向前，无问西东，不舍昼夜，没有谁可以在涓滴之外。

　　又是一个春天来临了。

无患瓷

一

　　究竟为何，一件古旧的薄脆之物会唤起人们如此绵长的思绪？在指尖触动、眼神凝视之下，千年光阴被悄然拨转；当然还有古人掌心的温度、鼻尖的气息，像暗含的旧事前欢和未来的种种玄妙，在此轻轻聚拢，又缓缓扩散。

　　似梦，非梦。

　　一件古物，与在其身上漫过的时间长流有关系，又似无关系，便使其生命的源头若隐若现。现在，它静静地躺在我的手掌里，我须格外小心地拿捏、翻看。这是一个黑釉的浅碗，底部带有一圈陶土黄，酷似《水浒传》里好汉们用来痛饮的黑酒碗。若不说来由，放在今天怕是无人问津。它如此易碎，却又坚韧异常，经得起万千时光的研磨，从春的芳华到冬的温暖，从秋的喜悦到夏的丰盈，从两宋一路走到明清。它盛过饭食、果蔬、粗茶、淡酒，也装过工匠的热望、农人的艰辛、游子的牵念，看上去有些沧桑，却在过往的尘埃中光洁如新。我凑近它仔细打量，只见幽幽的光泽从器皿身上透射出来。这些源自瓷土中万千石英云母颗粒的光，让所有光线朝同一方向折射，似在暗示某种诡异的走向；这走向，又因折射有了曲径通幽之妙，宜于记录人间隐秘，宜于使历史在寒冷处生起暖意。

二

这样的探访不止有揭秘的意义，更多是精神上的求证。

时下，闽东南秋意渐浓，却不过九月光景，久未降雨使得福清东张的群山失了几分灵气。无患溪依旧从青山绵延处潺湲而来，水势虽说低落不少，但终归构成了一副山水缠绵之态，可供人举目、漫兴。这里属于戴云山的余脉，山势渐渐止于舒缓，而溪水则接纳了涓滴之流默默登程，向着龙江汇聚。一座山与一条溪，止与起、退与进的完美弥合，其间需要历经多少时间的沧流，甚至克服生死涅槃，才会拥有如此水阔天空的视界和归宿。溪山有际也无涯，出发了，便无终点。

四千五百年前，无患溪畔的小山坡。福清最早的古人类组成若干个父系氏族在此狩猎、捕鱼、种植、采果，一任天地悠悠、时空茫茫。然，天行有常，合乎大化的运行规律源自大道争锋，道生一，一生二，三生万物，由此绵衍。

这样一个走过漫长渔猎农耕岁月的族群，在数千年后延续着"道""常"规律，与泥土、水、火焰日夜晤对辨析，追求臻于至上的制瓷技艺，说来也是悟天修道——山生土，土生瓷，瓷生万象。

只是，青山依旧在，溪水自东流。

石坑村和岭下村坐落于无患溪畔。一条村道从山坡下蜿蜒而过，与无患溪对望，若不加以点明，恐怕没人会对这座普通的小山包产生兴趣。午后的秋阳渐生灼热，斜斜映射着无患溪水，使其增添几许明媚；也附丽在山间草木上，仿佛有意烘热隐藏其间的宋代遗窑，使之醒转过来。

二十世纪八十年代初，东张宋窑遗址在此被发现，一时间，考古队、淘宝者纷至沓来，石坑村和岭下村成为众人寻宝之地。在村落后面的山坡上，发现了十余处古窑遗址。最初时，漏斗型匣钵、瓷片、垫饼、支柱、支圈等古物在方圆两平方公里的地面上随处可见，有的甚至堆积了三米多高。这些古窑始于北宋，盛于南宋，衰于元。据翦伯赞主编的《中国史纲要》记载，东张宋窑为南宋时期福建四大民窑（同安、泉州、福清、连江）之一，多烧制黑釉、青绿釉、灰白釉、兔毫茶盏及其他日用瓷器。就这些简单的文字，却在这片不大的山坡地，建构起了千年之前的人间秘密，频频供后人追怀、探究。

我们不妨把这些窑址内的瓷器称为"无患瓷"。既然选择与无患溪为邻，就必然要接受溪水对一个时代、数座窑的抚恤纾解，以及溪畔那曾经纷杂的人影和足迹。

树丛间，几处砖砌窑基残壁清晰可见。未加掩饰的残破定格于历史深处，或是它现在最好的面目，仿佛这样才会隐隐道出那些陌生的故事，而不惊动尘嚣和声浪。但事实并非如此，这里已被人翻过了无数遍，许多瓷器碎片散落在窑旁、树下，如同弃儿。我在碎片堆中反复翻检，明知不会有完整的器皿，也乐于让指尖触碰这些古老之物，好似轻拾残碎的梦影。它们多来自未及烧就的作品，釉色尚未完整呈现，却几乎在天地之间摆脱了人为修饰而归于纯粹。说来也是一番天作之意，像这样静静躺着，便是与清风明月晤面，与潺潺溪水对话。无论在古时，还是在布满尘埃的现今，只要它们还躺着，这种因晤面、对话而成为叙述者的可能性，就始终存在。

"无患"，没有忧患，像是美好的祝愿，除却明媚、恒久，即便有喑哑、苍凉，想必也该化入那一片山色水光中，只见淡然自若了吧。

三

博物馆里的"无患瓷"盏自然已与山色水光绝缘，只当保管员打开几重保险柜，小心翼翼地将其捧出，置于窗台上，它才重见了天光。

这种茶盏的制作风格与建阳水吉窑的建盏极为相似。釉色黑而润泽，釉质虽不比建盏肥厚，却紧薄有致，硬实刚强，造型精巧大方，口大低沉，胎骨较薄，釉形凝重。釉面则呈现规则的丝条纹，细如兔毛尖，是为"兔毫"盏。这种黑釉盏的独特装饰，以建窑烧制最负盛名，东张窑"无患瓷"盏既与之高度相似，自然也不缺变幻莫测的纹理。

这些奇异的釉调，形成于黑铁釉的结晶原理，并受坯、釉、窑温及其还原气氛诸因素共同影响。这是泥土、水和火焰共同完成的魔法。简单说来，在一千三百多度的高温焙烧中，坯中的部分氧化铁与釉熔融后缓慢冷却，局部形成过饱和状态，并分解生成气泡，当气泡聚集到一定程度，便会连带周围的铁氧化物一起排出釉面。匠人掌握了这一规律，通过控制焙烧温度和铁氧化物聚集，塑造出不同风格的釉面：油滴、兔毫，甚至鹧鸪斑、"曜变"。黑釉上的点、片、条状图案由此呈现纵深幻觉，令人为之目眩，惊为天技。

那是属于宋瓷时代的高峰之作，孤绝于前后茫茫时空，却又和青瓷、白瓷一起，共同铸就宋瓷的质地：致密、坚硬、儒雅。这便是黑瓷。

但对于产自无患溪畔的黑瓷，这样的评述仍然只具概念意义。当你伸出手，一次次摩挲，一遍遍赏玩，视觉和指尖所传递的美感与质感，总能轻易占据我们对一件器物的认知，即便交接起它的前世今生，也未必能完全参透其中的重重玄机。知觉和灵魂之间，可厚如山墙，也可薄如蝉翼，它们如何纠缠于一件器物体内，伴着光焰狂舞生成刻骨铭心的绝弦之音，势必难以揣度。它的诡异，或是实体与虚空的生死涅槃，或是人与器物共同打磨的天地之道，又或，根本无解。我们只能静静与之相对，努力捕捉那一丝呼吸、那一缕生命，哪怕只有一丝一缕，都是千年人生，足以含纳人们对时间的真切敬意，以及滋生于隐秘之中的虔诚。

四

与其他黑瓷盏一样，"无患瓷"盏缘起茶道，可谓是时运之物。

先让我们梦回宋朝：宋人好雅，盛行饮茶，不但帝王官宦如此，士商及市井细民亦习此风。《东京梦华录》所记汴京茶肆盛况，或可谓奢华无以复加，"插四时花，挂名人画，装点店面"，茶之尚日盛一日，"点茶""斗茶"风靡于京师及民间。宋人如此热衷品茶，自然对茶盏品种格外讲究。茶之常品，其色绿，多"煎啜之"，宜于白瓷和青瓷盏；而茶之佳品，其色白，以黑瓷盏"点啜之"显然更为适宜。黑釉可衬托出茶汤之白，便于观茶色、验水痕。如此一来，包括"无患瓷"盏在内的黑盏得以受宠便是情理之事了。

宋室南渡后，南方各窑烧制黑盏较先前更盛，福清东张窑也声名鹊起。

彼时的南中国，茶事依旧，黑盏热销，然而宋人内心的震动和变化却是微妙。此前，黑盏为浮华生活的介质，"乳雾汹涌，溢盏而起，周回凝而不动"，所谓浮生若梦，恰如盏中之物。而在南宋，黑盏之中除了寄放暂时的逸乐，更多了时局忧惧下渗出的一丝丝苦涩，它随一杯杯茶水被灌进喉咙，在胃里发酵，继而生成对遥远土地和祖先的思念。

犹如苦酒一般，灼痛整个南宋血脉和神经的是失去的半壁江山——那土地和河流，祖先的叹息萦回其间，此时又因失去而倍感沉重。然而在南方烈焰的煅烧下，曾经的土地和河流得以重生，得以交握于南人之手，延续着看似不变的日常。这一切，有如奉了神谕。许多被迫遗失之物，往往印证着数种转化的可能，隔一个或几个时空与客观世界彼此心照，阴与阳、正与负、偶然与必然、可知与不可知，在盏中叠合。但叠合，便是存在，便是纾解的出世和隐性的安顿……烈日暴雨过后的短暂秋日，"无患瓷"盏和它的黑盏家族，以最接近祖先召唤的质感和纹理，执拗地寻找慰藉和宁静，在残破江山，在敏感而多思的内心。

闽东南的飒爽秋意，在千年之前与千年之后或许并无分别，一样在东张的山谷里泛起阵阵遐思，盈满我们手中的杯盏。"无患瓷"，以其耿介、多情应对乾坤巨变，富有尊严地走过荣枯与生死。而在对美和信仰的追求中，福清人关于泥土、水和火焰的理解，早已超脱固形的束缚，充满消融万物的渴望，也让后人在笔墨深情的赓续间，窥见了复杂人世中的那一瞬永恒。

是嬗变，却又自古如此，瓷性、人性、天性，万象归一。

五

站在无患溪畔，连接石坑村和岭下村的山坡尽收眼中，状似卧龙，又在午后光影浮动中，渐渐复苏，升腾起缕缕青烟……

千年回转不过须臾之间。

这是南方特有的窑形，依山坡而建，自下而上，如龙似蛇，内砌多道挡火墙，形成"分室龙窑"。满窑的瓷坯经繁复的工序做下来，已具雏形，装填完毕，最后的命运将托付给狂舞而鬼魅的火焰，等待奇迹降临。窑门封闭后，窑头之火先燃，依次投柴，窑内随之火龙翻腾，热气沿坡度迅猛上升，可达一千三百多度。人间精品的锻造，耐性韧性的挑战，都被置于这性命攸关的几天几夜。把装师傅寸步不离守在窑前，眸子里火球滚动……

无患溪水在窑前潺潺流动，山色映入水光，水光必定也映入燃烧的龙窑，附着在黑釉瓷上，使之隐隐闪亮。溪中立着一座座水碓，溪流转动石碓日夜锤打，将瓷石舂碎舂细，再掺入高岭土，"吱呀吱呀""扑哧扑哧"，连同流水的潺潺声，不绝于耳，渐又像一曲山歌隐入青山绿水，使这里的一切都成为其中的一滴水、一片叶、一丝悲欣。拉坯、利坯全凭经验和手感，那是窑工与器物、岁月的血缘关系，竹片、刀子、手、神经末梢因而连成肌体。竹片、刀子旋舞之下，呼哧作响，坯花飞溅，坯体越削越光洁，然后晒坯、刻花、施釉……多少个日夜，他们眺望青山，俯视溪流，近逼火焰，心头必定也承受光线的变幻不定：闪亮的、阴暗的、耀眼的，一次又一次，更迭，环复——制瓷，就是烧制无穷无尽的山色水光。

逝者如斯，时间、生命隐喻其中，万水归海，海就是时间和生命的集合。"无患瓷"的生命、窑工的智慧、商旅的热望，曾被不计其数的帆船、竹筏满载，在此登程，顺溪流东去，经过三十五公里的龙江水道，到达海口，继而转换大船，漂洋出海，将无患溪畔的山色水光分捎往日本、朝鲜、东南亚……

十二世纪，黑盏出现在日本，其中不少是来自福清的"无患瓷"盏。日本人惊叹之下用"天目盏"来称呼这些神奇的茶道器皿，还根据不同花纹，冠之以"曜变天目""油滴天目""禾目天目"等名号。当时日本"茶会"盛行，中国禅院的茶礼被广泛采用，渐成日本茶道的初始形态。十四世纪南北朝时期和十五世纪室町时期，日本的"茶会"风行鉴赏黑盏等名贵宋瓷，上流人士纷纷以拥有黑盏为荣，甚至在茶道点茶中出现了"天目点"，即为天目盏点茶专设的一套程序。直到十六世纪中叶，日本"茶圣"千利休对"草庵茶"进行改良，使日本茶道进一步庶民化，中国的黑盏才被束之高阁。

一段文明的传奇就此封存。福清的宋瓷文明、海丝之路必经无患溪，一代又一代瓷人出没于此，然后像溪水里的树叶、山花、鱼儿，消失于时间和文字。溪底卵石依然静卧，或如千年以前，溪畔的工棚、货仓、客栈、驿站、农舍早付了云烟，唯余古窑数座，静看溪水流逝如古往今来，人间万事明灭不定，东入海。

四围山色中，一溪残照里。

六

凝视"无患瓷"，致密中透出柔和的光泽，像潋滟水波漫拥下的群山，融合中保持坚实的力。这是一种源于自然的参悟，必然与诞生它的土地、河流和人深度关联，如骨肉，似形神。这样的生命之物适合这一方地域，适合在青山、大海的对峙之间，抗衡静与动，检验坚守与融入、消失与浮现的互证关系，从北宋的心跳一直到时代不断提速的脚步。但是如今能见到的"无患瓷"并不多，时间的利刃仿佛在为它祛魅，又仿佛以其出神入化，为瓷器中暗藏的泥土、溪水、火焰、智慧……而复魅。

秋阳渐渐黯淡，山岚水雾反倒更浓，我像宋人一样，在无患溪畔游荡、寻觅。极目向溪流东去处张望，隐约可见水天交接之际泛着海的颜色，而我的体内，也开始出现一盏光亮、三桅帆船及其转化生出的不尽沧海——答案，总向更远处无限延伸。

对酒当歌作塞翁

近日，应友人邀请至顺芳斋品尝"佛跳墙"，欣见斋内挂有"十八哥"的手书条幅："坛启荤香飘四处，佛闻弃定跳墙来。"果然是好字！熟识已久的清隽笔墨，不消问来由，一看便如晤其人，而当年与"十八哥""酒酣耳热说文章"的热闹场面也活脱脱地浮现在了眼前。

字犹在，人已去。

我从未写过悼念文章，何况悼念的是这样一位令人尊敬的长辈，下笔自然是颇费思量的。虽说做文章未必要"情见乎词"，但我还是担心自己笔力枯涩，多少影响了对"十八哥"的悼念之意，可在这时时流转又似乎什么都不曾改变的世界里，与这样一幅字悄然相对，虚空中又分明有某种痛切和哀愁围拢了来，纷纷击打着记忆之门，教人体味了人生的多舛与无奈，手中的笔也变得不由自主。

"十八哥"是吾邑公认的才子、酒仙。若按旧例，文人的名号要依魏晋"雅望非常"之类熟语来轻施辞藻，方显品位与性情，可偏偏"十八哥"这一诨名蜚声江湖，叫得响当当，亲和力十足，比起"居士""斋主""山人"之类文绉绉的名号更适宜在本邑广为流传，这也算是俗极而雅的成功范例了。

我与"十八哥"相识颇早，但步入深交，却是在文联时期。那时文联的工作重新起步，我又是一介"新兵"，难免要摸石子过河，多亏有他发挥余热，一路扶携。记忆中的他成天总是乐呵呵、满不在乎的，衣着随意，视小节如无物，才高调低，不以浮名为羁绊，文士风度里透着一股"老青年"的热诚与洒脱，既真切又率性，如今忆述起来，却已是风怀可醉了。对于我这晚生后辈，他在外总爱开玩笑说我是他的侄儿，其实那是他照顾晚辈的殷切心意。见他如此古道如此热肠，我有时反倒不忍心去过多叨扰他的名望和时间，但最终还是要一次次感激于他的慷慨指点，以及对我"不知客气"的始终包容。

其时，我们共同主编《福清文学》。他认认真真地题了刊名，我也不敢怠慢，每一期选稿都是掂量再三之后才送给他审阅修润。有这么一位文坛前辈坐镇，我心里自然踏实。批改文稿，他向来是极细致的，拿着稿子快读一遍，便轻易读出病误之处，动一下红笔，死棋顿成活棋。老手果然是妙手！我至今还保存着他批改过的全部《福清文学》文稿，闲时翻阅，依然会有几分教益印证出那段文字岁月的弥足珍贵，从而越发使人缅怀那一缕逝去的温暖与宽厚了。

"十八哥"以酒、诗、书闻名遐迩，不过对他来说，"一日不可无"的恐怕只有酒。更兼为人豪放旷达，来者不拒，或"固守城池"，或"周游列国"，单挑不惧，"车轮战"亦可，无不意兴俱飞、畅怀舒啸。坊间多流传"十八哥"饮酒的趣闻，最离奇的莫过于他喝到体内多项指标严重超常而住院，仍狂饮不止，结果指标反被喝回正常，把医生搞得一头雾水。当然"酒仙"之名绝非浪饮千杯可换，还须谙熟酒文化，通晓酒风情，会说酒笑话。"十八哥"几十年行走江湖惯看风雨，酒中文武之道已臻于化境，可见"酒仙"的雅号不仅是酒一杯杯浇出来的，还是酒分子一颗颗渗出而成。说是无形，却道有神，串起的都是他与酒那集聚不散的因缘。

文人聚会大约总少不得酒，有"十八哥"在场则格外热闹。回想那些年，小城文人的宴饮多因"十八哥"压阵而酒兴文兴谈兴勃发；而在每年的文艺界新春联欢会上，"十八哥"常常客串主持人，酒杯不离手，台上台下串联，妙语连珠，诙谐百出；尤当醉态萌生，便更加得心应手，醺然，欣然，于是举座皆陶然。如今再将这段过逝的流光唤回眼前，竟已是一种绝版的享受了。

说到酒，又不免忆起我邀请"十八哥"在文联主办的"玉融大讲坛"上讲课的往事。他定了题目，叫《品读诗酒情怀》，并说"从酒入手，这样中国文学史就可以顺流而下了"。后来听了，果然顺流而下，果然受益至今，也更明白他自始至终在酒中寻求的其实是古与今某种情怀的相通。

古人饮酒常发"凌云游""叹漂泊"之想，金樽对月，把酒问天，又或东篱酒人采花见山式的浅斟细酌，算起来不外乎江山丘壑、月夕花朝的悲欣交集，"十八哥"饮酒更近于南宋词人的落拓不羁。每每豪饮不休，兴之所至纵论文史，也谈风月，就是不臧否人物，因而不论青衣红袖、高士俗人，都能与他喝出意趣来。若说放浪于酒，那也是情寄虚空的别样襟怀，常人不解，我倒是从中品出他那温情的愤世和带点乐天的不羁了。即便用陶潜所云"人道每如兹，达人解其会"来阐释饮酒的真义，对他也一样契合。在他那里，虚空依然是通于大道之小道，而"达人"看得春秋代谢，说是无情却是有情。其间风云之气既盛，儿女之情亦长，而他所想望的无非是"醉卧沙场君莫笑"罢了。

酒是这样，诗、书自然也不能例外。原本晴窗拓帖、灯下敲诗，或于筵席间即兴填词，都属古才子之风，在当下已是难寻，可偏偏"十八哥"将这几缕古风都承袭了去，而且承袭得那么风流倜傥，处处流露出学识的丰厚和气度的清逸。"十八哥"字好，索求者甚多，他每每有求必应，从不以书家自居，我们都笑他"书债累累"。我还常在本邑的许多酒楼见到他留下的笔墨，即便是乡野小店也会一沾风雅，估计多是他酒后乘兴允人挥毫，颇似柳三变将慢词写得遍地都是。如此逐情热意，吟诗留墨当然情趣好，意境也好。向来有"尺幅千里"之说，意即书法的真正动人处在于性灵，在于胸襟。笔走龙蛇的书家一点不稀奇，饱含诗才的妙墨才是难求。故而在"十八哥"的笔墨间，总是隐约藏着一种袭人的清气和缥缈的慎独，似月华，又似古寺，抑或不可方物，但确乎不是一般人所能会意的风致。

当时，《福清文学》每一期的卷首语都是一首"十八哥"的词作，别致新颖，期期刊发。我虽觉得好，惜只能管中窥豹，如今凭了手边这本《三余斋吟墨》，算是领略了他诗词的全貌。若说溪前柳下自有一脉清逸可寻，夜雨窗边也总有几番幽趣可鉴，那么剪烛闲读"十八哥"的诗词，却让我不时感叹纷扰的世事在他写来总能简淡如水。句词，是疏疏朗朗的，不事雕琢，散淡自若，机杼法度纯熟，本色里有蕴藉，清澈中见涵容。虽未必有人生的残红颓垣在卷中掩映，只是几阵和风细雨拂过，却分明沾着陶潜的菊香、阮籍的酒痕，染过陆游的风尘、晏殊的春恨。对于倚声之事，我虽不曾入得堂奥，但觉得似乎以旧瓶盛新酒为难，而能借前人之酒杯浇一己之块垒，消解人生的沧桑郁结，已属别有风姿了。对于"十八哥"的诗词风怀，我只有掩卷缅念，毕竟这样的香火不容易绵延得下去。他曾说："寂寞为诗，无非自娱罢了。"我想，即使是自娱，那也得用几十年的寂寞来换吧，实难矣！

一段记忆就此封存在岁月的烟尘里。外面，天正蓝，树正绿，阳光也灿烂，仿佛什么都不曾改变。我情愿不写悼念文字，我要纪念的是一缕古风的喑然飘散，抬手挥一挥衣袖，任凭曾经的欢乐和哀愁渐行渐远，那是无言的背影，也是宿命的虚弱，也唯有在此时，才使人萧然意识到文字的无能为力。翻阅"十八哥"的《三余斋吟墨》，看到《生日咏怀》一诗，这可以说是他一生情境的自况，谨录于此作结："醉眼迷蒙意未憎，忍看荆棘猥春风。归林杖屦应欢畅，对酒当歌作塞翁。"

「杂味」老家

　　读老家的文章，联想着我们熟悉的小城生活，总有"五味杂陈"之感，十年前如此，十年后依然。但若仅是几种寻常的滋味，也无可叨唠，偏又是甜中带酸、咸中带辣、苦中带甜，那么执拗地在舌尖缠绕，往心里蔓延。

　　在这个滨海小城里，文人圈子不大，相互之间较为熟悉，因而牵扯出不少趣闻逸事，尤其是诞生于二十世纪九十年代的一些笑谈，到如今渐成经典。吾生有幸，赶得上一睹那段妙趣横生岁月的末座，和几位极具个性色彩的前辈文人相识相熟，文缘匪浅。其中自然少不了老家。"老家"这一诨号接地气，易传播，叫得响，也就使其大名渐被冷落。说起老家的大名，因有女性化倾向，当年还曾闹过一出慕名者暗送情书的笑话。此是往事，且按下不表。

在小城文人中，单论饮酒作文，老家之洒脱不羁有如十八哥；若是高谈阔论，老家又直逼敬平老师。这对"炮筒友"若凑到一块，一准是要炮声大作、硝烟弥漫。相熟者习以为常，初见者观此壮剧，多半会以为，这俩家伙不是刚从酒桌猛喝下来，就是几十年的冤家对头。老家的能言敢言在圈内是一道风景，用他自己的说法是，仿佛早在娘胎里就被安装了"饶舌发动机"，属先天发育，后天补强，偶有待机状态，却没有关停的可能。

我们自然喜好听他天南地北一路神侃，荤菜搭配素菜，高论裹挟怪论，时常引发笑点，助燃亮点。这般杂揽杂谈之中满溢的杂味，使人的味觉不由得变重，更领略到秉性的率真决定语言的锋刃，思维的丰富加重表陈的浓度，同时也击退一些生性怯懦或城府隐隐者，这都再正常不过。我倒是在与他近二十年的接触、交往中，渐渐谙熟了他的"杂味"和带点温情的孤愤，那需要岁月沉潜下来的体悟，以及精神世界之间的一点通电。当然执拗的文人情怀，只能尽品，不能品尽。

人如此，文章也不例外。他的《老家漫笔》我已收藏多年，有时还会忍不住找出来翻翻，许多篇什记忆犹新，其中滋味却越发浓郁，仿佛在瓜棚豆架下与故人话旧，熟悉的愈加真切，新奇处多了会意，散漫中滤出了逸乐。究竟是被不断老去的岁月多加了一点盐，还是涉世的加深不断改变着庸常判断？二者或许模糊不定，但老家的文章耐读，却是实话。

既是杂谈人生，"俗味"自然不可免。它与金刚怒目针砭时弊无干，也无山居剪烛的幽趣清谈，只是撷取寻常日子的一鳞半爪，不外乎小城生活的所见所想所感，可谓"俗事"；即使重拾赤贫岁月里的泪和笑，也不会因年代久远而荒疏了我们的嗅觉判断。"俗"是世态本相，是作家笔下沾染的风尘气烟火气，这种气味你可以选择回避，而一旦直面，便只有更多唤起人们对生存状态的重温与共鸣，平凡记忆中的褶皱也被不断熨平。他的"俗事"大多圈定在邮票大小的家乡：在小巷里转悠转悠，寻找"广阔的人生"；聊发散步、独处的奇思妙想，并不忘"讴歌"一下小城的美好；同时免不了和草木、雨水、台风、大海做亲密接触，就连不入流的狗、蚊子和城市病鸟，也在嬉笑怒骂之间调侃出了"子丑寅卯"。至于鼓掌、掴耳光、唠叨、流泪、起名字、理发等世俗人生的边角料，更被加工出了一盘盘风味地道的家乡菜，频频刺激着本已慵懒的味蕾，勾起我们对小城世情的百般玩味。他少时在农村生活读书的印记，"俗味""土味"并重，却在文字间轻易转换着时空之门，一下子贴到我们面前，显得真实可感。"沿海入冬的北风，从几排单层的砖瓦房教室的屋顶齐整地刮下，在黄泥地操场上掀起一波又一波泥尘，卷帘般地拂向操场南面。"这般景象，上点年纪的人都不陌生，"黄泥尘"飞扬在昏黄的岁月里，记忆的铭牌却越发闪亮，而"俗味"也随着淡淡的文字变得更浓。

平俗是视野，有趣则是亮点。说到有趣，大抵有两种类型：一是油腔滑调哗众取宠，相当于职业卖笑；二是自己不笑，却冷不丁地冒出几句妙语，足以令人捧腹、拜服。前者令人生厌，不可与谈；后者走的是"冷幽默"路子，冷得机智，幽默得可喜。

老家的有趣大约可归入后者。他时不时会突发奇想，抖一下笑料包袱，撒一把诙谐豆子，文章由此立见趣味。他写道："天下职业的第一配对，很可能是美女当教师。很容易引发人们联想的是，百灵最婉转的歌唱，天鹅最优美的舞蹈，熊猫最搞怪的动作，一定是发生在它们看见了美女教师的时候。""清明不过是春天的马前卒，就像古代某个清官出巡的队列前头举着旗牌的一伙，那阴晴不定、冷热不均的面目，会让你分明看见'肃静''回避'的牌子。"这类妙言警句，妙在奇思异想，警在透辟通彻，略有钱钟书散文的味道。他自嘲说自己平日里"很缺少庄重"，其实"不庄重"是别有的洞天，含纳更为本真的存在。反观生活中过多的仪式感，常常封堵了我们的想象空间和解析事物的途径，甚至使人忘记了即便假话空话大放厥词，也是生活必备的调味品。老家文章的趣味就在看似"不庄重""不正经"之间，将人们熟视无睹之事变成生动的思考，从中解读出别样的答案。平时出行，汽车剐蹭，不过司空见惯之事，他却有一番道理可说："驾车的人一旦出点事故，就很容易成为猴子，被驾驶摩托、骑着单车以及步行的人围观。这个时候，驾车的人即使是哲学家，也会忘记发问，自己为什么会被围观，为什么可以绝对驯服牛马驴的人会被一匹钢铁驯服。"任何人走进医院，莫不是一脸阴霾，他却不忘调侃一下医生："世上的人大约只有两种：一种是把可能做成了不可能，另一种是把不可能做成了可能。医生属于后者。所以在岗时不会嘻嘻哈哈、笑容可掬，而是常常要耳目张扬、眉头紧锁，俨然是战地上的将军、发射火箭时的工程师之类人物的结合体。"这样有脑有趣的句子，已非简单地铺陈文字可得。文字就那么一堆，有人将之堆砌成晦涩的句子，有人玩着玩着，给玩成了废话，都属不知趣味，而像老家这样，轻轻松松就把有深度的思想化解成妙趣谐趣，除去不凡的文字功力外，实在还需扣入消解人生荒谬的视角和胆识。如此趣味，在理而甚于说理。

记得十多年前，老家的杂文在小城报纸专栏上不断刊发时，有些人抱怨"太怪，看不懂"，我倒是颇怀疑他们的欣赏能力是否只停留在"瓦蓝瓦蓝的天上飘着白云"之类句子。诚然，老家文章有"怪味"，怪在新，怪在奇，怪在出乎意料。他从诗歌中"转身"，在杂文中试验诗性、充满难度的表达，其想象力，不是惯有窠臼所能容纳，逻辑也非预想之处所能停留。你会对"春天长出的青春痘，不是一朵朵鲜艳的花，就是一朵朵飘逸的云"这样的句子瞠目结舌，也会因为读了"天空蓝得就像无限放大的倒扣的游泳池，让你觉得自己一直在向上游泳"，而情不自禁地让肢体向上伸展。你或许想不出"一番小酌，以杯盏为舟，想象为桨，抵达任何一个新大陆"，是何种"天光别异，地色重开"，却一定会因为"你看它（宠物狗），躲在贵妇的臂弯里、大腿旁厮磨的样子，多像后宫的男宠"这样辛辣的讽刺而眼界大开。文字的怪张突兀，是对循规蹈矩的大胆逆转，它使人相信，让眼神拐个弯，脑子转个路，都会带来拒绝或重构，而这些在老家笔下，则是诗性和思维产生的化学反应，由此逸出的味道，无非在测试我们嗅觉的吸纳程度。

老家在《和雨说话》里写道："序幕一拉开，就有一个高潮，而后，一阵锣鼓响，一阵琴弦声，一忽儿是净角的高音演唱，一忽儿是花旦的娇声对白，原来是没有章法的章法。"他和雨说话，我们也仿佛和隐藏在雨点中的他说话，平俗的、有趣的、怪张的，齐集毕现，同样是没有章法的章法，也同样是生活的忠实者、调侃者、叛逆者交叠的影像，都清晰指向文字间的他。他辨析、磨勘生活，同时又被生活辨析、磨勘，深刻体会一个小城文人在时间慢流中的得失喜忧，虽然遮不住幽幽的反光，但过程始终平静。他的写作，就是去抗衡这样的静与动、忠实与不羁，在对峙中寻求身心安顿之处，以及芜杂中的最大真实。就像这些句子，从他的文中沥出，已是形象的启悟和失笑的宽慰："事实上从古至今没有人愿意真正自掴耳光，与其说自掴耳光一词显得尴尬与滑稽，不如说人在是与非、在真善美与假恶丑之间的跛脚与恍惚"；"如果水和云可以分别代表一切惯常与熟知、奇异与诡谲的事物，我们生活基本形态的断面就像这个镜头。"岁月中的沉淀，自是滤尽风尘所得，比起嬉笑怒骂多了几许冷峭，有种安放停当的稳妥。我想，这稳妥才是老家最终给予我们的对生活的理解，像是品尝一道菜肴，初入口，诸多滋味并生，在一番咀嚼之后，真实的味道才会留在唇齿，进入记忆。但就是这"咀嚼"，也是心和时间换来的动作，其实不易。

风景旧曾谙

　　一个宁静的夏日上午，照例是与晴窗绿影对坐的时分，魏名庆老师轻轻敲门而入，把一本刚编注出版的《福清历代散文选》轻轻放在我的办公桌上——淡绿色的封面、细密的注释，衬起窗外蓊郁的树影，显得温婉悦目。扉页上戋戋两行题词，细楷清丽，自有一股旧日风致，使人获得一份阅读的欣喜。

　　依旧是微微的笑，依旧是浅浅的话，也依旧是言不多时便转身告辞。

　　二十年前，刚参加工作的我在市作协的一次座谈会上见到了魏老师。那时的他正担任《福清时报》（即现在的《福清侨乡报》）副刊编辑，我的一些作品刚在他手里编发。因是初出茅庐，我在会场自然位居末席，充当看客。众人发言相当踊跃，大有"你方唱罢我登场"

的热闹劲儿，只是对我来说多为陌生面孔。正茫然四顾间，忽听念琪兄说道："请魏名庆老师讲讲罢。"放眼寻去，便看到了一位安安静静的中年人——他急切地摆摆手："不必了，不必了。"跟小城的其他文人相比，魏老师的确是过于低调了。小城文人或温文尔雅，轻易不显山露水；或洒脱不羁，健于谈笑，有"狂士"之风；而魏老师则是恭谦的，浑身上下都是岁月浸出的沉静，又带些自况之下的从容。每见到他时，我都似乎窥见了那一道远去的旧日风景。

魏老师似乎是传统社会中的传统人物，以如今的眼光看他，大抵就是"旧"，但却"旧"得认真，"旧"得执着——不仅待人接物，就是衣着举止，都是极传统的。口无所嗜，目无所贪，与烟酒绝缘，和愠急无干，始终是一副温温霭霭的模样。毕竟是吃了十几年的编辑饭，早在文字浸淫间滤去了心尘，虽然不曾忘情于世事，却叫人如晤了"恭俭有法度"的彭宣之风。这二十年来，我与魏老师没有文学之外的交往，但二十多个春秋的年龄差距注定这又是最好的交往方式。每逢与他在路上不期而遇，我总有逆流而回从前之感，仿佛撷取了黑白胶片时代的青涩果子，又仿佛重味了在文字堆里躬耕劳作的忧乐得失。洞若观火只在心间，我一向珍视这样的感受空间。

文学创作追求的是表达现实的技巧和审美艺术，而文字编辑的要紧事却是"选"和"润"。"选"起来费神费力，"润"起来须拿捏有度，稍逾度则破坏作品原貌。支撑这些默默无闻工作的是精深的文字功力，没有十数载寒暑的浸淫根本无力置喙。最叫人不安的常常是，披阅别人文章无数，自己的田地渐渐荒芜，直至一碰文字便味同嚼蜡，所以我在编过几年《福清文学》后终于不敢再做编辑，也不敢小瞧编辑工作了。魏老师在编辑这一行一干就是十几年，他的严谨是出了名的，尤其在文字校证上极具功力。我曾多次请他代劳编审文稿，厚厚的一叠稿子不消几日便被他校完，翻看之下，只见红笔批改圈注处，工整细密，甚至认真到每一个标点符号，都要推敲是否妥帖；遇有史据勘误之处，则引证精到，细加阐释。如此严谨、求甚解的考订功夫，时常令我感佩，而编辑的不易、前辈的执着也在这些小枝小节上彰显无遗。

对于自己作品的遣词用字，我向来用心，虽不敢说字字皆如金石掷地有声，却也始终牢记文字首先要对得起自己。《秋灯拾影录》出版后，内容怎样暂且不论，对文字的差错率我还是很有信心的，自诩已被压到最低。不曾想有一天，魏老师也是这么轻轻敲门而入，轻轻交给我两页纸，上面记录了他在《秋灯拾影录》中校出的错字和误用之词，约有三十多处。那时刻，我的呆愕丝毫不亚于潜藏的不法之徒被揪着小辫子现形。在魏老师的严谨面前，我好不容易建立起的一些自信心在瞬间崩溃，于是只有"塞默低头"，惭愧不已。由此想及文学实在是足忧不足喜的事，稍有喜上心头，便被"打回原形"，唯有时时以缺憾审之、正之，用心揣摩，虚心掂量，方能得心而应手。

手边有一张剪报，上载魏老师《七十感怀》组诗十首。闲闲的文字，淡淡的笔墨，议论也不惊人，却教人读出他平静外表下温情的自嘲，那不是自伤，不是自怜，而是拂去郁郁苍苍身世之感的清醒。其中几句，颇见精神——"坐凭官宦论成败，听任乡邻说短长。十载寒窗难自立，更闻越雉费思量。"魏老师在小城做了半辈子的文人，笔底虽不曾萦回荒漠烽烟、国族恩仇，却也有抛却岁月情节的一丝丝超逸。或许说"不曾拿起也就无须放下什么"，又或许说"世人的平凡，常在于把别人的平凡当成了绝俗"，但我觉得，在他的心灵深处，瘦马过客歇脚的一角驿站才是不老的风景。

在我们这个小城，有几位长者数十年如一日地专注于地方文史整理研究，让人陡生敬意，魏老师就是其中一位。对于地方史料，年轻人常因耐不住繁难枯燥，杜其门不入，但魏老师的遣心用力以及文字上的经营，不曾稍有懈怠。但凡览胜山川、阐释风俗、钩沉史海、品评人物……笔锋所到之处，多现准确把握的功力和实事求是的精神，往往一篇稿成，必细加推敲，务求字字当意，若非沉潜的治学态度，实不能达。这般治学态度，自然与其性情相关，不浮夸，不圆滑，考证之文也就明净晓畅、简切达意，且论证精审，令人称道。故而魏老师研究地方文史的著作虽然不多，但一一读来，都使人有一种"明流纡且直"的可视可抚之感，如此尤显难能可贵。

过去有阵子"文化人"很时新，现在渐渐落寞，但我相信，真正的文化人是始终持守了一种文化精神的人，其影响或能及于时代和社会，或只是悄然润泽他的周围，都任由一生勤劳在青灯黄卷间自甘苍茫，说起来一样是无形的景观。当我渐渐学会像魏老师那样把浓浓的世情看成淡淡的清水，便愈加感念于过去的时代过去的人，生怕它们真的挥手别去，毕竟那一道谙熟的旧风景牵动着我们这代人太多太多的心弦。

寒夜温酒故人来

　　宋晓明是我的好友，辽宁人，五年前在福清相识。说来也是机缘巧合，那时我在文联工作，他客居福清，平素写诗，也画画，交几个文友。一日，马蒂尔领了他来，在我的办公室里初会，于是从容对谈，不觉半日时光罄尽，仍意犹未尽。人说三十多岁后所交之友难有真情实意，大多因为涉世已深、心态复杂，交友的初衷已不复纯粹，但宋晓明显然不属于此类范畴，他的谈吐、气质，自有一种融化隔阂的力量，使人与之交往时，自觉消除戒律——那些一贯自持的所谓交友经验，全然不适用于他。

　　现在还清晰记得初次见面时他的模样：白净面皮，中等个儿，丝毫没有印象中东北汉子的粗犷剽悍，倒是文质彬彬的，一瞅便知是个读书人。既是读书人，鼻梁上也就照例架着一副眼镜，只是通身上下没什么修饰，这副眼镜就把他的儒雅斯文衬托得恰如其分。于是一副普通的眼镜便带了一种温和的色彩，使人觉得，在儒雅斯文的外表下必定藏纳了善良的灵魂，二者得以搭配成一组和谐。

其后走动多了，也就渐成莫逆之交，以"哥们儿"相称。平日里，文联工作清贫寂寞，我常自嘲上班为"修炼"，修的是安苦为道，炼的是借神游笔耕维持内心功力和对生活的一点浪漫主义残念。专注于文学创作，时间一久，人难免变得恍恍惚惚，不太爱搭理人和事，所幸有几位挚友常常相聚，盛情热意之下也算别有一番调剂。宋晓明就是其中一位，他的时常来访，为我寡淡的日子加了几分温热，添了几许乐趣。常常是一壶清茗，两人共品半日时光；或是在小酒馆里，几碟小菜，数瓶啤酒，对饮而作一夕之谈。我们聊文学绘画，聊生活交友，聊往昔未来，聊他的东北老家和我在北方的日子，兴头上来了，也会喝得面红耳赤醺醺然。但似乎少有一腔牢愁、壮怀激烈的冲动，也谈不上指点江山、激昂文字，始终是平和疏朗、蔼蔼晏晏的。或许走的路多了，反而无需对人生的大悲大喜反复咀嚼，更不必言以载道，相互维系在怀的其实都是读书人之间那一说就懂的事。如今回想起来，那时的光景仿佛暗中涓涓而过的细流，动静恰到好处，多则喧闹，少则沉寂，却都一下一下地沁入时光背后；再寻觅时，水声淙淙犹然在耳，而晓明的谦和诚笃在其中愈加分明。

我常羡慕他无拘无束、说走便走，他则笑答自己属马，注定永远在路上。其实他最初在老家也是过着朝九晚五、四平八稳的日子，只是后来生活起了变化，主要还是抵不住远方的诱惑吧，一抬脚便走了出去，从遥远的东北"漂"向全国各地。说是居无定所、浪迹四方也可以，说是心中一盆火、信马走天涯却更妥帖，总之一双鞋是走得沾满泥泞了。但我相信他虽漂泊万里却不废然离索，虽难免有郁郁苍苍的身世之感，却不自伤自怜。天地有多辽阔，心就有多宽广，毕竟在漫游者心里，总能找到一所心中的家园。或是江南一镇、塞北一城，又或都市一隅；有时是一棵树、一条河，或一处不知名的所在，便全凭了他对旅途的热情点亮画面。每次经纬度的移转都意味着一份不落空的期待，或说那原本就是属于他的去向。

他每到一地，办画展，谈业务，联系友人，或者纯粹为了换换心情；也写诗、作画、闲居、踏春、赏梅，在成都的日子里，甚至完成了一部小说……每每听他谈起，虽只是一鳞半爪，与身临其境无法相比，却自有一种特殊的风姿，足以串联起他所走过的岁月的流痕，只是自己在此的刻意为文，反倒显得枯涩了。

至于是怎么"漂"到我们这个东南沿海小城的，恐怕晓明自己也说不上来，但我始终觉得，除却游影萍踪，一个人与一座城市之间其实都有一道深深的缘，或在不经意间撞个满怀而成一生归宿，或是别后梦里长相厮守，其中的默契虽不是与生俱来，却非宿命的存在感不能点睛破题。就像他，一个宽厚率直的东北人，带着浓浓的乡音，在我们这个小城里独自住了七年，呼吸海风，吃海鲜，直至把福清当成了"第二故乡"，连嗅一嗅空气，都是熟悉的味道，就不能不说对异乡的深情其实也是广义的家园之思，而饱注的情思随时空转换也会变得越发浓酽。

在小城的日子起初难免默然茫然，但很快，他就在我们的圈子里混得厮熟了，这很大程度上得益于他的人缘好。虽然这是个通俗得近乎模糊的说法，但与他相识的人估计都会有相同的评价，毕竟古道热肠在这世道已零落成老情怀，人虽识得却不易重拾。

朋友一多，他也就渐渐忙碌起来，尤其不忘在谈笑间完成许多无私的善举。"有事您说话！"北方人的爽朗到了精致玲珑的南方，轻易间便透着与众不同的洒脱，使人一听心里就踏实了一半。他忙着编杂志，忙着联系人脉解朋友之急，忙着介绍名家来讲课，有时纯粹为了照应朋友的心境。有一次，我定要他来欣赏我的一套装帧极富特色的藏书。他应约而来，陪我摩挲赏玩了半天。我那时很满足，现在才想起他更多是不忍扫我的兴，他的赤诚使他总是欣然尊重朋友哪怕是一点点的要求，如此古道如此热肠尽见心思的细致，倒更似送来一缕缕拂面的春风，叫人惬意得忘了感激。

其实，"独在异乡为异客"的他是快慰的，至少有一场春天的诗会在熬尽冬夜后如期到来。在福清，有着一群坦诚如砥的朋友，有过一段难忘的交游岁月，那是人生的插曲也是收获。我相信，多年以后，小城四季潮润的风还会在他心里亮起一星遥远的温暖，而这个他曾歇马驻足的驿站，更会成为牵动他记忆链条的一方憩园。

他一向心平气和，从未见他心急火燎乱了分寸，说起话来，那不愠不火的东北口音透着一股消解人生纷扰的自得，就是烦躁的人听着也不免心气平静下来。而这只是地域因素，更多还是常年沉浸在丹青世界里的缘故，那一笔一画细心勾勒的绝不只是画卷，还有宽厚温和的心灵以及待人接物的细腻。

这就不难理解，以这样一颗善感的心去写诗，该会洒下怎样的春风词笔。通常以为诗人多狂狷，多电光火石瞬间迸发的诡异或水清石瘦出落的孤峭，由此叫人既敬且畏。晓明则不然，他写诗更像是在安安静静地给生活添点脚注，短短浅浅的诗句藏着几分中年人哑然的无奈和失笑的宽慰，邂逅的人和事谈不上多么新奇，展卷而读时却恍若从自己身边滑过。一点雨夜的回忆、一碗冬至的汤圆、一个生活的片段，都带着山居剪烛的幽趣，带着白描人生的洒脱，怎么看都绵邈牵情，使人不经意间就窥见了人生幕启幕落之际那一袭微茫的身影。载道的诗好写，故作艰涩、不知所云的诗也容易装得出来，带真感情的淡笔墨才难得，晓明的诗渗出的正是这样温情简朴的识见，因而隐隐动人。

对晓明来说，诗是现实画是梦。客居福清期间，我曾去他的寓所串门，但见一桌、一椅、一榻，唯俭而已，倒是室中央一张大画案惹人注目，墨砚、笔洗、颜料、画谱、印章，用过的、没用过的，杂沓一案，好似刚画完画，又好似有画不完的画。原来这是一个过了做梦年龄的人一直在追寻的梦，不管身居何处，总是以最俭朴的方式，在画的世界里寻找最奢侈的享受。

"乱糟糟的。"晓明不好意思地笑笑。"想画时就画画。"他又补充说。我知道，这"想画时"就是一块块砖石，渐渐筑起一座心灵的围墙，否则那一畦梦的绿色，早被生活的流风碎浪冲淡了。

如今的晓明已北上京城，在中国国家画院跟随导师研习工笔重彩技法，从此畅游梦的海洋。三度寒暑以来，每每与他互通音讯，听他谈起学画之苦学画之乐，他动情我亦动容。而眼前屡屡浮现他趴在画案上，头发凌乱，摘了眼镜，着了魔似的一笔一笔细心作画的场景，确又感觉千里不过咫尺。这样的场景，究竟有多少？不声不响地流逝，随手撷取一个侧面，犹品而不厌。云卷云舒，岁月苍茫，焚膏继晷，以时间为马——笔墨有情人不老，恒心苦心欢心相交集，遂化作"楔入"式艺术和艺术式"楔入"。

为花木写真，已蔚成晓明绘画之特色，缤纷绚烂，在他笔下总是一归于宁静。"深入细节，丰富曼妙，笔触抵达的地方未见就是想要的。擦拭不仅仅是泪水，还有铅痕……感受呼吸，一次次的拜访，看芳香绽放，泥土的气息深入人心。"他娓娓道出的"画话"，气韵游移在纤毫之间，唯有痴情作画者，才能将其一一捕捉，从而与高山流水之境相流贯，启人以解语生香之感。他从花木中采撷美丽，把"丹青梦"栩栩然化为花香鸟语。如此丰盛的花朵，开在纸上，也开在他的内心，便自有悠然平和之美了。但晓明的画又不似惯常所见工笔之柔媚无骨，"时轭双鸳响""腻水染花腥"，那样的富态娇态自然与东北汉子无干，亦不会在"一番前尘""半帘梦影"间寻寻觅觅。他为花木写真，更在写真中品读生活的真切之意，看似静如秋水的画卷，饱含的又分明是激赏和与人共赏的热情。浓彩中展露果敢的企慕，秀拔里潜藏坚贞的沉郁，这样的笔调，是本真，也是体悟，教人深味了恂恂儒者风背后的铮铮汉子情。

"哥们儿，回去找你喝酒！"电话那头的晓明常常这么说。每当我忆起他时，便不由得为这话会心莞尔。时下已是隆冬，瑟瑟寒风催动长夜的脚步，却留住无尽的念想，那么写下这篇文章就当是温热了一壶酒，对着窗外浓得化不开的夜默默敬上一杯，为流逝的岁月，为远方的故人。

强哥小记

"强哥"这个名号，让人一听就觉得必是《上海滩》的许文强，或者香港警匪片里的黑帮头目——嘴里叼根大雪茄，或用墨镜遮住半张脸，作酷劲十足状。我的这位强哥则不然，既没有"强"的傲慢凌人，也不曾"哥"到竞短争长，活脱脱就是一个淳朴平和、扔进人堆也不可能惹眼的邻家人。

强哥大名"小强"，这又让人时时记起小学生作文里常用的主人公名字以及周星驰电影里的笑料，说来极具时代色彩和大众喜感。再看看他的皮肤，也不像古铜色，明眼人一望便知是饱经海日晒、海风吹和海水泡的。如此高"盐值"的人，若按常理，说话的音域怎么也得像"浪拍礁石"低不了，然而他的嗓门却不高，平日里不急、不躁、不愠、不争，无论接电话还是迎候人，均是客客气气、热热忱忱的，甚至有些过于讲究礼数。但若是言谈投机，便会立刻显出直爽、豁达的一面，于是那典型的福清口音、略带夸张的手势，就调配出一种浓浓的地方味儿，使人真切领受乡土之趣的妙不可言。

我和强哥二十年前在机关相识，因他比我年长，直呼"小强"显然不妥，遂称之"强哥"。时光荏苒，不知不觉间，我俩在同一楼层抬头不见低头见的工作周数，已达近千个。如此之下，倘若仅简单地用"老同事"来概括彼此的交情，恐怕世上就鲜有"见眼底风波，问胸中块垒"的知己至交了！跟我有同感者或许有增无减吧。如今，越来越多的人都管他叫"强哥"，不管是推心置腹的还是半生不熟的，抑或只有一面之缘，见面都一口一个"强哥"地叫得欢；即使不曾谋面的，多半对他也有所耳闻，可见强哥人缘之广之盛。原本，作为"老机关"的他应该最在乎自己的健康，可他依然如故，更关心同事的平安。谁有头疼脑热，他总会温馨提醒保重；年轻人刚接手人事工作，或者岁末年初之时该如何慰问退休老同志之类问题，悉数请教于他，就不用忐忑。

"我会想念，曾经每一双无悔的眼；我会想起，曾经每一句壮志豪言，火热军营惹人醉，只愿初心来相随。"强哥长于海边，从戎亦于海上，自此割绝不断的便是那蔚蓝色的情结。每每听他忆述起当年在人民海军成长的点点滴滴，他兴奋我莞尔。在他眉飞色舞之际，我便仿佛看到一身海军蓝的他立于海天之间，身后浪花拍岸、战鹰翔舞，一艘艘劈波斩浪的军舰像长城守卫着海疆前哨……

　　毕竟是曾经圆就的一个梦，如今更成了不时重温的纪念，只是在萦回之间，当年的热血青年，已然年知天命。强哥放归"枪杆子"后，到地方基层一线打磨，再转任上级机关，劳形案牍，不经意间掸一掸衣袖，就告别了三十年的光阴。开门七件事奏成的"交响乐"和人生苦乐周转，就像呼呼转动的大磨盘，多少情怀都在其中被碾成齑粉，却独独心出不忍，漏过了那一抹海洋之色。多年来，关于战友的大事小事他从未忘记，急事难事始终关注，像是默默履行应尽的善举一般，不嫌烦苦，不避琐碎，从战友联系方式的收集更新，到他们以及直系血亲的生老病死，无不一一熨暖成古道热肠的旧日风怀。前不久，惊悉一位战友不幸罹难，他愣是不远千山万水，亲赴吊唁。所谓"战友情深，同舟义重"，从中愈见分明。

　　写新闻报道，强哥在部队立过功；回地方，"好新闻"先后拿过全国二等奖、全省一等奖。他的时政类深度报道，一贯的风格是老到、质厚，不事雕琢，蕴藉自现。我们那时都说他不是"铁笔"，已是"钢笔"了。我初入公门之时，每天熬着心血写些"八股文章"还觉得捉襟见肘，而强哥的各类题材报道则时不时出现在各种报刊上，气势不可谓不宏大，自然叫人佩服得不行。或许和出身行伍有关，他的文笔处处流露出军人的气质，简切老辣，不以文采胜，始终扣紧对人物与事件的关注和挖掘，又能从高处统领，巧立角度，辅以丰富的材料，使文章呈现多重线索分明、内外格局并重的雄厚气象。读他的文章，如晤其人，如临其境——"人"是鲜活饱满的人，"境"是多元立体的境，无不圆融契合。报道文章要写到这种水平，其实挺难的，若非沉潜的探寻精神和磨砺功夫，不易达到。这的确是许多人的真实感受，如今依然，而我也时时回味从强哥文章那里得到的养分，低下头来默默地用心。

既握过"枪杆子"，又手拿"笔杆子"，而且出身海军，喝酒自然"海量"，更何况做过特约记者，资源广，人缘好，也就积了长长的酒缘——强哥的酒名在外久矣！每有聚饮，朋友们多爱请他去助兴，甚至还有过不少"抽调"强哥喝酒的趣事。有他在，"节目"多，酒局自然格外热闹，往往一桌酒喝下来，众人也笑了一晚上。与吾邑已归道山的"酒仙"十八哥相比，强哥的酒风虽不似那般落拓不羁，却是豪气干云、一往无畏的，但又不会给人以酗饮无度之感。对于酒，他不分"啤白色"，甫一落座，祝酒的规矩一般掌握到七八成，寒暄的话题很快切中感情交流的开端或增进联络的持续"焊点"。既敬酒又服务，既敬大也敬小，特别是一碰全干先亮杯的率真之范，让点赞数飙升。他有一句酒桌名言就是"你能轻轻一'吻'，我就三杯奉上"，更会引爆掌声和笑声，就算不在场的人也会折服于他那潇洒的酒风。

但凡文人饮酒至畅达时，大多喜欢掏出一腔牢愁，恨不能将栏杆拍遍，强哥饮酒却与这些末路式的怀旧无关。他熟知饮酒之乐在于"解忧"并非"释愁"，能清晰洞见人生的苍凉风姿已是灵智之举，而懂得让心灵偶得俚俗之乐则需要旷达的心胸和消解荒谬人生的勇气，是故饮酒之道，随心而已。因为随心，他那些脱口而出的"强哥语录"便时常点燃听者的笑点。最经典的当属他自创的福清话段子，比如劝酒敬酒"你没喝，我没喝，加深感情不适合；你也醉，我也醉，广结良缘更可贵"；"高山流水觅知音，共同举杯心连心"；"包间灯火光，桌底不见霜，捧杯先敬你，好事就成双"等等，韵脚齐整，朗朗上口，既应景又妙趣横生。此类笑话非方言不能淋漓表达，而由强哥说来就更显得诙谐百出了。

善良心肠、乐天气质，虽然这只是一个通俗、模糊的说法，却包裹在他普通的外表下，也蕴含了大家对他的喜爱。这倒不是说他有多么与众不同，他甚至只有从里到外的普通。因为普通，从此便少了"生来好苦吟，与天争意气"的孤峭，多了漫游在功利之外的平和，或许只是无奈的选择，却恰好装点出他的性情与气质。他在网上取名"鱼之乐"，倒是十分传神，仿佛在说："子非我，安知我不知鱼之乐?"能知"鱼之乐"者，方知"人之乐"。这样的逻辑不需细加推敲，眼前就会浮现出"人闲鱼游"的景象，似乎是在与强哥从容对谈；这对谈，日日犹不厌。尤为可贵的是，不管春去秋来，他都会在闲时坚持原创祝福的短信、微信，并应时有序地发给每一位他所珍惜的亲友，年年如是。"你真心，谁都向你靠近；你忧挚，谁都与你交心。"算来岁月匆匆，情怀水样流淌，偶得这么一脉心香的奉送，已是别有一番清芬回味了，何况这是强哥时时的惦念呢。

这里忍不住摘抄他的一些心灵感悟文字："把心摆平，得是一泓平静的水；将心放松，当为一朵自在的云"；"再多的悲伤总会留下一丝快乐，再大的遗憾也能显现一幅完美的图画"；"受窘的人，需要一句解围的话；沮丧的人，需要一句鼓励的话；失意的人，需要一句同情的话，与其一笑而过，不如紧紧握把手。"这样的文字是"励人"，更是"修己"，而"槛外修己"的意闲语隽、浅近可信，比起"槛内修己"更多了几分天成的风怀——那是秋水尽处悠然一笑的宽慰，也是急管繁弦外甘于平淡的心曲。或许站在"槛外"的人生，才是"知心者"的安谧去处，于是便明白，从"槛外"打开"心的眼"，由淡泊唤起品读生活的真切之意，原来其中自有一片乐声可诉。

我唯有倾听这样的乐声，为一点绵延的淡泊，为两份素朴的情怀。

辑五

江湖远近

蟋蟀在野

发　狂

　　台风和飓风其实是一回事，很多人并不知道，只是飓风听起来要更恐怖些，《百年孤独》的结尾就是一场飓风将马孔多小镇卷走，从人们的记忆中铲除。

　　台风或飓风来袭时，人们闭门不出，听狂风骤雨之声，满心忐忑。这种情形使我想起原始人，他们躲在岩窟内，听豺狼嚎叫、恶鸟乱鸣，必然也惶恐不安。

　　大自然的发狂，颇似孩童耍脾气，却轻松证明看似不可一世的现代人原也渺小，在本质上依然原始。

幢 幢

遍观幢幢往来的现世男女，我想，在远古时代，史前动物眼中想必也满是幢幢往来的现世动物，有雌有雄，有景致有故事，它们会不会厌倦？

早已没有了什么奥秘，所谓奥秘，皆因我们的无知，当一切转为平常时，思考显得很多余。

史前或现世，无序或有序，并不要紧，原本都幢幢得可供欣赏。

超 脱

鱼缸里，金鱼不停地游动、觅食，不知厌倦。

人也像金鱼一样充满了欲望，但人会厌倦，继而求超脱，可是求超脱，便又陷入另一种欲望——人不过是从一个樊笼逃向另一个樊笼。如此这般，岂非只能徇从，只能苟且？

亦鸟亦兽

曾有寓言云：蝙蝠见鸟兽争战，便见风使舵、趋炎附势。鸟类获胜，蝙蝠则投靠之，言其有双翅，亦是鸟。兽类获胜，蝙蝠又转而示好，言其能哺乳，亦是兽。后为鸟兽识破，遂逃，不敢出。

蝙蝠尚知羞赧，说明还不致冥顽不化。换作人类，他们会满脸堆笑地说："哈哈，误会误会！"或说："求友心切，求友心切。"而后不动声色地继续各自营生。

人的本领之一，就是善于把弄糟的事不露痕迹地搪塞、敷衍过去，让秩序得以维持，就像花瓶摔碎了，他们会悄悄把碎片捡起来，一一黏合，使之看上去完好如初。这当然是聪明的选择，毕竟这世界需要的是花瓶，不是碎片。

人是万物灵长，自然能够亦鸟亦兽，且叫鸟兽都没意见。

应 景

行走于特定场合的人，莫不济济楚楚，有的以此为荣为傲，有的装模作样、一时勉强。此时还需和风习习，像舞台边上袅袅而起的轻烟，烘托之，美轮美奂。倘若骤风突起，又皆如麦当娜，一边死死摁住裙角，一边不忘做娇羞状——应景，要的就是一副训练有素的皮囊相。

遥远的那时，也是这般济济楚楚，马若游龙，衣似轻飏，却多了几声竹林中的长啸、大榆树下的锻铁丁丁，至今掷地犹作金石声，投水不与水东流。不应景又如何？

至于二十四桥明月夜，玉人箫声杯中物，洒脱得不问流年，唯一唱三叹稍能解怀，孰是应景孰是不应景？

门

人生两大境界：真实与虚幻。

虚幻麻痹真实，真实吞噬虚幻，却又不能隔绝，留一扇小门，互通有无，往来频频，于是，日复日年复年。

古之智者早就断言不幸的根源在于真实，若要超脱，要么死，要么像"死"一样活着。可这又算什么呢？无非闭紧那道门。

还是李太白说的妙极："皇图霸业谈笑间，不胜人生一场醉。"实不过虚，虚亦是实，不设门，不把门，说是江湖飘零，其实永恒超脱。

不过蚍蜉

蚍蜉每天都很忙，来来往往，爬上爬下，专注于自己的世界，而人却在嘲笑它们之中获得了快感，轻而易举地。

其实蚍蜉是一群乐观而善活者，精于美食、暖巢，工于繁衍、营构，不需动员，个个讲求奉献。有时凑到一块，也会寒暄着："今儿天气不错"；"吃了吗？"并不忘歇下来畅想未来……

蚍蜉的世界常引我深思，正如我深思人为何喜欢嘲笑——嘲笑，为的是使自己显得高明些，除此我找不出别的理由。可是我们已经高明不起来了，我们原也不过是蚍蜉，甚至不如。

宠辱之间

宠辱不惊，仿佛是至人境界，凡夫难为，其实不然；"若惊"或"不惊"，早有聪明的设定。

人有渴望，就会爱听赞美之词，受宠若惊便属正常；受宠不惊，表明他的渴望已满足或有更高的渴望。

受辱不惊则更常有，只是该"若惊"时"若惊"，该"不惊"

时"不惊"，运用自如。大智慧也即目的论。

赎　回

重返故地，物非人更非。试图找寻昔日微茫的身影以赎回自己，却发觉愈加微茫的今日身影正围窥着我。

每天，我们都在和"赎回"背向而驰，渐行渐远，却从不甘心就此折柳道别，使之定格成吟哦一生的诗句。

过去，是为了现在；赎回，是为了更遥远的赎回。

赌　徒

韩国前总统朴瑾惠在狱中每日以翻看动漫书消遣，心如死灰。

世间有人，便要相斗：政客相弹，文人相轻，商人相诈，即使女人，也要相妒，只因权、名、利、色使人不得安宁。如此，无权无名无利无色者大抵只剩了孩童，可暂时不予争高低、见分晓。

输光了人生的赌徒、乞灵于孩童的修士，就这样歪歪扭扭地画了等号。然而，更多的是想画等号而不能，遂只有继续相斗，继续为权、名、利、色发发不可终日。实在熬不住时，也断不会去找动漫书来翻看，因为还未输光，因为还不十分甘心失败。

赔　笑

众星捧月。月亮说话，星星赔笑，这是种不妙而妙的艺术格局。

赔笑约有三种境界：（一）存心赔笑，自有不可描述的目的；（二）未必存心赔笑，只具有趋从性，与鹦鹉学舌无异；（三）无意识赔笑，属于被赔笑，不知因何而笑。

星星的艺术感在于以整体喜剧效应显示赞同、喝彩，且是不甘落后的。月亮的艺术感则在于听到了笑声四起，就自以为妙语连珠，堪比葛优，遂乐不可支。

月亮、星星原来都是表演艺术家。

快乐无畏

人类对认识自己有兴趣。古希腊人在神庙刻下"认识你自己"，但两千多年以来，人类在这句铭文面前完全落败。当然人类不会因之有挫败感，世界如此美妙，不快乐无畏都不行。

转视动物，它们对认识自己没有兴趣，没兴趣就坦然，个个也快乐无畏。

自然法则就是这样不奇妙而奇妙着。

无　用

理科生嘲笑文科生就说："文学有生产力吗？"就连《围城》里的赵辛楣听说方鸿渐是学哲学的，也不忘挖苦一番："从我们这个干实际工作的人的眼光看来，学哲学跟什么都不学全没两样。"

对大多数人而言，智慧而多情的事业的确无用，正好比老太太没必要懂得莎士比亚，盗贼也不需读过"圣人不出，大盗不止"。这算是最平心静气的解释了。

浪子不回头

多年后再见浪子，不羁依旧，却使人咀嚼出几许酸楚。

浪子之与"酸楚"相近，是因为大把挥霍了青春的缘故，但谁又能说自珍过青春？"酸楚"其实与自己相近。

曾经不顾一切地撞向现实难以逾越的高度，那是因为在浪子心目中，生命太像有极致了，时常以为一触可及。可生命的极致在哪里呢？不是死，而在于刻骨铭心的一瞬。

浪子可瞻前不能顾后，一顾后，便要断送其一生。

断点评弹

个体如此美妙

认识一个曲姓花店老板，外表粗俗，却爱唱曲，尤擅美声唱法，有事没事总爱引吭高歌，旁若无人。每闻其歌声一路飘来，我又时常想起那擅长水彩画的交通警和在门柱上演算数学题的足球守门员，都与之相仿。

"看不出来"是句再幼稚不过的话，却总被人们挂在嘴边。谁也不多想，世界平凡，处处充满小奇迹，若要试揭寻常状态隐藏下的神乎其神，只会表明眼睛与心灵日益离异。

就听凭它们单个地存在吧，亮晶晶的沙粒只有散落在沙丘上，才显得与众不同。

狼狈读书

某官员喜弄文化，嗜书，却屡屡受煎熬于

繁忙的行政事务，因而多彷徨苦闷。后几经辗转，终于调任一处闲职，人生顿时豁然开朗。

一日，携书悠然步行上班。原下属遇之，拱手道："领导好自在！"官员灿然而答："这才是我要的生活啊！"

读书人一跃可为高人雅士，一跌可为鄙俗官吏，跃跌之间，其实狼狈。所谓"脱俗"，不过夹缝中求读书，掩饰人生尴尬的底相。故而"一入仕途，读书不易"，古今皆然。

不足为奇

十九世纪，克雷洛夫在寓言里写到一只蛤蟆想和牯牛比肥壮，它拼命地鼓起肚子，结果胀破了肚皮。克雷洛夫说："这样的例子不止一桩……不足为奇。"

进化到今天的蛤蟆则精明而幸运，非但鼓着和牯牛一样肥大的肚子招摇过市，一点事儿没有，周围还全是人们啧啧的赞叹声："好肥壮的牯牛！"

这样的例子同样不足为奇。

得　道

每见"淡泊明志""厚德载物"之类句子被大书高挂示人，便觉滑稽。滑稽的是观者的赞叹声，尤滑稽的是主人听了赞叹声，就栩栩然"明志""厚德"起来了。

被借以耳目濡染而使人自以为得道的东西，中国文字可算一种。

主宰者的快乐

动物园里，人们隔着栅栏看动物，个个兴高采烈大声尖叫；动物们也隔着栅栏看人类，却莫名其妙无精打采——人类实在是让它们提不起兴趣的一群怪物。

在很多时候，主宰者的快乐不过自以为是而已。

麦克雄风

余光中作文遍举麦克风的诸多好处：手握麦克，声如响雷，言者如醉如痴，听者莫能与之辩，是谓"麦克雄风"。

素无话语权的小人物好不容易执上了麦克风，难免跃跃欲试一番——"我是有话要说。"

一麦在手，话语权尽握。

人类在所谓发明进步中能改变的权力并不多，麦克风可算一种。一些权力丢失了，或本就缺失，却要依赖某种器物找回，"找回"是种修复，虽说只是一时，但足以带来小人物的快慰。

尽管麦克风只是一柄器物，依旧老实得和火腿肠没什么分别。

猩猩统治地球

如果有一天，猩猩统治了地球，请不要惊诧，当然人已无法惊诧。四千年后，猩猩成为地球的主宰者，人类则退化成低等生物，任由猩猩追赶、捕食，毫无还手之力，就像今天人类对待动物那样。

人类文明荡然无存，自由女神像成为史前遗迹，猩猩考古学家为遥远的谜团大伤脑筋：猩猩从何处来？到何处去？猩猩纠缠着四千年前人类所纠缠的问题。

——这是一部美国科幻剧。

看似荒诞，其实再公道不过。万物以不解始，以不解终，或生长，或消亡，或奴役，或被奴役，都不是"偶然"一说所能敷衍，又何须惊诧于奴役者是人还是动物？自然不必。

人以猜想描绘未来，轻松而有趣，只要那一天到来时还能轻松而有趣。

盲　鸽

鸽子夜盲。

夜盲的鸽子只有呆立，嗅着自己的脚爪，那里纯粹是蓝天白云的气味。蓝天白云远在天堂，天堂里缥缈的是黑暗中不解的奥秘，唯有不解才富含深意。

人也是盲鸽，原本如此。人不知是盲鸽，也原本如此。

射　线

罗素说，从一个假定的前提出发，任何推论都是有可能的。这便好比是射线，从一个自以为存在的顶点引发出去，朝不同方向，有不同射线。

许多事，离开了推论，嫌弃了射线，就立刻索然无味——这是无数荒谬中最可兴味的"真实"。

人生是一场推论的游戏，在无数条交织的射线中，人人忙碌。

穿衣新解

往事多不堪，却是陈年旧衣，越看越贴心；现实多不适，好比衣不合身，越穿越忐忑；未来多迷茫，尽是皇帝新装，越想越糊涂。

于是决计只穿旧衣裳，此之谓"老之将至，一步三回头"。倘若还有一点热情，也好做形而上研究，如庄子逍遥游。

遗　失

每天，我们都在遗失中努力寻找，在寻找中不断遗失。

究竟遗失了什么，寻找到了什么，我们并不知道，只是不得不一脸平静地面对。连遗失了什么寻找到什么也不知道，那就等于既没遗失也没找到什么。不管空心的还是实心的，圆都是圆。

平静是最好的注释，它深于一切欢欣一切哀愁，也包括处在遗失或寻找的状况之中。

哀　愁

人的躯体相当奇特：一颗脑袋、双手、双足、中间一躯干。每每不解于此，我便会联想到《变形记》里的甲虫，以及这个星球上不计其数的物种，进而有淡淡的哀愁袭上心头。

——是人变成了甲虫，还是甲虫变成了人？谁又知自己是不是格里高尔？

哀愁是什么？哀愁是终于揭破了童贞，却又让人时时呆愕的迷惘，就像擦亮眼睛看清天边闪烁的一颗孤星，思维却扩张到几百万光年之外……

新"天人合一"

爱情，约有四个时段：少年满心好奇，青年一心求真，中年不甘寂寞，老年闲来解闷。然而在全球生态危机频仍之下，爱情生态亦不能幸免，时时作"厄尔尼诺""拉尼娜"解，故有"中年少女""老年少男"等一干新品种，此乃"天人合一"新解。

何谓荣辱

荣辱观是什么？是种辨证、互换的关系，恰如福祸，在所倚所伏之间因循不止。也许是个解不开的"死结"，纵然有一时看淡的精神，也无法阻挡其在时日、世纪中被不断置换、颠覆的客观命运。

眼　神

边走路边自言自语或者哼着歌，都属于无对象发声表达，然而所受的眼神待遇却迥然不同：前者表达了真实想法，却招致鄙薄的目光；后者只是鹦鹉学舌，众皆视若平常。

若不以现实的、逻辑的思维来看待貌似类近的现象，是无法洞彻某些规则的——眼神算什么！

幻　樱

樱花如今广受青睐，娱乐明星似的，被邀去四处"站台"，大有"无樱花不言春"之势。

樱花体态楚楚，千娇百媚，却与油菜花一样，须依靠整体效应取胜。原来植物也深谙"抱团取悦"的道理，或曰"批售"。

既然训练有素，应景功夫就好。豆蔻梢头，娉娉袅袅，群芳共舞，于是云蒸霞蔚处，人脸、闪光灯、嬉笑声麕集。所谓春色烂漫，就是主客体互为配合、相与映衬，视觉、嗅觉、听觉得以综合，直抵灵界，遂成幻樱。

至于凋残处，则气息了然。大约樱花也自知年老色衰，市场效应有限，满足不了势利的目光。

其实我不曾欣赏樱花，但我不存疑惑，性相近，习不远，无论樱花，无论人，何必个个过问。

雪与沙

在雪地行走，我想起沙漠；在沙漠行走，我想起雪地；看到白雪覆在沙漠上，我又想起"夹生饭"。

每每在雪与沙之间左顾右盼，都不免生出逆向、逆意之感，偶有不顾不盼的境地，又遭遇"夹生饭"硌牙的尴尬，不屈服也只有屈从。如此一来，"雪泥鸿爪"竟成一番奢念了。

规避与寻找

"要多久才会成功"

女儿参加运动会，一喜一忧，我的心情亦随之浮沉。回望自己年少时的类似境遇，掂量已流逝过半的人生，是唯有以孟德斯鸠的话道来才倍感体会切身——"成功之路，往往看一个人是否知晓要多久才会成功。"

算如今，于顺流逆流中浮沉无果，但有中途落荒抑或喜极而泣之时，总会记起孟德斯鸠此话，那确乎是顺不足以喜，逆不足以悲。只是回头转念之后，照旧困昧于"要多久才会成功"，说明自己依然是不十分甘心失败的俗物而已。

搭　窝

痴迷音乐的外甥从大学回来和我大谈平克

·弗洛伊德、重金属摇滚、北岛等等。

　　青春时期燃烧的总是诗情和反叛，对此，我淡淡地笑着，仿佛看到自己当年的影子。那么往后的往后呢？当生命力渐趋衰退时，该搭一个窝，一个大窝，大得能装下心中的上帝。"到那时你会意识到，建构比毁灭更有价值……"

发　呆

　　发呆，是人的理想状态。身心松弛，神游天外，视物若无睹，人望而心生狐疑，不敢借问，由此省去不少人事麻烦。又说，优秀的发呆附带了美妙的憧憬，邻近了伟大的思想，如李冬宝之对葛玲、方鸿渐之对春天的私人谋划，如牛顿之对苹果、笛卡尔之对炉火的奇思妙想。

　　我也经常发呆，说明我接近理想状态。

孤　傲

　　孤傲日久，像是完成一番自我救赎，又仿佛栖身干草堆，偏要寻味"青青河边草"的润泽，是种自觉而又不自觉的黑色幽默。蓦然回首之下，轻易窥见多年前的破碎影像，竟不知在酒杯中浮沉几回。所幸，孤傲也是种武器，抵御了一切来袭，包括伤痛、灾祸，再有不堪，也只剩下与时间厮守一笑的淡然。如此看来，孤傲中之独步寻芳，孤傲中之渐行渐远，可算是了无长进中的一点长进。

咖啡和酒

还是每天喝咖啡，一杯，两杯。

酒，也不能拒绝。

那些忘忧的法门已经无效，唯有咖啡和酒，让我暂时忘记人是直立行走动物。

咖啡和酒其实是同义词，皆直指潜意识。咖啡勾起神经的对话，酒则纯粹是内心深处的暗恋，故而说，意识为潜意识所统摄，毫无反抗。

不管你承不承认，咖啡伟大，酒不败。

浓　醉

浓醉暗夜中，躯体如被缚，动弹不得，唯有意识像一处罅隙，漏进言语声、走动声，甚至车鸣犬吠声，分分明明的，叫人疑心须臾天光就将大亮，然而又杂捻成游丝，缥缥缈缈地，升入太虚……

不需动弹，只消由地球携带着以每秒三十公里的速度狂奔，人往往身不由己。"行尸走肉"，以此放之四海若皆准，不要大惊小怪。

意识、直觉，是纵横几百亿光年宏观景象间的微观智慧，冥潜于酒精麻醉下的最深层次，悄悄蠕动。

人是自助还是神助？在灵与肉脱节之间，答案若隐若现。

安　慰

魏晋文人闻人夜吹笛，便曰："奈何奈何？"

妙不言快乐，苦不言忧愁。

也不独独是魏晋文人参悟快乐的忧愁使人旷达，忧愁的快乐使人颖慧，还有查尔斯·兰姆，他的快乐常使自己忧愁，他的忧愁又常使别人快乐。世界早已小得装不下那么多快乐和忧愁了，所以，最要紧的是先使自己平静下来再说。

"在座没有牧师吗？谢天谢地！"吃饭前祷告，查尔斯·兰姆这样说道。

最好的东西是既快乐又忧愁的，明于此，一转头，便是可见的未来；一回头，又是可味的从前。

我们还有从前，这算是最大的安慰了。

蛙　鼓

水之湄，蛙鼓竞噪，一阵又一阵，年轮仿佛倒转回去。

现代化的景观环绕着这一带水，霓虹闪烁，光怪陆离，然而蛙们不管这些，只要有水，时光便仍是从前。

幽居暗处的欢唱，格外起劲，有种不在乎一切的旷达。歌者与聆者互不谋面，也无须谋面，反倒各自一身轻松——明里暗里本就是两个世界。

据说现在的蛙和万年前的一模一样，这么一来，蛙鼓想必也不变。它们的确没有遗弃与生俱来的东西。

冥冥中的律令是，以近为远，以远为近。于是飘荡在过往与现在之间的蛙鸣，远近皆从容，惊醒了旧梦，走进了新梦。蓦然间，人已老去。

宇宙亦扩张亦收缩，蛙鼓的节奏亦快亦慢，而收放快慢的时值往往正好互补为均衡。是玄学？非玄学？都不重要，蛙鼓之声符合的正是这无字无款的律令，即使寥寥，也是远隔十里相送而来。

不免想起了前些时日放游的几只蝌蚪。

白莲花

酒吧的女掌柜，白衣胜雪，款款楚楚，清纯如白莲花。这样的比喻晤面可得，却又让人疑心白莲花开错了地儿。

酒客则不那么纯粹，形色各异，俱怀谋算，酒杯空了又斟上，心事如灯光变幻不定——白莲花的诱惑就是音乐加酒精的蛊惑。

渐有几只酒杯端到了吧台，在臆想面前，猥琐转为客气，斯文显得羞涩。搭讪往往靠不住，说者有心，听者无意，如果是杜撰，就更加索然无趣，何况在白莲花的光华之下，一切皆苍白。

任你腰缠万贯或才高八斗，均奉以职业的微笑和白水一杯。优雅使人无机可乘，再有想法也只能接受这彬彬之礼，躬身而退。

思维和官能只有一时暂栖的意义，真实的虚幻始终被虚幻的真实统摄，白莲花依旧是白莲花，而人挣扎后的姿态却更显不安了。

这时，最好是点上一支烟，对着白莲花的方向吐出一串烟圈，为这稍纵即逝的纪念。

似冬不是春

新年第一波寒潮到来之前，天气暧昧得像杯中残剩的绍兴酒，半温半冷，撩起阑珊的寒意，又浮起微醺的梅子气息。

残酒不必饮尽，滋味既在经意之间，又何须佐以风雪的遥思？蒙蒙漠漠，左右逡巡，如是而已。

寂寞的春天

春天，毫无怯赧之心，在人们面前更衣换装，阳光、雨露、花草、鸟兽，各自济济楚楚，无一遗漏。

春天又自得其乐，色彩、光亮、声响，再怎么恣意挥霍，也不因人而起。对于人们的兴高采烈手舞足蹈，它始终莫名其妙。

如此则春天是明哲的高士，不屑旁骛。如此则春天是经验老到的观众，看着人们表演各种流俗的套路，止不住地感到阵阵寂寞。

江南不飘雨

无雨的江南，依旧是稔熟的故事，不需首尾，不加脚注，随手撷取一段，记忆就此传递，来不及收回。

我还是闻听那达达的马蹄声，从街衢传到渡口……后又不知走到哪里了，只有水杉赤裸着身子，亭亭玉立。

无须梦中处处怜芳草，只消一滴雨，便能濡湿了整个江南，在这非抒情诗的时代。

寂寥当歌

清楚听到布谷鸟在屋后山里啼叫，寥寥几声，势单力孤，然而春色已深。

春的记忆大约总是摆脱不了布谷鸟的叫声，如同北京漫天的柳絮和江南混绿的河水总在春天轻叩记忆之门。这样的啼叫，长长短短，高高低低，在城市的"混凝土森林"中来回穿越，如不速之客陌生，似重逢老友熟识。

是邂逅也是约定。在淤积、荒芜中约定，在不厌其烦中邂逅，一朝引醒沉睡的生命，便任由桃花樱花烂漫到湮灭。

寂寥当歌。

寂寥是符号，也非符号，寂寥是一份弹指即破的隐秘。如是，惊喜趋远，从容趋近。

一些古老而原始的东西更接近于认知本质，仿佛不得而知，又仿佛从头来过，纯粹而复合。如此看来，布谷鸟像极了寂寞的圣贤，遗世而立，几句谶语飘荡在千年时空，有声等于无声，无声胜过有声，不用多说，点到为妙。

在圣贤眼里，听众是极渺小的，他更在乎那未到场、不愿听的人们；在布谷鸟眼里，人是极无趣的，它更在乎那短暂而盎然的春天。

『临去秋波那一转』

角 色

诸葛孔明稳坐隆中,专等刘皇叔"上钩"。

"大梦谁先觉,平生我自知。草堂春睡足,窗外日迟迟。"这诗分明是吟给恭候堂外的刘备听的。高士出山,虽不比新娘子出阁要哭作一团,但扭捏作态实有必要,唯擅戏才能登峰造极,再有才华若不擅戏,终滞于二流。

刘备,枭雄也。既为枭雄,更懂配戏须恰到好处,且戏份儿要配足,否则曲终人散便无聊。

文学酒窖说

先秦造窖酿酒,汉代封窖禁酒,魏晋开窖偷酒,唐代索性大开酒窖,任酒香喷薄,宋代不闻酒香,只喝苦酒,至明清,窖中酒气已散尽。民国舶来白兰地倒入窖中，掺水中和，算是挽回些许酒气，却不复有中国酒醇香。

"香饽饽"

翻中国旧文学，翻出无数才子，才子都是"香饽饽"，人见人爱。少时读《儿女英雄传》，十分不解于侠女何以要爱慕才子。虽说中国文学向来阴柔，才子佳人是不团圆不散戏的，但侠女也会老老实实地落入套路，可见才子是如何风华绝代了。

才子知诗书明礼义，与君子类同。既是君子，便难免迂阔要受苦，一受苦，佳人怜之，侠女救之，总归少不了一番温柔缠绵。如此则缠绵到千年不散，如此则缠绵到中国文学弱柳扶风。

颓 废

伟大的文学艺术大约是颓废的多。所谓颓废，精致不止而知适可而止，或曰懒洋洋也。

古希腊的雕塑家聪明地颓废，随便取个造型就立了两千多年。唐人，潇洒地颓废；宋人，精致地颓废；曹雪芹，悲郁地颓废。就连庾信之句"霜随柳白，月逐坟圆"，也颓废到脱俗的境地，"求之六朝岂易得，去矣千秋不足论也"。待到后世人酒醒似的挣扎起来，却已寻不见那种美丽了。

情 怀

古文人情怀，多半在于杜牧的两句诗中：其一为"落魄江湖载酒行"，其二为"十年一觉扬州梦"，别的，不需要了。

就是这样，一两句话足以依凭而作或叹息或赞美的定论，再令人慢慢回想他们或长或短的一生。

"情怀即风格"，理所当然，风格就这样徐徐形成了，有点受草木润泽、时光浸泡而成的意思。每念及此，我都不得不歇下来发一阵子呆——在情怀深处、发呆深处，精彩总是不断。

但又渐渐疏阔起来，终致模糊一团，好像情怀不即风格，也好像原本就无所谓情不情怀的。不多事的话，这个世界就没有那么多"好像"了。

茫然无措便是无诗无韵的时代。

纠　缠

透过诗篇，看一千多年前的唐诗人岌岌于功名，或执迷不悟，或半悟不悟，或幡然而悟，便感到一千多年的时光不过旦夕之间。

洞彻无遗了，也就信达而雅，缥缈而去，倒是半悟不悟，在艰难苦恨中纠缠出了一等一的诗篇。这一"纠缠"，饱含多少愤懑，又道出多少人间酸辛。

李贺一边拿着九品俸禄，一边吟出《李凭箜篌引》，这就对了。

白居易饮酒纵乐，浔阳江边《琵琶行》，就更对了。

他们都是很善于"纠缠"的人。

心　气

"心气"是什么呢？以诗为例——盛唐诗如"上马带吴钩，翩翩度陇头"，中唐诗如"风兼残雪起，河带断冰流"，晚唐诗如"鸡声茅店月，人迹板桥霜"。一步步由马上退回闺房，从世间缩回内心，也就一步步如泣如慕如怨妇了，终致有心无气。

"唐心"与"宋脑"

唐人用心灵写诗，宋人用脑子写诗。心与脑的区别在于：心主情韵，脑主理致。

目光辽远，便与天地对话，唯心能驭之。目光缩回眼前，便只有用脑，做些推敲和用典的学问，更兼家国之痛，故曰：宋诗是唐诗的"兴尽悲来"。

人与鸟

杜牧诗云："鸟来鸟去山色里，人歌人哭水声中。"妙在"人"与"鸟"平举无分别，正如"山色""水声"古今同一；至于何人何鸟，更无足论也，唯余云淡风闲。

酒　后

饮酒的妙境其实在酒后，不在酒中。像"今宵酒醒何处，杨柳岸晓风残月"之类，酒、情、景、思俱佳，便不是一般酒客有福能享。都说宋人颓废，但一不小心就颓废到绝美处，恐怕连他们自己也不曾料到。

词之盛

词之盛在北宋，犹如诗之盛在盛唐。南宋因有家国之痛，而致两类词家迥异：一为直率至慷慨，如稼轩、白石，即景便叙事，一腔牢愁往浅处说，和盘托出唯恐不及；二为颓废至精致，饱食群居，痴而儇薄，溺在"愁"处无法自拔。此二者皆不复有北宋词之浑涵气象也。

看山还是山

"看山不是山"是个矫情的圈套，许多人一进去就出不来了，包括老子。

王维终日在山中游走，看山还是山，看水还是水，而人，则很自觉地退于陪衬之处。在自然面前，人哪好意思故弄玄虚哩？

王维比老子务实，不倒腾。

唐人春秋心

李白"少任侠，手刃数人"，又有诗云："十步杀一人，千里不留行。事了拂衣去，深藏身与名。"其自恃才高而慷慨悲歌，与王维好静尊佛、杜甫志于匡君之遗失，气度迥异。唐诗人中唯岑参与他相近，亦有慷慨气，皆怀济世心，然李白更近于春秋战国之纵横家。"手刃数人"已表明剑术不俗，更有"虽万人，吾往矣"的懔懔气概——李白实为"唐人春秋心"。

往后诗人词人俱不寻梦于春秋，或端庄，或颓废，或精致，或沉浮于现实的泥淖，春秋之志不复存焉。

"大雅久不作，吾衰竟谁陈?"此一叹何止千年？以春秋心用于世，此孤独已是理想沦陷千古之憾事。

李白是漂泊者，从春秋一路到唐，无望地漂泊。"精神浪子"是矣。

草色遥看近却无

枯 窘

中国文人似乎多是少年老成、中年跌宕、晚年萧索，一生有写不完的"枯窘"；而有些人，无论寿长寿短是不多言及"枯窘"的，如李白、李贺、柳永、梁遇春。前者在情理之中、意料之外，后者在情理之外、意料之中。

度量"情理"与"意料"之间的艺术距离，古代不远，近代甚远，现代愈远。

春秋在怀

古之文学好伤春悲秋，每以"春""秋"入手，无论江山丘壑、曲径通幽，风致自现。而今而后的文学，如混凝土山、塑料森林、玻璃云……有设计图纸，有施工技术，有竣工典礼，遂成不绝的景观，哪里还顾得上春风秋月？

缪斯换上了工装，原也像个工程师。

一步之遥

"旷达""不羁"不知守住悬崖一步之遥就是"放纵""无度"。多少文学家凭借放纵、无度成就了伟大的作品，而人却只知欣赏其跃马悬崖的英姿——苦韧的哲理莫不归于悦人的童话。

意　味

作家和作品通常只是意味和被意味的关系，而非实证。所思所想所好所恶之上佳境界，乃是淡淡入骨、悠悠切齿，唯其"淡""悠"，才见意味深长。若是一腔深情抑或牢愁多得无处安放，也请大胆略去，更没必要把五脏六腑提在手上，生怕人不知。

人生如狗肉

周作人文章好，也只好于北平沦陷之前，彼时的苦雨斋如瓜棚豆架，他是老农，文字透出瓜苗豆秧的清芬。

江山易色后，苦雨斋便萧寂如古寺，间又凄风苦雨来袭，闲适已成昨日笑谈。及至八十，他写道："自己也不知怎么活得这样长久，对于世味渐有厌倦之意，殆即所谓倦勤欤。狗肉虽然好吃，久食亦无滋味。"

人生如狗肉，知堂老人老来感言竟素味全无，未免冷幽得滑稽。

牵绊

唯有在寒雨霏霏的冬夜，回忆起百年前的文人文事，才愈加深味苍凉中的一点暖意。

原来一如残池中听雨的晚荷，再晤面时，勾起的依旧是摇摇曳曳的风姿。青苔斑斑的小径上，依稀可辨春游的屐痕：鲁迅的小楷、知堂的信笺、胡适的少作，甚或达夫的残酒、语堂的烟丝、志摩的围巾……一人一事一物都是不曾随风而逝的牵绊，诉说着梦中兴亡。

并非历史健忘什么，只是写史的笔提起再按下去时，情态已游走，襟怀已枯涩，我们只有一边写，一边竭力想象……

金陵一梦

没有西厢，不用待月，却依旧许下了长长的黄昏之约，约定了朱自清和俞平伯，约定了玄武湖畔的李金发，也约定了唐人的《金陵春梦》……直到在我盘桓良久的静穆空气中，还仿佛教人窥见一位风姿款款的女子：发髻乌黑，旗袍典雅，团扇半遮面，一转身，留下的都是玉堂春暖、粉妆玉琢的旧梦遗韵；再拾起时，却已然是中国现代文学的几许章节了。

袖里清芬

周作人在致俞平伯的信中说："陶渊明说读书不求甚解，他本来大约是说不求很懂，我想可以改变一点意义来提倡它，盖欲甚解便多故意穿凿，反失却原来浅显之意了。"

读书作文不屑求甚解，是心头偏爱。

像民国大师的文章，只是"家常体""闲话体"，娓娓道来，看似灯火阑珊处的闲散，实则一片钟鼎胸襟。相较当下，文章在厚重或偏怪的路上越走越远，莫知去向，心头却愈加堵塞，所谓郁积于心、食咽不下是也。

是怀念那几缕袖里清芬了，只能说我们追求得越多，失去的反而越多。

难觅浑酒

中国现代文学语言的进程是怎样的呢？是这样——以纯净水兑浑酒，兑到后来，杯子里倒是清澈了，酒味儿却没了。

"莫笑农家腊酒浑"，说的是情怀，勾起的是古风。在一个擅长遗忘的时代里，还能去哪儿邂逅浑酒的芳香？

小说家的尴尬

成名后的茅盾在家乡乌镇人看来，大抵是个书呆子，因为写小说和卖地摊货差不多，纸都是焦黄焦黄的，卖不掉。人又拙于辞令，落落寡合，虽然天生一副小商人模样，小商人们却不认他是同伙。就连徘徊在小运河边构思小说情节，也不幸被人撞见而传为笑料——"沈雁冰看河水半天，一动勿动。"

小说家的尴尬与思想家在家中毫无地位大体相当，都如火腿，似皮蛋，实在需要大无畏之精神。

情极不欲成佛

一直认为，郁达夫的《江南的冬景》要好过《故都的秋》，说到底，洒脱不羁较之悲凉寂寥还是更适合江南的清瘦文人。门对长桥，窗含微雪，温热了一壶酒，此番景象不免要叫人生发唱和之情。假若再有情致，添上寒沙梅影、酒姑娘谈笑，便纵然有一腔心事，也会变得得失俱忘、荣辱不问。凭这般才情出落个散散淡淡，庶几成绝响。

都说"智极成圣，情极成佛"，然，智极不欲成圣、情极不欲成佛者，郁达夫是也。

"名马"与"美人"

郁达夫吟出"曾因酒醉鞭名马，生怕情多累美人"，原是不羁到阔绰地步的。于名马，取其"义"；于美人，取其"情"。此二者，皆真文人之风。然而有义的"名马"、有情的"美人"向来不多，自达夫往后，"不羁"渐渐末路，"名马""美人"也越显浮薄，再要寻找那贞烈而洒脱的襟怀和情态，只能作蓬山之想了。

邂 逅

雪落江南。

寒村长桥边，茅屋寂然。暮色围拢下来时，篷窗上亮起一抹红黄，在雪光中益显明亮。我与郁达夫对饮，上好的黄酒，温热了，有不小的劲道。柴门外，远阜素淡几不成墨，乌篷船缓缓荡去……

达夫忽然说道："只在这种时候，才发觉文学在酒中很荒谬，在雪面前却很真实。"

我不解问道："此时对雪而饮，则文学何所指？"

达夫哈哈一笑："荒谬是真实的开头，真实是荒谬的结尾，当开头即是结尾时，还需要什么文学？荣辱皆忘便了。"

达夫一饮而尽，我亦一饮而尽。

烛火忽忽闪动。窗外，白粉似的雪依旧纷纷洒洒……

其后多年以来，我之所遇不过有雪无酒或有酒无雪，触到了开头，却触不到结尾，明悉真实，却不知晓荒谬，因而一直做着不忘荣辱的文学，以致我如此忧思于酒与雪的邂逅。

哄与被哄

钱钟书先生在《围城》里形容教授是"先把论文哄过自己的先生，然后把讲义哄过自己的学生"。众人不满，纷纷责难。

其实，钱先生还有一层意思没说，那就是，先生和学生都是乐于被哄的角色，哄是一门技艺，被哄却是一种心理，好比情人说话，甜蜜的谎言实属必不可少。

许多事原本就是哄与被哄的关系，责难倒显得多余了。

飞　鱼

《围城》写方鸿渐、赵辛楣、孙柔嘉同船去宁波。孙柔嘉问方、赵二人出洋时的海上光景，方鸿渐讲到飞鱼，孙小姐闻所未闻。

方鸿渐这条留过洋的"飞鱼"，回到国内还不是得乖乖待在水里，而且这水只有一小汪，立游不得，只能贴地挣扎；口，一张一翕。

愿望是天空，现实是一小汪水，人是想飞的鱼。

孙小姐没见过飞鱼，想飞而飞不得的鱼却不陌生。

坚　守

方鸿渐和韩学愈都买了美国克莱登大学的假文凭。不同的是，方鸿渐羞愧不敢再提此事，而韩学愈则坚称"克莱登是一所贵族学校，知道的人很少"；自己的白俄 wife 是个纽约人。韩的言之凿凿让方鸿渐自愧技不如人，仿佛在副教授的职级上一下子又矮了三分。

谎言被人揭破，或因说谎者的自我缴械而现形，只在少数，更多的却被说谎者坚守成了"真理"，直至连自己也笃信无疑。

故而，敢于坚守是一种赢家心理，无论真理或谎言，概莫能外。

不　说

《围城》里的高松年校长是个老昆虫学家，他治下的大学师生也仿佛由二十年前的昆虫进化而来，需要他费尽心思地运筹帷幄着。

绝大多数人和事，一说便俗，一俗便回昆虫世界，都需费尽思量地运筹着。因而，乖巧地选择不说，以使个个能够高雅其人高尚其事，实属科学。

亦文亦医

方鸿渐一行人投奔三间大学，李梅亭携了个大箱子，上半部分是中国文学卡片，下半部分是药瓶子。赵辛楣取笑道："有了上半箱的卡片，中国书烧完了，李先生一个人可以教中国文学；有了下半箱的药，中国人全病死了，李先生还可以活着。"

这李梅亭倒是天底下一号聪明人，想得周全，亦文亦医，一半医治灵魂，一半医治肉体，把最高尚的事都占了去。方鸿渐、赵辛楣等人没这眼光，遂只有嘲笑。

文学会死吗？

偶见某作家开讲，题曰"文学不能死"。猝然间，若见奔走呼号"刀下留人"之凄厉，目睹末日将临之痛切，直叫人激起一身鸡皮疙瘩。

文学死不死，要看什么文学，谁的文学，何种文学观，泛泛来谈，一下就糊涂。若还想阐发，糊涂到无糊可涂便是可见之事。

文学是作家天然或人工的隐私，有的隐私一捂再捂，有的变为别种隐私，有的却捂死了。一些隐私能做到淡淡入味、悠悠入心，已属不易，若想去打破砂锅问到底，结果必是只见一地碎片汤水。此时又要高呼"文学不能死"，一番良苦用心仿佛不下忧国忧民，实则是作家自己好面子而已。

说"抡"

小说家刘庆邦谈及小说创作时说："写小说不能太老实，要'抡起来'。"众人皆笑。

"抡"的意思大抵就是反常规，在文学上，可以理解为"狡狯"。好作品多"狡狯"，轻灵飘逸，虚实交融，给人以玉树临风之感；若似螺丝钉拧得死死的，则差堪回味。

作家该是正直人，也该是浪漫人，得"抡"处且"抡"，"抡"得恰到好处，境界高低立判。梁实秋自然不必多说，小品文深谙留白之道，仿佛只听楼梯声不见下楼人。即便貌似刻板的茅盾，作品也颇多感性、摩登的东西，在沉蔽处呼之欲出，也不全是概念的附着物。

说"抡"有点俗，说"狡狯"有点损，都是"聪明"之意。

骂人的艺术

某深居京城的大作家放言："被我骂的作家们要坚强。"

爱骂人，也要讲情商，施以人文关怀，搞搞心理测试，不然挨骂者暴跳如雷总是有伤剧情的。骂人者与挨骂者其实是颇投契的一对，其乐无穷，故而该大作家乐此不疲，而挨骂者也努力心宽气和，以显示内心强大。

如此骂人的艺术比起鲁迅时代不知进步多少。鲁迅每与论敌开骂，不分男女，不留情面，一律不宽恕，更不搞心理测试，结果连个娇小的苏雪林也不放过他，从大陆一路回骂到台湾。

就骂人而言，痞子比英雄显出了聪明：先甩包袱，然后开骂；骂人之技趋于圆熟了，杯还是杯，碗也还是碗。

骂人可以如此美妙，先前不知，如今恍然。

金庸的幽默

有人问金庸："重新翻看以前的小说，有何感想？"

金庸答："发现不少错别字。"

但凡幽默可分四类：一为大智若愚，自己不笑别人大笑；二为众人同乐，自己笑别人也笑；三为应景附和，自己干笑别人赔笑；四为哗众取宠，自己浪笑别人莫名其妙。

金庸的回答属于第一类，"愚"得机敏，"愚"得务实，故能臻于智，甚或至智。

存在的执拗

完人何求

凡·高精神分裂，陀思妥耶夫斯基嗜赌，但艺术光芒之下只见伟大的画家、文学家，虽然他们还是疯，还是赌。

持有某种缺陷的天才，生来要以缺陷为终身形役，在被供上神坛之前，无不切齿于众人之口，自己也有过好一番挣扎，但终究完成了自我复仇，"道德家"们便显饶舌，所以从来不需要"凡·高这人挺好""陀思妥耶夫斯基是楷模"之类鬼话。

咸鱼之死

荷尔德林与黑格尔、谢林同窗。黑、谢二人生前即名震天下，而荷尔德林一生穷困潦倒，暮年栖于地下室，死时只有破衣蔽体。

"天才和语言背着血红的落日，走向家乡的墓地"，海子的诗仿佛为荷尔德林而咏。诗美，人生凄楚，好比是幻想剧，遂了大众的噬美心理。

可是诗人也不想死得像一条咸鱼。

变

君特·格拉斯的小说《铁皮鼓》写了一个不肯长大的人。小奥斯卡觉得周围的世界太过荒谬，就决心永远只做个孩子，于是暗中有一种力量成全了他——他成了一个侏儒。

世界在变，变得越发荒谬，以自身不变应对变，说起来，不过是以一种荒谬应对另一种荒谬。"荒谬只有起点，没有终点"；没有最荒谬，只有更荒谬，以此论之，小奥斯卡的"不变"倒是不错的选择。

当然，小奥斯卡后来也变了，长大了，但我们还是怀念那个"侏儒"的小奥斯卡。

异与同

格里高尔变的甲虫终于死了，于是全家人开心地去旅游，生活又恢复了平静。这才是《变形记》最妙之处。

我只是想：为什么不是人人都变成甲虫？这样，格里高尔也可以去旅游了，生活依然平静。

异化的时代也是同化的时代——所谓真理，不过是人人爱听的谎言。

想起了屠格涅夫

读屠格涅夫小说既久，多半忘了主人公在紧张思考什么，清楚记得的是俄罗斯的风景永远如画——原野上露珠闪闪，黑麦波浪般起伏，云雀在空中啭鸣；某小城的街道上，走过帕夫洛芙娜或是谢尔盖什么的，一切都很静谧。"云朵似乎不是飘过，而是渐渐隐入蓝天深处"，这是迄今我能想起的屠氏小说中的一句话。

对于小说家的屠格涅夫，我安于"不甚了了"的状态，我只求欣赏他的散文笔法和俄式风情，这样，我便也好似穿了燕尾服，拿了手杖，在某小城僻静的街道上走来走去。

古拉格没有终点

古拉格群岛上，每到夜晚，便有一群衣衫褴褛的作家围在一起热烈地讨论。残灯如豆，饥饿早已不论。

每天都有人死去，每天都有人享受这精神的最后晚餐。

在濒临死亡的境地里，有了文学，就有了两个生命——一个死去，另一个永恒地苍凉着。

恋爱中的"浮士德"

就人格意义讲，歌德创作的"浮士德"是伟大的。

歌德一生恋爱八十多次，每每迷途知返，返又迷途。在八十岁的迟暮之年还爱上十八岁的少女，因为他说："我若爱上你，与你无关。"大家便任由他去爱，状如"浮士德"恋爱，是谈不上失态、无度的。

所谓"浮士德"精神，用中国话说，就是"天行健，君子以自强不息"，换种理解，就是"我自强，我恋爱，与你无关"。

自强者一路领跑，等到道学家们气喘吁吁地追上来，已是无济于事。

文学作坊主

在文学家中，大仲马是"作坊主"；在"作坊主"中，他又是文学家。

文学家很多，作坊主更多，大仲马的独到之处在于把文学引入作坊生产线，轻轻松松就夺占了"文学作坊主"的头把交椅。

再次想起了蝙蝠的故事，所不同的是，蝙蝠怕见天光，"文学作坊主"则华丽周旋于巴黎的各大交际场，香槟、贵妇、沙龙……感谢文学，作坊只是手段。

致基度山伯爵

海滨之夜，暴雨如注，波涛卷过黑暗。

我隔窗看见你，从海里潜游上岸，浑身滴水，乱发和胡须绞在一起，活像一条从水里捞起的鬣狗。不远处的荒岛上巉岩突兀，那里刚刚抛下一具"尸体"。

大海在发狂。

是幻觉，又不全是幻觉。二十年前如此，现在如此，二十年后还会如此，就像这样，在黑暗中拉开一线生的缝隙，和你握手："来了？坐下歇歇吧，天气实在太坏。"

曾说怨恨之深，无不来自恩情之切，但又偏是黑暗中痛切的怨恨，让恩情变得惊慌失措。为王或为奴，都是命运的捕风，踉跄之间，实已超拔于恩怨之上，故而日光之下无新事，黑暗之中皆旧梦。

暗中的命运之神，轻轻松松就掌控了一切。巉岩下潜游的你，一翻身上来，这世界便又开始疯狂——这像不像昼夜轮回？无可阻挡。

其实疯狂的是命运，大海终会沉默。你也不例外。

赞美与悲哀

苏联诗人马雅科夫斯基的颂歌极像郭沫若："我赞美/祖国的/现在/但三倍地赞美/祖国的将来。"

不自觉的肉麻有一天会变成自觉的悲哀。诗人举行诗歌朗诵会，当他激情澎湃地诵完一首诗，台下哑然。

诗人问："同志们，听懂了吗？"

"我们听不懂！"

"怎么可能呢？听懂的请举起手来！"

大厅里只有几个人举手。

很明显，人们已经不需要他了，包括他的情人。五天后，马雅科夫斯基在寓所里开枪自杀。

当看似汹涌的浪花撞上岩石，剩下的只是一堆泡沫，旋即个个破灭。

赞美的悲哀其实源出悲哀的赞美。

诉与休

中国文学的至高境界是"欲诉还休"，言而又止，多吐一个字都生怕惹得烟尘陡乱。

西方文学的精髓却尽在"欲休还诉"，仿佛人人都能言善辩，表陈欲望很强，生也诉，死也诉，即使大瘟疫，也扼杀不住青年男女讲故事的兴头——文学就这么一路"诉"下来，而且声调铿锵。

何谓真诚

纪德每天为"害怕写得不够真诚"而惶惑不安，陶渊明则朴朴素素、宽宽松松的，看上去更"真诚"。

纪德的真诚让人心头一紧，陶渊明的真诚使人会意。

真正会飞的鸟儿从不怀疑自己。

谁解酒中味？

在酒中，上帝乏味，圣贤寂寞，尼采和李白似乎情投意合。所不同的是，尼采并不饮酒，却以酒神自居；李白经常烂醉如泥，只道是"饮者"。所谓艺术的比喻，借此能将上帝置于对立面，并欲取而代之。相较之下，李白还是谦逊多了，寂寞是圣贤的事，他无意与谁对峙，只管做有名的"饮者"便罢。

同是饮酒而使人惴惴不安，尼采苟安于比喻，李白不消做比喻，一个可姑息，一个可盛赞。

小人物的胜利

小人物的推理约有两种：

其一，东方式。阿 Q 从"儿子打老子"推理出对王胡的胜利；从"假洋鬼子摸得，我摸不得?"推出小尼姑的脸可摸；从"老子革命了！"推出未庄的一伙鸟男女齐齐下跪喊饶命的美妙场景。

其二，西方式。契诃夫笔下的小公务员切尔维亚科夫在观剧时打了个喷嚏，唾沫星子喷在前排将军的秃脑门上，他因之推理出种种可怕的后果，最后在惶恐不安中死去。

话说小人物总是善于推理的，推理也因小人物而格外精彩，区别是：东方式推理快乐善活，西方式推理痛苦救赎。

东方人原来可以如此幽默，幸甚至哉！

智者与灵狐

欧洲的狐是"智"的化身，中国的狐则近于"妖"。当欧洲中世纪的狐以足智多谋寓示新世纪曙光时，无论如何也想不到它的同类在遥远的中国会被异化成"妖魅"。

其实，中国的狐也机智灵巧，只是机智超乎寻常，便是"异端"，待到聊斋先生一路写来，也就愈加叵测而妖魅化了。

自来所谓"多智则近妖"，上有鬼谷子，中有诸葛亮，下有刘伯温，两千多年间的智者隐约在云雾里，面目莫辨，常使我感到中国的智慧史，亦是"妖魅"的进化史。

由"智"达于"神"终致"妖"，智慧与妖魅你追我赶成了正比；逆推之，妖魅是不堪见天光的，但摆上了神坛，也就是智慧。

被遗弃的是累累肉体和知识素材，留下不可言说的心理编织人人爱看的剧情，迷乱而美妙。

邪念有无

"文如其人"这话大约靠不住。人有良知也有邪念，却只见文学家冠冕之良善，不见邪思之实录。文学家也揭破恶，诅咒丑，但恶棍小人不会是自己。偶有善于自嘲者，除了俏皮过头，并无其他。

文学家原是圆滑得不露声色的一群人。

兵法家则狡狯又教人狡狯。向来兵家以权谋制胜，兵书所云无不阴险至极，更有马基雅维利坦陈卑鄙刻毒的帝王术，绘声绘色，但兵法毕竟不是文学。

赤裸裸的文学自然令人称奇，只是自己好意思讲并不代表别人好意思听。托尔斯泰在新婚夜的欲言又止，已令索菲娅崩溃。只有卢梭，"完全无遗地表呈自己"，无非说明"我非常坏"，当然卢梭是唯一的，否则便不是卢梭。

邪思恶念有时反倒真实得使人平心静气，就像王小波不讳言自己是"半个流氓"，已然是君子之为。

雅　事

文学家玩政治尴尬居多，若是不知尴尬就不是文学家。

执迷于夫子自道，落下迂阔之笑柄还算息事宁人，单是那自尊气傲就足以招人怨恨，更不消说"奴才""巴儿狗"之流里外不是人，着实尴尬得很。

后来渐渐不以尴尬为然，而高尚其事起来，个个看上去"温良恭俭让"；再后来，便只有"其事"，若还纠缠于文学不文学的，反倒不"高尚"了。

文人玩治国，属于"雅事"，只是"雅"过了头便败"事"。宋徽宗、李后主都这样。马可·奥勒留还算好点，在马背上思考人生，"雅"的程度略逊，不至于全然败事。若非要"事"，就不"雅"了，然而彼时文人已非文人。

退而求思

一

孔子的学说，最终抵于愚不可及，或谓做到愚不可及，就离君子不远了。

遥想当年，孔子以老牛破车辙行天下，倘若不自嘲，不装傻，两天便止步；而一旦自嘲装傻之技臻于圆熟，遂致愚不可及，成君子也。中国人学做君子，仁义道德讲多了，却没学会自嘲，故而君子寥寥。

做学生茅塞不开，不是好学生。

二

中国的儒士时代，可称为"背书时代""抄书时代"。这种时代名优辈出，兴高采烈，台词倒背如流，唱腔已入化境。不幸的是，背着唱着，儒士们却忘了自己原来是如何说话、走路的，就像《霸王别姬》里说的："您可真是入了化境了，连雌雄都不分了！"

柔弱无骨的儒士呀。

三

孔孟统治中国的伦理观，老庄启迪中国的文学观，二者先是并驾齐驱，而后盛衰迥异。文学从庄子一脉浪漫下来，经雄丽汉赋、潇洒魏晋到俊逸唐诗，之后气息便趋弱。故而中国文学因庄子幸与不幸并存，幸于早熟的浪漫纯粹、不可复制；不幸于早熟之后便是早衰，再要重拾浪漫，已是勉为其难，或与"活命哲学"惺惺相惜而已矣。

四

李耳感叹世人无德，就搬出天地来麻痹一切——"天地不仁，以万物为刍狗。"问题是"刍狗"们并不甘心做"刍狗"，它们要互相攻讦、撕咬，有的还处心积虑地做"富贵狗""巴儿狗"，至于天地什么态度那是李耳的事，绝望也是李耳的。

五

老子——以无为求有为，庄子——以无为求无为，禅宗——以有为求无为。无为而有为，惘矣；无为而无为，彻矣；有为而无为，劳矣。故而真"无为"者，唯庄子是也。

六

蒙田几十年研究人，结论是：人是会变的。后有盗贼闯进家门，蒙田说之，盗贼躬身而退。

千年一笑。

老子几十年思考宇宙，结论是：无结论。《道德经》一半讲规律，一半讲命运，喜忧参半。讲规律乐观，讲命运虚妄不可及，遂只有苦恼。

千年一叹。

七

尼采从崇拜叔本华到反对叔本华，走的也是一条自然进化的路子，因为他认为权力意志优秀于生命意志，这便好比是人由猴子变来，却已看不起猴子。不知人该变成什么，才会看不起超人？

八

尼采之精神三变，由骆驼及狮终返童，是个清醒时无法擘画的圆圈。幸运的是，他在最后十年发了疯，成了"孩童"。

发疯，竟可以使潜意识澄明得毫无渣滓，有神论者都要齐声感谢那个曾经出言不逊的人了。这时，上帝也快乐得像个孩童。

尼采哲学死于精神三变之前，一个圆圈终于画上。

九

尼采厌倦了乏味的上帝，遂宣告"上帝死了"，可是"金色的麦田"并没有出现。大约神总归是乏味的，即便酒神，也只能苟安于比喻，这样的"有味"如何能长久？

人文主义与上帝偕亡，又随狄奥尼索斯复活，苦涩的信仰和快乐的智慧就此颠倒、纠缠不休，如同荒原上传来缥缈的钟声，不知是丧钟还是福音。

没有比喻的云朵，天空便是苍黄一片，混沌初开或末日来临，原也无甚分别。

十

西方智者求至善，意在求"真"求"满"，故而披肝沥胆，拷问心灵，备受折磨。譬如纪德，二十二岁即为自己"够不够真诚"而惶惑。然而寿又长，整整六十年的惶惑，终老了还纠结于"会不会绝望地死去"，真够他受的。

中国禅宗则以"说空"为能事，所谓"万古长空，一朝风月"，世界为"一"是矣。然，空本无说，能说空而又是空，不免矫情至虚伪。

一个满心焦虑，一个但求超脱，两种个人主义在极致点背向而驰，仿佛互相憋气。倒是纪德《大地食粮》之旨与禅宗黄龙派的"道远乎哉，触事而真"在路上邂逅了，激动地握了握手。

纪德说，"食粮"在大地，在人间。总算可以让人松口气了。

十一

存在主义大师萨特晚年病目，脑力也开始退化，每当神志不清时，著作只能中途辍笔。医生劝他改而写诗，萨特闻言斥之"庸医"。

医生所言意指神志不清者适宜写诗，萨特则谓神智尚有一丝清楚便不该写诗；同是理智，角色却一个比一个"狠"。

医生的理智当与情感相悖，哲学家的理智则属数学范畴——他精确。

十二

文艺复兴时期的艺术家是商界巨鳄，以上帝的名义贩卖艺术，轻轻松松就赚得盆满钵满；上帝老眼昏花，也不问是希腊货还是宗教货。上帝当然也是赢家，艺术和宗教的账本来就算不清。

后世的艺术家是手工作坊主，苦心孤诣地操持作坊，以各种"主义"之名制售艺术，有的也发家致富，有的则穷死饿死，前赴后继。

上帝睡了一觉醒来，看到人间作坊林立，迷惑不解地问："你们够辛苦的啦，可是要这么多货有什么用？"

十三

"站在巨人的肩膀上"是个前后尴尬的命题。回溯看，最初的"巨人"早成压在五行山下的孙猴子;向后看,则一代一代地"侏儒"下去。

十四

当年大唐帝国击破突厥,把突厥人赶得四处流窜时,肯定没人敢预言这一武功将改变世界。唐人虽豪迈,也还不致豪迈到可作千年狂想。

中国人习惯了在圆圈内写历史,圈外是什么,不关心,也不要紧。

一支突厥人西迁,乃有数百年后之土耳其人,据小亚细亚,灭拜占庭帝国,扼欧亚陆路要冲,东西贸易中断。继之有新航路开辟、地理大发现,西方豪强驰骋海上,剑指五洲。中国亦不能幸免,卒致国门洞开……

突厥人就这么和历史开了个千年玩笑。

历史是个大圆圈,绕也绕不开;历史又是部悬念小说,一念千年不夸张。圆圈绕烦了,悬念吊足胃口了,人也就听凭自己和动物一样漫无目的地游走,此时再要试述自然法则的神乎其神,已显得难以措辞,只能说明我们似乎已明白,其实还是不明白。

十五

"潜意识"是一团混沌的星云,在遥远的外太空、在人的身体里运动着,推拥着。以前无所知,后来渐有所知,待到东方人惊觉起来,时间已步履蹒跚地来到了二十世纪。

偷食禁果，是上帝的绝妙安排。"意识"和"潜意识"混沌一团，继而不辨善恶，不辨上帝和亚当夏娃了。直到纪德、普鲁斯特、吴尔芙……在潜意识行为的描写里孜孜不倦欲仙欲死，人们才愕然而知文学原来还有一半剧情来源于此。

这样的探索自然排他，正好比亚当夏娃多了，"罪"也就不成其为罪。于是弗洛伊德注定孤独，荣格鼓噪一番，也只好鸣金收兵，只有东方人依然不知所措，全然忘了自己原是最会做梦的。

往往是这样，不这样又能怎样？我只有继续呆看蚂蚁上树。

十六

时常觉得希腊的神祇就是一群居于奥林匹斯山上的山民，忽忽往来，急急欲求，也烟火，也愁乐。

神性是人性迷恋的华服，人性是神性落败的底相，要么着华服，要么露底相，人性与神性的周旋不过如此，又永远如此。

神祇依赖后瞻高枕无忧，唯有希腊神祇在前瞻中还新鲜欲滴，已远非小小的神庙所能供奉，此之谓：人格化的神，才与人同在。

在古希腊人面前，现代人还是孩子。

后
记

一部散文集的完成，是驻足，也是回望。

"蟋蟀在野"，语出木心的《诗经演》——

"蟋蟀在野，日月其迈。"草野之鸣，伴着岁月
的流逝，集结不散。这种辽远的感觉被无限放
大，便使近前的种种局促有融化的可能，就像
曾经倨傲的自由不羁，在艰涩、枯窘的现实
中，会形成观照，也会趋于谅解。

除了游历，我一直在这个滨海小城里生
活、写作，如在窠臼，却又常把自己想象成一
只在野的蟋蟀，在唧唧复唧唧中，自有一片构
建的天地，于是，杂花生树，水穷云起。一部
书，可以是一个人某个阶段的生活史、精神
史，这样的写作过程，回望起来也变得关阙重
重。但似乎总有一条地理分水岭，或明或暗，
或左或右，在其中抗衡着冷与热，静与动，个

人思维和市井烟火、山川风物的种种纠缠，同时又将这几年来的记忆与言说碎片，在悲欣交集之地一一归纳，渐至分明。

蟋蟀之鸣，中年人的吟唱，同时拥有青春的不安、薄暮的沉寂，执拗而涵容，为了某种存在的证明以及精神的遥念。

是这样的，局促而悠长，诉说也为了使人倾听。中年的散文，或许会成为观察一个人、一种存在的精神风向。从原初的"我"开始，蜿蜒前行，触碰又离开，中间要不断克服内心的逼仄和时间流逝的焦灼，向着"我们"摸索、寻觅，犹如探险一般。很难说是否就能抵达想望的境界，但与诗歌相比，散文是更适合中年人的文体，对此，我的体会愈加真切。随着岁月的流逝，就有越来越多关于外部世界的观察和思考，需要混合着我们的学识、情感、认知，进行从容不迫的表达；或说，生活的广阔和芜杂，需要在散文中进行淬火——冰与火，理智与感性，在瞬间碰撞、激荡，气雾腾起，鸣声嘶嘶，继而袅袅于耳，似低吟，如暗语，欲休还诉……

这样的状态总是令我心醉神迷，也是我屡屡在生活的紧张之外，渴望进行的一种精神试验，既孤绝又缓释。用余岱宗主席评述我的话说，就是"在疑惑，求解脱"。在体历、认知中疑惑，在疑惑中思考，在思考中求解脱，好像是一连串的自觉反应，在我的生活中被不断复制。究竟疑惑什么，求何种解脱？我不确定自己的怀疑主义论调，距离最终意义还有多远，或许根本就是"幽人独往来"，但，原应是月明星稀、心神俱散的格局，被我弄得冰火交加、时晴时雨，倒是真的。虽然我也努力像草野中的蟋蟀那样，用一声声单调、貌似热忱的鸣叫，缓解内心的不安，仿佛在追问：人等于世界，还是世界等于人？看穿了世界，就等于得到了世界？

　　幸而这种简单而愚笨的逻辑对我还有益处，使我学着在鸣声四起的草野，一边玩玩草制逻辑木制逻辑，一边竭力拒绝在人云亦云中丧失写作价值，由此打发走一天天的光阴，固执而薄凉。

二〇一九年八月二十六日于融城